白鸟与蝠

は く ち ょ う と コ ウ モ リ

〔日〕东野圭吾 —— 著

李盈春 —— 译

南海出版公司

新经典文化股份有限公司
www.readinglife.com
出　品

白鸟与蝙蝠

1

二〇一七年秋。

从窗户望出去，天空下半部分是红色，上半部分是灰色。晚霞掩映的天空中，厚重的云层逐渐扩展开来，但网上的天气预报并未显示有雨。

"中町，你带伞了吗？"五代问旁边的年轻刑警。

"没有。会下雨吗？"

"我有点担心，所以问一下。"

"附近有便利店吧？如果下雨的话，我就去买伞。"

"没事，不用特地去买。"

五代看了眼手表，快到下午五点了。十一月的天气已有了些凉意。他心里盼着别下雨，因为不好意思让辖区警察局的刑警跑腿。

两人正在足立区一家工厂的办公室。这里并非雅致的接待室，而是用廉价的隔扇隔出来的一个会客区。墙边的架子上摆放着水管、阀门、连接头等样品，看来自来水管配件是工厂所属公司的主打产品。

听到有响动，五代转头望去，只见一个年轻人走了进来，向他们低头致意。年轻人身穿灰色工作服，染着明亮的黄头发，看起来意外相称。

"我叫山田裕太。"年轻人自我介绍道。

五代站起身，出示了警视厅的徽章，表明搜查一科侦查员的身份，又替中町做了介绍。两人和山田在会议桌前相对而坐。

"恕我冒昧，关于白石健介先生，有几个问题想请教您。您认识白石先生吧？"五代问。

"是的。"山田答道。他身材瘦削，下巴尖细，垂着眼睛不看五代，可能是对刑警没有好印象。

"您和他是什么关系？"

"关系？"

"是的，能否说说您和白石先生的关系？"

山田终于抬起头看向五代，目光中流露出困惑。"可是……你们不是知道了才找过来的吗？"

五代笑了笑。"我想听本人亲口确认，拜托了。"

山田露出不满、不安和不解交织的表情，然后又垂下眼，说道："那起案件发生时，是他为我辩护的。"

"是什么时候，怎样的案子？"

山田微微皱起眉，仿佛想说：为什么要明知故问？

任何事情都要由本人亲口陈述，这是侦查的铁则。还有一个原因，就是故意让对方情绪焦躁，会更容易套出实情——一个焦躁的人是拙于说谎的。

"大约一年前，我在一家卡拉OK上班时打伤了店长。他声称我拿走了店里的营业款，于是起诉时我又多了一项盗窃的罪名。我说没有偷钱，警察根本不相信……当时庭审阶段的辩护人就是白石律师。"

"您以前认识白石先生吗？"

山田摇了摇头。"不认识。"

五代点了点头。他已经确认过，白石健介是法院为山田指定的辩护律师。"判决结果是什么？"

"缓刑三年。多亏白石律师查出钱是店长偷的，店长说了谎。他还证明店长一向刁难我。如果没有白石律师的辩护，我一定会被判处实刑。"

山田的话和五代他们事先调查的情况一致。

"最近您见过白石先生吗？"

"大约两周前，他来这里看过我，刚好是午休时间。"

"是为什么事来的？"

山田微微侧着头。"没什么……他说，就是来看看我的情况。"

"方便的话，可否告诉我们，当时说了些什么？"

"也没什么值得一提的。白石律师问我工作习不习惯，这家公司就是他介绍给我的。"

"这样啊……白石先生的表现怎样？有没有和往常不一样的地方，比如说了什么让人在意的话？"

山田又歪着头，陷入沉思。"我说不清楚，但他似乎无精打采。往常他会说很多鼓励我的话，那天却没有说，似乎在想别的心事。

不过——"山田摆了摆手，"这只是我的感觉，可能是我多虑了，请不要当真，听过就算了。"

他显然很害怕自己的供述受到重视，也许是意识到自己曾被判刑，不宜轻率发言。

"这次的案子您知道吗？"五代确认道。

"知道。"山田点了点头，表情有点僵硬。

"您怎么看？"

"怎么看……我吃了一惊。"

"为什么？"

"匪夷所思。白石律师竟然被杀了？怎么会这样，我实在想不通。"

"所以您也没有头绪，是吧？"

"没有。"山田语气坚决。

"有人怨恨白石先生吗？"

"我不知道，不过我觉得不可能有。如果有的话，那家伙就是个混蛋，又蠢又坏，应该去死。恨那样一位律师，太荒谬了。"山田的语气斩钉截铁。起初他回避视线接触，现在却坚定地直视着五代的眼睛。

2

一切始于一通电话。

根据指挥中心的接警记录，十一月一日上午七点三十二分，有人报警称有可疑车辆停放，希望加以处理。打来电话的是附近一家公司的警卫人员，地点是邻近竹芝栈桥的路上，位于港区海岸。那辆深蓝色轿车就违章停放在与东京临海新交通临海线平行的道路旁。

出警的是距离最近的警察局的交通科，但案子很快转到了刑事科，因为在车后座发现了一名男子的尸体。男子身穿黑灰色西装，腹部被刺。作为凶器的刀没有拔出，所以出血量不多。被害人的钱包没有被盗，在西装内侧口袋里。里面有约七万日元现金，同样原封未动。钱包里还有驾照，很容易就确认了男子的身份。

男子名叫白石健介，五十五岁，住在港区南青山。从携带的名片可以判断，他是一名律师，在青山大道附近拥有事务所。

从提交给距离最近的警察局的巡回联络卡①里，侦查员收集到了白石健介的住宅电话。打过去时，他的家人正准备报警寻人。被害人有小他一岁的妻子和二十七岁的女儿，据她们说，被害人前一天早上出门后就没再回来，也联系不上，因此很担心是不是出了事。两人来到警察局，在停尸间查看尸体后，哭着证实死者确是白石健介。

根据两人的陈述，白石健介平时带普通手机和智能手机，工作时使用普通手机，和家人通话则使用智能手机。两部手机疑似都被凶手拿走了，但普通手机完全打不通，智能手机还能打通。

通过查找GPS信息，很快就定位到了那部智能手机。发现地点位于江东区佐贺，是隅田川的清洲桥畔步道，在河堤下方，名为"隅田川露台"。地面有多处血迹，智能手机上也沾了血，鉴定结果表明正是白石健介的血。普通手机则没有找到。

警方当天设立了特别搜查本部。下午一点，五代等警视厅搜查一科的侦查员聚在一起召开第一次侦查会议，由辖区警察局的刑事科科长介绍案件概况。

基于对智能手机定位的分析，被害人的行踪已相当清晰。十月三十一日上午八点二十分左右，白石健介离开南青山的家，八点三十分抵达事务所。此后他一直待在事务所，下午六点多才驱车离开，约三十分钟后，抵达江东区富冈一丁目。这里有富冈八幡宫，他应该是把车停在了旁边的停车场。在此处停留

---

① 日本的警察会定期走访辖区居民，并以卡片形式留存基本信息，以备紧急状况使用。

了十分钟左右，他再次开车离去，将近七点时抵达发现智能手机的隅田川露台。智能手机上沾着血，这里很可能是案发现场。如果是平时，再过不久就会有很多人来散步、慢跑，但案发时情况不同：由于附近的防洪闸正在维修，这条步道无法通行，等于一条死路，正是作案的最佳地点。如果凶手知道这一点后故意诱导被害人来这里，说明凶手很熟悉当地的情况。

随后，尸体被移到汽车后座。被害人身材瘦削，体重约六十公斤，只要是体力好的人，搬运并非难事。车最后在港区海岸的路边被发现，但是不是从案发现场直接开过去的、途中又经过了什么地方都还不得而知。驾车的应该是凶手，其意图目前尚不明确。

案情介绍完毕，便开始讨论侦查方针，同时向侦查员分派任务。与五代同组的是辖区警察局刑事科的巡查①中町。中町长着一副精悍的面孔，是个身材高大的刑警，今年二十八岁，刚好比五代小十岁。五代原本担心他处事冲动，但聊了几句后，发现对方很冷静，心里才踏实下来。

五代和中町的任务是排查被害人的人际关系，从询问被害人家属开始。

白石健介的家位于南青山，是一栋小巧的西式风格的房子。因为所处地段和律师这一职业，五代本以为定是豪宅，实际看到时不免有些意外。

在客厅里，他们和白石健介的妻子绫子、女儿美令相对而坐。

---

① 日本警察的警衔由上向下分为警视总监、警视监、警视长、警视正、警视、警部、警部补、巡查部长、巡查长、巡查。

两人看起来已经恢复了平静，正分头联系各方，安排守夜和葬礼事宜。绫子个子娇小，是传统日本女性的长相，美令的容貌却很艳丽。五代暗暗同死者对比，觉得美令长得更像父亲。

表示哀悼后，他们首先询问白石健介最后离家时的情况。

"昨天并没有什么反常的地方。"绫子神色郁郁地开始回忆，"也没有说工作之外要去见谁，会晚回来之类的话。"说完，她又补充道："不过，他最近有些没精神，或者该说是有很多心事，我以为他遇到了什么棘手的案子。"

白石主要办理的是哪种案件，妻子和女儿都不知道。两人一致表示，白石在家从来不提工作的具体内容。

五代继续按部就班地询问："关于这起案子，有没有什么线索？最近有没有什么反常的情况？"

"完全没有线索。"绫子肯定地说，"我觉得没有人会恨他。他无论什么时候都很真诚地工作，收到过好多当事人的感谢信。"

可是为被告辩护，难免招致被害人的怨恨吧。对于五代的这个疑问，绫子一时答不上来，美令反驳说："确实有可能和被害人一方敌对，但爸爸并非一味站在被告那边。他没和我说过细节，但常会谈到自己作为辩护律师的从业理念：首先要让被告认识到罪行的严重性，而不只是以减刑为目标。辩护工作的基础，就是详细调查案件，以正确评判严重程度。爸爸就是这样一个人，我无法想象有人会恨到要杀了他。"说着，美令的情绪激动起来，声音变得尖厉，眼眶也微微发红。

关于白石健介遇害前的行踪，五代问了最后一个问题：富冈八幡宫、隅田川露台、港区海岸，听到这些地名有没有想起什么？

母女俩侧头沉思，似乎从未听白石健介提到过这些地方。

最终，五代等人并未得到有价值的信息，留下名片请她们想到什么随时联系后，便告辞了。

接下来，他们前往青山大道附近的事务所。事务所位于一栋银灰色外墙、熠熠生辉的大厦四楼，一楼有一家咖啡馆。

在事务所等待两人的，是一个戴着眼镜的女人，名叫长井节子。递出的名片上写着"助理"。她约莫四十岁，在白石健介手下工作十五年了。

据长井节子介绍，白石健介主要承办刑事案件、交通事故和未成年人犯罪案件。因登记成为国选辩护人[①]，他也经常接受法院指派。

五代问道："是否有当事人因为判刑比预期重，就归咎于辩护不力，怨恨白石先生？"

"这……什么样的人都有吧。"长井节子没有否定，"也有人信口开河，声称自己什么都没做，是无罪的；但在白石律师看来，无论怎样想都有犯罪嫌疑。这种时候他会再三劝说，告诉对方坦白说出事实才有好结果。如果当事人还是坚持不改口供，他也就无从辩护了。到审判时当事人照样胡言乱语一通，自然给法庭留下坏印象，从而减刑无望。这纯属自作自受，却总有人迁怒于白石律师。"

五代对此非常理解。他过去逮捕的嫌疑人里也有这样的人。

"不过在刑期确定后，白石律师仍然很热心地跟进，最终这

---

① 日本律师可依志愿向当地律师协会登记，为有困难的犯罪嫌疑人及刑事被告提供庭审援助。

些人几乎都认可了他。有好几个人在判决下来时口出怨言，服完刑后又来向他道谢。"

听了长井节子的话，五代想到了"人情派"这个词。他又问被害人一方是否有可能怨恨白石律师，这个问题他同样问过白石母女。

长井节子回答："不是完全没有可能。白石律师有几次在调解时差点挨打，因为被害人一方很愤怒。他意在息事宁人，但或许在对方看来是有意欺瞒吧。"她补充道，"话虽如此，也想不出哪件案子会招来足以杀身的仇怨。别的律师我认识得不多，但我觉得白石律师辩护时不仅重视己方当事人，也尊重对方当事人，是个很有良知的人。我实在无法想象，有人会出于仇怨将他杀害。不过这世上总有不正常的人，所以我也不能说得太绝对。"

"那这次的作案动机会是什么呢？"五代问。

长井节子略显苦恼地沉吟起来。"有几个案子拖了很久，但就算杀了白石律师，情势也不会变得有利。会不会与工作无关，而是出于私人原因呢？可白石律师应该没有财务上的纠纷，也没听说有绯闻。莫非是脑子有问题的人冲动杀人，并没有什么像样的动机？这是我唯一一想到的可能性。"

五代也问了富冈八幡宫、隅田川露台、港区海岸这些地方，长井节子说完全没有头绪。

带着白石健介近期工作的相关资料和事务所来电清单的复印件，五代等人离开了事务所，并决定将白石承办案件的资料等交给负责物证的刑警调查。

随后，五代和中町向曾经的几个当事人了解情况。得知白石健介被杀，每个人都很震惊，说出了几乎同样的话——

无法想象有人会怨恨那位律师。

3

向山田裕太问完话，五代和中町决定早点吃晚饭。五代正寻思去哪里好，中町便提出了很有吸引力的建议："去门前仲町吧？"

门前仲町就在回特搜本部的路上。这一带向来热闹，如今也生意兴隆，是深川有代表性的繁华街区。富冈八幡宫也在这里。

他们转乘电车，下午六点多抵达门前仲町站。

到底哪家店好，两人全无头绪。中町用手机找了几家备选，其中一家是烧烤店，特色是用笼屉蒸的深川饭。光听名字就要流口水，两人便选定了这家。

烧烤店紧邻地铁站，一进门是半包围式的吧台，中间站着一个穿白色罩衫的男人，正在烤青菜和海鲜。看到还有很多空座，五代他们便挑了靠里的座位，因为吧台不方便私密谈话。

年轻的女店员过来点单，两人点了生啤、毛豆和凉拌豆腐。带着酒气回特搜本部不合适，但两人在来的路上已达成一致——

喝一杯啤酒应该没关系。

"所有相关人员说的都一样。"中町翻开小巧的笔记本，叹了口气。

"觉得没有人会恨白石律师吗……不过，这应该也是事实。或许他就像长井小姐说的，任何工作都很真诚地对待。律师是个容易惹人反感的职业，过去也有律师被杀的案例，但实际上，恨一个律师恨到要杀了他的地步，这种事还是很少有。也许可以排除怨恨这一动机。"

生啤和毛豆送上来了。五代端起玻璃酒杯，向中町道声"辛苦了"，将啤酒灌进喉咙。液体带着恰到好处的苦味，仿佛渗进了奔波后疲惫的身体里。

"如果不是怨恨，又是什么呢？长井女士说过，会不会与工作无关，而是出于私人原因？"

"到底是什么呢……"五代侧头沉吟着，伸手去拿毛豆，"没有财务上的纠纷，也没听说有绯闻……难道是嫉恨？"

"嫉恨？您是说妒忌吗？"

五代从上衣口袋拿出记事本。"白石健介，生于东京都练马区。从国立大学法学院毕业后，很快通过司法考试，以律师身份在饭田桥的一家事务所工作。二十八岁时和学生时代就开始交往的同学结婚，三十八岁时独立创办了现在的事务所。这么看下来，真可谓一帆风顺的人生，有人妒忌也不稀奇。"

"的确是这样，但至于为此杀人吗？对于律师来说，这样的履历也算寻常啊。"

"没准有人眼红这种'寻常'呢，比如学生时代的竞争对手。

本想成为律师，因为通不过司法考试而放弃的人应该也不少。"

"原来如此，那倒是有可能。"

"但即使心怀杀意也应该是冲动下手吧，与准备凶器刺死这种行为对不上。我自己提出设想又自己否定，也有点奇怪就是了。"五代耸了耸肩，把记事本放回口袋。

可以用"一帆风顺"来形容白石健介，但根据绫子的叙述，他绝非娇生惯养的人。白石健介家境并不富裕，一直就读于公立学校，初中时父亲因意外亡故，他高中便打零工补贴家用。他的母亲在前年年底过世，此前罹患阿尔茨海默病时，他也要帮忙照护，说起来算是饱尝艰辛。正因此，他才会愿意做赚不了多少钱的国选辩护人吧。

就着毛豆和凉拌豆腐喝完了啤酒，两人又点了有名的深川饭。

"话说回来，这一带到底有什么？"看着贴在墙上的深川饭介绍，五代提出疑问。

"这地方似乎与被害人毫无关系，因此让人很在意。"

五代抱起双臂，默默思索起来。

案发当天，白石健介离开事务所后，首先驱车前往富冈八幡宫旁边的停车场。那里的监控摄像头清楚地拍到了他的车。同时可以确认，停车约十分钟后，出来支付停车费的人也是白石健介，中间没有其他人接近这辆车。

只有一种可能，就是白石健介按照凶手的指示把车停在了停车场，但停留的这段时间内又接到凶手的电话，新指定的地点就是案发现场——隅田川露台。

如何选择作案地点是凶手的自由，但白石健介一开始停车的地方是富冈八幡宫，这引起了侦查员的重视。智能手机的定位信息表明，白石健介过去一个月曾两次来到门前仲町。第一次是十月七日，有迹象表明白石健介去了很多地方。第二次是十月二十日，这次他几乎毫不犹豫地走进了永代大道上的咖啡馆。车两次都停在和案发当天同样的停车场。

　　负责实地调查的刑警去咖啡馆了解情况，确认监控摄像头拍到了白石健介出入这家店的画面。他身穿西装，只提了个公文包。遗憾的是，没有店员记得白石健介，应该是因为他的举止并无异常。

　　白石健介为什么要来门前仲町？从负责物证的刑警目前的调查结果来看，并未发现与他所办案件相关的人在这里居住、工作或上学。

　　这时，深川饭送了上来。从笼屉里冒出的香气，让五代忍不住露出笑容。"暂时忘了案子吧！"

　　"赞成。"中町也盯着笼屉回答。

　　吃完晚饭，他们决定去那家咖啡馆看看。那里距离这家店只有五十米左右。

　　咖啡馆是栋二层建筑，一楼只有吧台。两人买了咖啡，走上二楼。店里很空，但座位间隔太窄，他们便在靠窗的吧台并排坐下。

　　"根据智能手机的定位信息，白石在这家店停留了近两个小时。他来到陌生咖啡馆的这两个小时，在做什么呢？"

　　"最可能的就是和别人见面吧。"

"没错。但你也参加了侦查会议，应该知道从监控摄像头拍摄的画面来看，白石是独自进来的，离开时也是一个人。进来时也就罢了，离开时一般不都一起吗？"

"嗯……"中町沉吟着，"这么说也对。不过如果没有约人，为什么在这种地方待两个小时？看书吗？还是消磨时间？"说着，他用拇指指了指后方。

五代悄悄回头望去，客人们几乎都在座位上玩手机。

"不会吧。"五代苦笑道，"不可能就为了玩手机，特地跑到一个完全陌生的地方。我记得白石事务所的一楼也有咖啡馆。"

"被害人酷爱喝咖啡，而这家店的咖啡因格外可口而闻名，为此他专程前来，好像也有可能。"

"很有趣的推理，但这只是一家普通的连锁店。"

"说得没错。"中町露出失望的表情，端起纸杯送到嘴边。

五代也喝了口咖啡，转向前方，从窗户可以俯瞰永代大道。他忽然想到了什么，不由得扑哧笑了出来。

"怎么了？"中町问。

"在一家咖啡馆里不看书、不玩手机，一个人待上两个小时，一般人不会做这种事。不过，恐怕也有人不得不这么做。"

中町一脸困惑，似乎不明白五代的意思。

五代指着他继续说道："就是我们刑警啊。如果有监视任务，就得连续待上好几个小时。"

"啊？"中町张大了嘴。

五代指了指车水马龙的永代大道。"你看，如果要监视，这里不正是绝佳的地点吗？门前仲町主要的商店都在这条路两侧，对面哪家店来了什么客人一目了然，而且不论是来这个地方还是离开，基本都要经过这条路。"

"还真是。"中町低头望着大街，喃喃道，"莫非这就是被害人进这家店的原因？他是要监视某个人的行动。"

"不知道用监视来形容恰不恰当，毕竟白石不是刑警。不如说他在等待谁出现？"

"那个人是步行过来的吗？"

"不清楚，有这种可能，或者是把车停在路边的车位再过来。那人也可能是进了某家店不知什么时候出来的客人。可能性很多，但只有一点是确定的：这里是监视的最佳地点，还可以喝咖啡。"

中町目光炯炯。"那要向上头报告吗？"

五代微微一笑，像掸什么东西似的摆了摆手。"先别急。这只是假设，没有证据，连推理也算不上。如果这种话也要一一听取，再多几个主任、组长都不够用。"

"这样啊……"中町露出沮丧的表情，"我还想着多少带些见闻回特搜本部。"

"我理解你的心情，不过没必要为没有收获而内疚。找不到猎物不是猎犬的责任，要怪把猎犬放到了没有猎物之地的人。我们昂首挺胸地回特搜本部吧！"说完，五代拍了拍年轻刑警的肩膀。

距离发现被害人尸体已过去了四天，正如中町所担心的，人际关系调查小组和其他小组一样，没交出任何成果。

五代和中町以普通手机和智能手机的通讯记录为线索，调查了最近疑似与白石健介有过接触的人。普通手机下落不明，但警方向运营商提出申请后，查明了已拨电话记录，其中就有山田裕太的号码。

到目前为止，五代他们已经调查了三十余人，除了白石承办案件的当事人和前当事人，还去见了他的律师朋友、合作的税务师，连他常光顾的理发店都去了。然而每个人都表示，根本想不到线索。其中一个律师甚至说："抓到凶手后，如果让我给他辩护，我会恨不得逃跑。"看来，无论动机是什么，凶手都绝无轻判的余地。

五代他们回到特搜本部时，已过了晚上八点半。主管人际调查的筒井警部补还在，两人便报告了走访的结果。

筒井长着一张国字脸，正值壮年，头上的白发很引人注目。听到部下报告说没有收获，他的表情并没多少变化。工作中白费精力是很寻常的事。

"辛苦了。回去休息吧，明天要出差。"筒井把一份文件递给五代。

"去哪儿？"五代接过来一看，是驾照的复印件，证件照上是个瘦削的男子，看样子六十岁左右，地址则是爱知县安城市。

4

东京站始发的"回声号"新干线比想象中还要拥挤,好在自由席也有座位。到三河安城站约两个半小时。如果搭"希望号"到名古屋站,再换乘回声号往回坐一站,时间可以缩短半个小时,但车费也贵了两千日元,自又另当别论了。由于要节省经费,中町都没有获准同行。

五代坐在临窗的座位,又看起昨晚筒井给他的资料。

仓木达郎——这便是他要去见的人。从出生日期来看,此人现年六十六岁,此外几乎没有任何信息。

白石事务所接到电话时,会在对方姓名后标注日期和时间;因为有来电显示,也能记下电话号码。据说这是白石健介从独立执业起形成的习惯,每天工作结束后必浏览一遍来电记录,回顾同谁谈了些什么。

根据来电记录,十月二日有一个姓仓木的人打来电话,记下的号码是手机号。向长井节子确认后,她表示对这通电话还有印象，但当时她只是转告了白石健介，除了此人是男性外，对其一无所知，自然不清楚他所为何事。在当事人名单上也未发现这个名字。男人只打过一通电话，没有留下来访事务所的记录。

此人究竟是谁？如果是嫌疑人，倒是有可能申请搜查令，要求运营商提供信息，但现阶段还办不到。警方最后决定直接联系本人查明情况。考虑到异性比较容易沟通，由一位女警察接下了这个任务。

女警察没有提及案件的详情，只以调查的一环为由，询问对方的姓名和联系方式。对方没有拒绝回答，介绍自己叫仓木达郎，也报出了住址等信息。以女警察的印象，他并未表现出明显的慌乱。随后筒井又打电话过去，提出想了解一些情况，可否约个时间见面。仓木回答说现在没有工作，随时都可以。就这样，五代今天前往三河安城。

据说仓木再三询问筒井，究竟要了解什么事。这也难怪，刑警从东京专程过来，任谁都会觉得事情非同小可。就算没有什么见不得人的，也难免会在意。筒井只回了一句："等见面就知道了。"仓木是否涉案尚未可知，但在实际见面前不提供多余的信息，这也是侦查的铁则。

中午十一点刚过，列车抵达了三河安城站。出站后有个小巧的环岛。停车场里零散地停了几辆车。周围高层建筑不多，也没看到花哨的招牌，有种田园诗般的氛围。

出租车停靠点只有一辆空车在候客，五代给司机看了事先打印出来的地图。

"噢，是 SASAME 啊。"说完，司机发动了车子。

"是读作 SASAME 吗？不是 SHINOME？"五代问。他要去的目的地是安城市的篠目。

"是啊，外地人一般念不对，毕竟这个小镇也没啥出名的东西。"司机笑着说，话里带点口音，想来就是所谓的三河方言了。

五代向车窗外望去，行车道和人行道都很宽阔。道路两旁建有民宅和商店。没看到高层建筑，无论民宅还是商店占地都颇为宽敞。五代心想，在这种地方住惯了，怕是没法在东京那密集的住宅区生活了。

开了不到十分钟，出租车就停了下来。"就在这附近了。"司机说。

"那到这里就行了。"

五代付过车费后下了车，对比着地图和周围的景色迈开步子。形形色色、新旧不一的房子鳞次栉比，共同点是都有停车位，停了不止一辆车的人家也不少见。

门口挂着"仓木"名牌的房子前也有车棚，里面停了辆灰色的小轿车，车内的后视镜上挂着护身符。名牌下方是门禁。五代按下按钮后等了片刻，传出一个男人的声音："哪位？"

"我是从东京来的。"

"稍等。"

过了一会儿，响起开门的声音，大门打开了，出现一个穿着毛衣的男人，瘦削的脸庞和驾照上的照片一模一样，不过体格比五代想象中健壮。

"敝姓五代，很抱歉在百忙之中打扰您。"五代取出警视厅的徽章，上前出示后，利落地收进怀里，然后递出名片。

仓木接过名片，眯起眼瞧了瞧，说了声"请进"，便引他入内。

"叨扰了。"五代低头致意后，迈步进屋。

仓木带他来到了紧邻大门的和室。榻榻米上摆放着藤椅和桌子，靠墙设有小小的神龛，上方的墙上挂着一个女人的照片，像是在葬礼上使用的遗照。女人年纪在五十岁上下，圆脸和短发很相称。

"这是我太太。"注意到五代的视线，仓木说道，"十六年前过世了。她比我大一岁，当时是五十一岁。"

"还很年轻啊，真令人难过。是因为意外还是……"

"她得了骨髓性白血病。如果能做骨髓移植，或许还有救，但最终没找到捐献者。"

"原来如此……"五代一时不知该说什么好。

"所以我现在是一个人生活。我已经好些年没用茶壶泡过茶了，要是您不介意瓶装的茶饮料……"

"不，不用了，请不要费心。"

"是吗？那我就不客气了——啊，您请坐。"

在仓木的催促下，五代在椅子上落座。"昨天打电话的人应该和您提过，有个案子的侦查过程中出现了您的名字。东京的白石事务所的来电记录里，有您的电话号码。此次前来调查，是因为我们侦办的正是白石律师遇害的案子。"

一口气说完后，五代观察着仓木的反应。瘦削的老人表情几乎没变，只微微点了点头。

"您已经知道了白石律师遇害的事？"

"昨天接到警方的电话后，我上网查了一下。别看我这样，电脑还是会用的。知道案子后，我吓了一跳，难怪警方要来找我。"仓木的声音很沉稳。

"既然您知道案子，那说起来就简单了。今天来是想请教您，给白石律师打电话的原因是什么，您和他是什么关系？"

仓木将剃得短短的头发往后理了理。"并没有什么关系，也没见过面。那天是我第一次也是最后一次跟他通话。"

"也就是说，您是给一个素未谋面的人打电话？是为什么事？"

"为了咨询。"

"咨询？"

"就是法律咨询。我最近有点烦心事，在金钱方面和人起了纠纷，想知道法律上该怎样处理，就打了电话过去。"

"为什么要打给白石律师？"

"其实给谁打都一样。我在网上查过了，简单的咨询可以电话解答，而且是免费的。我还没打算请律师，所以在东京也好大阪也好，都无所谓。"

仓木对答如流，五代却有种无力感。住在爱知县的人为什么会特地打电话到东京的事务所？他原本对此很好奇，没想到答案如此简单且有说服力。"如果能告知咨询的具体内容，就太感谢了。"

听了五代的要求，仓木皱起眉头。"这是义务吗？"

"不，不是这个意思，我只是说如果可能的话。"

仓木眉头紧皱，摇了摇头。"很抱歉，这涉及个人隐私，我无法回答。因为不只是我的隐私，还有其他人的。"

"是吗？那就算了。"

五代用圆珠笔的按压头部分挠了挠后脑勺。仓木打电话的原因让他大失所望，他一时想不出再问什么，又感觉想上厕所。

这时，不知从什么地方传来铃声，似乎是仓木的手机在响。

"啊，有电话。放在那边了啊……可否失陪一下？"

"当然可以。对了，方便借用一下卫生间吗？"

"请用吧，就在走廊那头。"

目送仓木快步走向走廊深处后，五代去了卫生间。解手时他思考的，不是接下来该问仓木什么，而是报告该怎么写。

从卫生间出来，正要回到刚才的房间时，他注意到旁边的柱子上贴了张符纸。一看上面的文字，他顿时僵住了。

符纸上写着"富冈八幡宫大前"，下方并排的两行字分别是"家人安康""诸业繁荣"。五代从怀里拿出手机正想拍照，却听到了脚步声，仓木从走廊尽头出现了。

"怎么了？"仓木问。

"没什么。"五代把手机放回口袋。

再次在桌前和仓木相对而坐，五代的心态比几分钟前有了一百八十度转变。

"您去过东京吗？"五代问。他自己也感觉到语气变得强硬起来。

"嗯，去过，因为儿子在那里。"

"令郎？他在东京哪里？"

"高円寺。他从东京的大学毕业后，就在那边找了工作。"

"这样啊，您常去看他吗？"

仓木微微侧着头。"一年去几次吧。"

"您最近什么时候去过东京？"

"什么时候啊……记得是大约三个月前。"

"如果能告知确切的日期，那就太感谢了。"

仓木用锐利的目光盯着五代问："为什么？"

"对不起，这是我们的规定。"五代低头致歉，"相关人员都要这样确认，请您理解。"

"说是相关人员，只是打了个电话而已……"

"对不起。"五代重复了一遍。

"请稍等。"仓木叹了口气，拿起旁边的手机。那不是智能手机。他神情专注地操作着什么，五代却不禁怀疑：他该不会是在争取时间，思考如何糊弄东京来的刑警吧？

"是八月十六日。"仓木看着手机屏幕回答，"和儿子往来的信息还在，十六日去住了一晚，第二天回来。因为盂兰盆节的时候儿子也不回来，我就去看他了。每年都是这样。"

"您去东京的话，就住在令郎家？"

"是的。儿子还是单身，不需要有什么顾虑。"

"方便的话，能告诉我令郎的名字和联系方式吗？"

听了五代的话，仓木微微垂下眼睛，又眨了眨，显得很犹豫，但还是说道："他叫和真。平和的和，真实的真。上班的公司是——"仓木说出了一家大型广告代理商的名字，又看着手机报出了电话号码。五代都快速记了下来。

"您去东京一般都会做些什么？有常去的地方吗？"

"那要依具体时间而定。如果有只在东京才能看到的东西，我就去逛逛。好几年前，我登上过东京晴空塔，但也就是高罢了，没觉得怎么样。"

"神社和寺院呢？很多人喜欢逛这种地方。"

"神社和寺院啊……怎么说呢，谈不上讨厌，也没有很喜欢。"

"卫生间前面的柱子上贴了富冈八幡宫的符纸，看起来不算很旧，那是您贴的吗？"

"哦，那个啊，是别人送的。我并不是很信这些，但人家也是一番好意，我就贴上了。"

"别人送的？您并没有去过吗？"

"没有，是别人送的。"

"谁送的呢？对方是个什么样的人？"

仓木有些讶异地看着五代，眼中的戒备更强了。"为什么要问这种事？我觉得是谁送的并不重要。"

"这一点我们会判断。您能告诉我是谁送的吗？"

仓木深吸了一口气，微微合上眼睛，像是在尽力回忆，但五代又一次感觉到他在拖延时间。

"不好意思，"仓木睁开眼说，"我忘了。"

"忘了？不是很亲近的人，不会送神社的符纸吧？"

"您这样想不无道理，不过想不起来也没办法。对不起，年纪大了，老糊涂了。"

了解案情或调查时，最棘手的回答之一就是"忘了"。如果对方说"不知道"，还可以出示物证，据此追问"不可能不知道"，对"忘了"则无计可施。

但五代心里已经有数，这趟差没有白跑。"您打电话给白石律师只是为了法律咨询，那有没有再问别的事务所？"

仓木摇了摇头说："没有。"

"是因为向白石律师咨询后，问题解决了吗？"

"不是。正相反，白石律师的解答只是泛泛而谈，在网上稍微一查就能知道。毕竟是免费的，想想也难怪。我觉得这样咨询没有意义，也就没再找别家了。"仓木从容地回答，视线也不曾游移，似乎只是在坦率地说出事实，但也可以理解为，这是他自信谎言绝对不会被识破的表现。

不管怎样，五代觉得眼下不可能弄清楚了，但还有一件事必须确认。他看了眼手表。"很抱歉耽误您这么久。那么，最后一个问题，十月三十一日您去东京了吗？"

"十月三十一日……这听起来像是确认不在场证明。"

"我知道这很唐突，不过所有相关人员都要问这个问题，希望您能理解。"

仓木很不痛快地别过脸，抬头望着墙壁，那里挂着日历。"上个月三十一日啊，刚巧没有任何安排，换句话说，和平常一样，是平平淡淡的一天。"

"什么意思？"

仓木转头望向五代。"没有去什么地方，也没有拜访谁，一整天都待在家里。"

"那证明——"

"证明不了。"仓木当即答道，"很遗憾，我没有那天的不在场证明。"回答的样子看不出丝毫忐忑。

这份自信是从哪里来的呢？五代心想，接下来非得查清楚不可。他又看了眼手表，已经过了中午了。"明白了。这样就足够了。您这么忙还来打扰，真是不好意思。"

"很抱歉，看样子没帮上忙。"

"哪里，不过——"五代直视着仓木，"能不能帮上忙，现在还未可知。"

"是吗？"仓木并没有移开视线。

"先告辞了。"五代行了一礼，走向大门。

"刑警先生！"仓木喊住五代，"有件事我记错了。"

"记错了？"

"就是最后一次去东京的日子。我刚才说盂兰盆节的时候曾去看望儿子，其实后来又去了一次，我忘记说了。"

五代拿出记事本。"什么时候去的？"

"十月五日。没有特别的原因，忽然有点想见儿子，就乘新干线去了。照例只住了一晚，第二天回来。那天没发生什么印象深刻的事，所以一时没想起来。"

十月五日——五代立刻回溯案情，白石健介第一次去门前仲町是十月七日。为什么仓木要在自己准备离开时说出这件事呢？他刚才是真的忘了吗？如果是倒也罢了，但会不会还有别的可能？刚才问了他儿子的联系方式，或许他觉得警方会去儿子那里，再隐瞒十月五日的事情不妥，因为警方如果向儿子确认，他就会败露，令警方怀疑他为什么要隐瞒。话虽如此，现在问他也是徒劳，他必定会坚持说只是忘了。

"多谢您的配合，非常感谢。"五代道了谢，离开房间向门口走去。途中，他在那张符纸前停下了脚步。

"如果想起来是谁送的，应该和您联系吗？"仓木问。

"是的，请务必联系我。"

"那我想想看，不过不知道能不能想起来。"

"那就拜托了。"穿好鞋后，五代抬头望向仓木，"如果有什么新情况，请容我再来打扰。"

仓木瞬间不快地皱起眉，然后微微点了点头。"嗯，如果再有什么事，欢迎随时过来。"

"告辞了。"说完，五代走出了大门。门刚关上，就响起了上锁的声音。

正要迈步时，五代突然想起一件事。他走到旁边的车前，探身仔细查看挡风玻璃的内侧。车内的后视镜上挂着护身符。果然如他所料，红布上用金线绣着"富冈八幡宫交通安全守护"。

仓木会说这也是别人送的吗？然后同样忘了那个人是谁？

踏上归途时，五代想，仓木为什么不说是自己买的呢？那样就不用不自然地回答忘记是谁送的了。或许仓木说的是真话，那确实是别人送的，所以顺口回答了，但他不能说出那个人的名字，不得已才说是忘了。

五代不禁加快了脚步，觉得回东京后有很多事要做。

5

仓木和真工作的地方在九段下、面向靖国大道的一栋写字楼里。五代没有进去，在外面拨通了他的手机。仓木和真接起电话，得知对方是警视厅的人时显得很意外。当五代提出有事需要当面询问时，他又问是什么事。看来他的父亲并未告知他任何信息。

好在和真说他在公司，可以脱身片刻，于是和五代约在公司附近的一家老旧咖啡馆见面。今天中町也一道来了，两人并排坐在靠里的座位等待和真。

"仓木这是什么打算？"中町说，"为什么不告诉儿子，警视厅的刑警可能会去找他？我觉得不至于想不到吧。"

"那不可能。"五代断言，"此人不好对付，应该已经察觉到自己被怀疑，也知道我为什么要找他儿子。他八成是想着，就算告诉儿子也没有意义。正因为他觉得口径出奇一致反而不妥，才会说出十月五日去过东京的事。"

"确实。不然只要事先统一口径，十月五日去东京的事也是可以瞒下来的。"

"没错。我看即使仓木涉案，也和他儿子不相干。"

五代说得很谨慎，但内心不仅觉得仓木与案件有关，甚至还怀疑他就是凶手。仓木给白石打过电话，之后白石就去了门前仲町，还有柱子上的符纸、车上的护身符，这一切都太可疑了。上级也同意五代的看法，其他侦查员已经接到指示，开始排查仓木的人际关系，还有许多侦查员拿着仓木的照片，在门前仲町展开走访调查。

咖啡馆的门开了，进来一个男人。他看上去三十岁左右，鼻梁直挺，容貌端正，五代一眼就认出他是仓木的儿子，因为那双眼睛像极了他的父亲。

其他客人不是情侣就是女性，男人看到五代他们，略显紧张地走了过来，五代和中町也欠身站起。

"是您给我打的电话吗？"

"是的。在工作时间打扰您，真是不好意思。"五代没有出示警视厅的徽章，而是递出了名片。

仓木和真一看名片便皱起眉头，大概是对"搜查一科"这行字感到讶异。这是负责命案等恶性犯罪的部门，近来一般人也都知晓。

看到和真带着疑惑的表情落座，五代他们也再次坐下。花白头发的老板正好送水过来，和真便点了咖啡。

"您要问的是什么事呢？我很想知道。"和真不禁流露出心声。

"很抱歉在电话里卖了关子。也不是别的事，是关于令尊，有几个问题想请教。"

"令尊？"和真露出意外的表情，似乎全然没有料到，"您是说仓木达郎？"

"当然。"

和真并未因此释然，不住地眨眼。"家父怎么了？他现在住在爱知县安城市。"

"我知道。不过他有时会来东京吧？"

"话是这样没错……"

"他最近一次来东京是什么时候？"

"请稍等。"和真微微伸出手，来回看着五代和中町，"这是调查吗？跟家父有什么关系？如果不先说清楚，恕我无法回答。"

"没这么严重吧？"中町笑着说，"就算不知道是什么调查，也可以回答令尊是何时来东京的。"

"请考虑一下我的心情。"和真回以坚定的目光，"我的意思是，既然要说出个人隐私，至少应该告诉我在调查什么，不是吗？"

就在氛围开始紧张起来时，咖啡送上来了，和真并没有动。

"请喝点咖啡吧。"五代笑了笑，"听说这里的咖啡很有名，来，尝尝吧，凉了就不好喝了。"

在五代的催促下，和真勉强地将牛奶倒进咖啡里。

"是命案，"在和真将杯子送到嘴边前，五代说道，"发生在东京，因此与被害人接触过的人、可能接触过的人，我们都要一一调查。所谓接触，不只是见面，还包括通了电话和有过邮件、书信往来的人。"

"这其中也包括家父的名字，是吗？"和真端着咖啡的手停住了。

"没错，令尊给被害人打过电话。"

和真抿了一口咖啡，就放下了杯子。"对方是什么样的人，您不会告诉我吧……"

"这一点我们不太方便说。如果您无论如何都想知道，不妨问问令尊，他是知道的。"

"您见过家父吗？"

"前几天见过，您的工作地点和联系方式是他提供的。"

"家父对这件事只字未提……"

"想来他有自己的考量。好了，大致情况就是这样，您现在可以回答了吗？令尊最近一次来东京是什么时候？"

"请稍等。"说着，和真拿出手机操作起来，似乎在确认日程安排，"十月五日。"和真的回答不出预料，但下一句话又让五代他们很在意。"不过确切来说，是十月六日。"

"什么？"五代脱口而出，"这是怎么回事？"

"我不知道他是五日几点到东京的，但来我住处时，是凌晨一点左右。"

"之前他在哪里，做了什么？"

"我不太清楚。我问过他，他只说到处逛了逛。他每次来都是这样，我也没当回事。"

"每次来都这样……那你们会一起吃晚饭吗？"

"一开始有过几次，但已经好几年不吃了。配合家父调整日程很麻烦，第二天一起吃个早饭就行。况且两人待的时间长了，也没什么话可说。"

"令尊是第二天就回去吗？"

"应该是，不过具体我也不是很清楚。附近有家定食店开门很早，我们在那里吃过早饭后就在门口道别。"

"他来东京的频率是怎样的？"

"差不多两三个月来一次。"

这一点和仓木的供述一致。

"您来东京多久了？"

"大学念了四年，毕业后工作了十一年，已经十五年了。"

"令尊是从什么时候开始来东京的？"

"记得是在退休后，他说现在有时间了，就过来了。"

"从那以后就以同样的频率来东京吗？"

"是啊。嗯，我想是这样。"

"这期间有没有什么特别的事情？好事坏事都可以。比如令尊告诉您，今天发生了件这样的事之类的。"

"怎么说呢，"和真用手掌抵着额头，"也许有过琐事，但我不记得了，对不起。"

"令尊在东京向来是独自行动吗？有没有跟谁见过面？"

"这个嘛……"和真脸上闪过一丝慌乱，这个细节并未逃过五代的眼睛，"我没听他说过。他在这边没有朋友，也没新认识什么人，应该都是一个人行动。"

"这样啊。那最后两个问题，听到门前仲町这个地名，您能想到什么吗？或者富冈八幡宫也可以。"

"门前仲町？"冷不防冒出这个地名，和真明显有些不知所措，倒不像是演出来的。他摇了摇头，反问道："那是什么地方？为什么会问那里？"看他的样子，确实是毫无头绪。

"不好意思，关于这一点，我们暂时不便回答。最后一个问题，最近令尊跟您商量过法律相关的事宜吗？"

"法律？哪方面的法律？"

"哪方面的法律都行。可能是金钱方面的，也可能与某种权利有关。他和您谈过吗？"

"没有，他没和我谈过这种事。"

"好的，我的问题问完了，非常感谢您。"五代合上记事本。

"我可以问一个问题吗？"一直沉默的中町开口了，"令尊常来东京，您对此有什么感受？"

"有什么感受？这是什么意思？"

"我也是外地人，所以很清楚，父母频频来东京是很让人心烦的。两三个月一次已经相当频繁，一般都会奇怪为什么来得这么勤吧？要说来东京观光，旅游景点也是有限的。这样看来，不免让人怀疑是另有目的。"

和真明显露出不快的表情。他眉头紧锁，撇着嘴角，端起咖啡杯，将多半已经晾凉了的咖啡一饮而尽后，重重放下了杯子。"我不知道您的父子关系怎样，但我和家人都奉行不干涉主义。父亲频繁来东京，和我没有关系，所以我也从未猜测过什么。"和真看向五代，"我还要上班，可以就此告辞吗？"

"当然可以，谢谢您的配合。"五代低头致谢，再抬起头时，和真已大步走向门口。

"你的最后一击很漂亮。"五代向旁边的中町笑了笑，"仓木和真应该也早就在怀疑，被你直截了当地指出后，他忍不住方寸大乱了。"

　　"他怀疑的是……"

　　五代冷笑了一声。"经常来东京，又不告诉儿子去了哪里，到儿子住处时已经是深夜，没聊几句第二天就回去。男人有这种行为，只有一种可能。"

　　"女人？"

　　五代重重地点了点头。"依我看，富冈八幡宫的符纸和护身符都是某个女人送给他的。只要找到这个女人，案件就有进展了。"

　　"看来能给特搜本部带回丰厚的伴手礼了。"中町高兴地眯起了眼睛。

6

五代他们见过仓木和真的三天后，警方找到了那个女人。立下功劳的是拿着仓木达郎的照片在门前仲町奔走的侦查员。他们连偏僻角落的小店也没有遗漏，坚持不懈地走访调查，终于从一家酒铺的店员那里得到"见过几次"的证言。但那家酒铺没有喝酒的地方，店员是在一家小饭馆见到的仓木。小饭馆里卖给客人的酒水不够了，他紧急去送货时，看到仓木坐在吧台位置。

饭馆叫"翌桧"，在门前仲町开了二十多年了。店主是个年近七十的老婆婆，实际打理店铺的是她女儿，年纪在四十上下。她很有可能就是与六十六岁的仓木会面的女人。

"这是你们的猎物，你们去问问详情。"说完，筒井递给五代一张地图，上面标识了翌桧的所在地。

五代和中町准备一同前往门前仲町，但在去那家店之前，五代想先去一个地方。他说出想法后，中町也表示同意："好啊，走吧。"

五代想去白石健介去过的那家咖啡馆。和上次一样，他们上了二楼，并排坐在可以俯瞰永代大道的吧台前。

"五代先生。"中町唤了一声，只见他手里拿着筒井给的地图，"我觉得我们猜对了。"

五代从旁瞥了一眼地图。来这里之前他已经确认过，翌桧所在的那栋楼就在这家咖啡馆的正对面。说白石健介在监视翌桧相关人员的出入情况，绝非异想天开。

"现在下结论为时尚早，不过也差不了多少了。"五代说罢，端起了纸杯。在连锁店早已喝惯的咖啡，今天尝起来却格外美味。

时下再不起眼的店，网上也很容易查到相关资讯。翌桧的开门时间是下午五点半，刚过四点半，两人便起身离开。翌桧所在的那栋楼又小又旧，一楼是拉面店，旁边有楼梯，上方招牌写着"翌桧"。

沿楼梯上到二楼，入口处挂着"准备中"的牌子。两人打开门走进去，首先刺激到五代感官的是汤汁的香气，接着他才看到店里的情形。原木色的吧台里有一个年轻女人，身穿运动衫，系着围裙。她似乎化了妆，仔细描画的眉毛令人印象深刻。

"啊，我们是五点半开门。"女人说。

"我们不是客人。"五代向她出示了警视厅的徽章。

女人拿着饭勺，疑惑地停下了动作，像是深吸了一口气后答道："好的，不知您来有什么事？"

第一印象是年轻女人，但细看会发现她的眼角已隐约有了皱纹。即便如此，她还是怎么看都不像四十来岁的人，一张瓜子脸眉目清秀。

"打扰了，请问您是这家店的经营者吗？"

"不是，经营者是家母，她刚才出门买东西去了。"

"就是浅羽洋子女士吧？"

"是的，家母是浅羽洋子。"

"看来您也在这家店工作，请问怎么称呼您？"

"浅羽织惠……呃，店里发生了什么事吗？"

她的目光中闪动着不安，五代没有回答她的问题，而是问她名字的汉字怎么写。

"织物的织，恩惠的惠。"女人答道。中町在旁记了下来。

五代递出一张照片。"您认识这个男人吗？"

织惠看到照片，微微睁大眼睛，点了点头说："认识。"

"您知道他是谁吗？"

"他是……仓木先生。偶尔过来。"

"您知道他的名字吗？"

"好像叫达郎……不过也可能我记错了。"

织惠的语气多少有点没把握。如果两人有男女关系，不可能不知道对方的名字，但这也很可能是巧妙的演技。这世上的女人个个演技高超——这是五代从迄今为止的刑侦经验中得到的教训。

"他最近一次来是什么时候？"

织惠侧头思索着说："应该是上个月月初。"

"多久来一次呢？"

"一年几次吧。有时连续来，有时隔些日子。"

"从什么时候开始的？"

"确切的时间我记不得了，大概是五六年前。"

这与和真的话相符，看来仓木每次到东京，都会来这家店。

"您听他提过来店里的缘由吗？比如是谁告诉他这家店的。"

"这……"织惠歪着头，"没听他说过，可能刚好中意敝店吧。"

"他都是一个人吗？还是跟谁一起来过？"

"没有，他每次都是一个人。"

"一个人来这儿做什么呢？"

"做什么……在我们这样的店里，自然是吃饭喝酒了。"

"通常从几点待到几点？"

"基本是七点左右来，到快打烊时离开。"

"店里什么时候打烊？"

"十一点停止点单，十一点半打烊。"

"他坐哪个位子？"

"什么？"织惠露出意外的表情。

"一家店来熟了，会习惯坐固定的座位。我想他说不定也是这样。"

"哦。"织惠点了点头，指向靠墙的座位，"就是那里。"

五代看着那个座位，想象起仓木坐在那里的样子。坐在不会影响其他客人的座位上，一个人喝着酒，度过打烊前的四个半小时——如果不是对这家店有特别的感情，是不会这样做的。

不，也许有特别感情的不是店，而是人？

"请问，"织惠下定决心般开口道，"这是什么调查？仓木先生出了什么事吗？"

五代没有回答，中町语气沉稳地说："您回答我们的问题就可以了，其他事情还是不知道为好。"

"可是，这样刨根问底地打听仓木先生，让我很在意。我不知道下次仓木先生来时该怎样面对他。他只是偶尔光顾，但是个很好的人，对家母和我都很和善。今天的事情，我可以跟仓木先生说吗？"

"当然可以。"五代当即答道，"因为我们也去见过他了。"

"是吗……"

五代盯着织惠，只见她似乎有些意外，视线游移不定。如果她和仓木有特别的关系，不可能没听说东京的刑警去爱知县找过仓木。不过想也知道，五代不会把她的表情当真，他再次提醒自己，女人个个演技高超。

"您刚才说我们刨根问底，其实重要的事还没有问到。"五代直视着织惠端正的脸庞，"现在才是重点：关于仓木达郎这个人，您能不能把知道的情况全部说出来？不论多琐碎的事都没关系——中町，准备好记录了吗？"

"随时可以开始。"中町打开小巧的笔记本，拿起圆珠笔，催促织惠，"请说吧。"

"您这么说，我也不知道什么重要的事，因为仓木先生很少谈到自己……记得他说过住在爱知县，儿子在这边。他好像是来看儿子的时候，顺便来我们这里，几乎每次来都会带爱知县的特产。其他的……"织惠歪着头，陷入沉思，"他似乎是中日龙队的球迷，说是如果没有这样一个爱好，退休后就该为怎么打发时间伤脑筋了。还有……"她叹了口气，慢慢摇了摇头，"不好意思，我应该听他说过很多事，但一时想不起来了。"

"那请您有时间再想想，我们还会再来打扰几次。"

听了五代的话，织惠忧郁地皱起眉头，脸上似乎写着"还要来吗"——这大概不是在演戏。

背后响起开门的声音，五代回过头，只见一个穿米色上衣的瘦小女人正愕然站在原地。她两手提着白色的塑料袋，看上去七十岁左右，戴着眼镜，小巧的脸上布满皱纹。一眼就能看出她是织惠的母亲，因为她们长得太像了。

"您是浅羽洋子女士吧？"五代问。

女人没有回答，望向吧台。

"他们是警察，"织惠说，"想问仓木先生的事情。"

"打扰了。"说着，五代向洋子出示了警视厅的徽章。

洋子看也不看一眼，仿佛在说她对警察的徽章毫无兴趣。她径自走近吧台，把手上的塑料袋交给织惠后，才转向五代他们，问道："难道仓木先生犯了什么事？"

"现在还不能确定，所以我们正在各处走访调查，您这里也是。"

"是吗？我不知道是什么样的调查，但如果怀疑仓木先生，那就太离谱了。那个人是不可能做坏事的。"洋子斩钉截铁地说道。

"我们会参考您的意见。"回答的同时，五代有种奇妙的感觉，洋子的话让他隐隐有些在意，但在意的究竟是什么，他还想不明白。

"您是从仓木先生那里听说这家店的吗？"洋子问。

五代苦笑着摆了摆手。"这种事我们不能透露。"

"我们只要回答问题就可以啦。"织惠在吧台里，语气略带嘲讽。

"哦，这样啊。那就赶紧问吧，我们快开门了。再说句不客气的话，我一向很讨厌警察。"洋子说完，抬头望向五代，她目光冰冷，令人有些不寒而栗。

"好的。请问两位知道白石健介这位律师吗？"

"我不认识，你呢？"洋子问织惠，见她默默摇头，便对五代说，"看来是不知道。"

"这样啊。附近的富冈八幡宫，您去过吗？"

"去过，毕竟离得这么近。"

"您买过符纸或护身符……"

"买过。"洋子点点头，指了指厨房的墙壁，"喏，那就是。"靠近天花板的墙上贴着一张符纸，跟五代在仓木家看到的很像。

"买来的符纸、护身符您会送人吗？"

"那是常有的事，会送给熟客什么的。"

"您送过仓木先生吗？"

"仓木先生？啊，对了。"洋子轻轻一拍手，"我也给仓木先生送过。那是好几年前的事了，大约三年前吧，因为他老送我们家乡特产，我就给他回了礼。"

这个回答让五代反复思考。从洋子的话判断，仓木说忘了是谁送的果然不合理。必须要查清楚，为什么仓木想隐瞒这家店。

"听了您的话，仿佛看到了仓木先生和两位相熟的样子。常客里面，有谁跟仓木先生关系不错吗？"

"怎么说呢，店这么小，碰到的次数多了，总会有人跟他熟起来的。"

"能否请您透露一下，都是什么样的人呢？"

"这就强人所难了。"洋子笑着说，"如果您很想知道，不妨在营业时间过来，用自己的眼睛、耳朵查个明白。不过，请以客人的身份来哟。像刚才那样挥舞警视厅的徽章，我们就要控诉您妨碍营业了。"

五代苦笑着点了点头。"我们会考虑的。"

"刑警先生，如果还有别的事要问，能不能改天再来？现在已经火烧眉毛啦。"洋子看着墙上的时钟说。

这一瞬间，五代意识到刚才那种奇妙的感觉来自哪里了。

是语调。洋子说话时带着微妙的口音，和五代最近在什么地方听过的十分相近。

是三河安城站搭的那辆出租车的司机的口音，三河方言的语调。

"怎么了？"洋子讶异地问。

"不，没什么。那最后一个问题，十月三十一日您是和平常一样开店吗？"

"上个月三十一日吗？我记得那天没有临时休息。"

"两位都来店里了吧？"

"好在都来了，那天店里生意很不错，一个人的话会忙得不可开交。那天出什么事了吗？"

"呃，这个……"

"啊，是了，我不能提问。"洋子伸手捂住嘴，缩了缩身体。

"非常感谢您。可以的话，能否告诉我两位的住址和电话？"

洋子皱起眉头。"还要到家里来吗？"

"不，目前并没有这种打算，只是以防万一。"

在洋子的叹气声中，五代在旁边的便条纸上记下住址和两人的手机号码。她们同住在东阳町的一栋公寓楼。

"您是哪里人呢？"五代抬起头，注视着洋子，"织惠小姐暂且不提，至少您似乎不是东京本地人。"

洋子的脸上没了表情，连刚才还流露出来的对警察的嫌恶也感觉不到了。她长长地呼出一口气，跟吧台里的织惠对视一眼后，转向五代。"您猜得不错，我出生在爱知县濑户市，结婚后在丰川市生活到三十六七岁，外子去世后过了段时间才来到东京。"

"原来是这样。那您和仓木先生应该会用家乡话聊得很热络吧？"

"没有，我们没用家乡话聊过，我甚至没提过我老家是爱知。我想仓木先生是察觉到了，但并没有问过。或许这是他体贴的地方，觉得既然我不说，就不可以提。"

"……不能提吗？"

洋子面无表情地深吸一口气。"我不喜欢被你们四处想方设法地调查，就坦白说了吧。我刚才说厌恶警察，是有切实理由的。"

"是怎么回事？"

"外子……我的丈夫……"

她漠然的脸上开始有了表情，眼圈发红，脸颊僵硬，嘴角扭曲，浮现出深切的悲哀之色。

"他被警察杀害了。"洋子那饱经沧桑的唇间，漏出呻吟般的声音，"他因为涉嫌杀人被逮捕，再也没有回来。在警察局的留置室里上吊自杀了。"

7

"案件发生于一九八四年五月十五日星期二，地点是名古屋铁道线东冈崎站附近的一栋商住楼，一名在该处开办事务所、经营金融业务的男子被杀。被害人名叫灰谷昭造，五十一岁，单身。发现尸体的是事务所的工作人员，当晚七点三十分左右报警。凶器是一把厚刃尖菜刀，刺入被害人胸口。"

筒井低沉的声音在不大的会议室里回响。围坐在会议桌前的除了五代和筒井，就是警视厅搜查一科重案组组长、辖区警察局局长、刑事科科长、搜查一组组长等上司。

"五月十八日，也就是案发三天后，福间淳二被逮捕。"筒井看着资料继续道，"有什么嫌疑不清楚，从后来的情况推测，很可能是以其他有证据的罪名批捕。福间当时四十四岁，家住丰川，此外其他详细情形不得而知。他在警察局的留置室寻死，是被捕四天后，好像是用衣服上吊自杀。之后以犯罪嫌疑人死亡定案，并将案卷移送检察厅，后者做出不起诉决定，就此结案。

一九九九年五月因公诉时效届满，相关的侦查资料几乎都被废弃。"

筒井宣读的资料，是五代在浅羽洋子陈述的基础上调查后写成的。洋子记得丈夫被捕的准确日期，但对案情似乎不甚了然。

"那天不知道是刑警还是什么警察闯到家里，带走了外子。外子跟我说，他很快就能回来，不用担心，但过了好几天也没回来。再后来我就接到通知，说他在牢房里上吊自杀了。"

五代忘不了洋子淡淡道来的模样。尽管已过去了三十多年，她内心的伤痕显然并未愈合。

从记录来看，该案已是陈年旧事。调查组从爱知县县警本部获悉了案件内容，但当时是如何展开侦查，又是在怎样的情势下逮捕嫌疑人的，如今已无法确认。筒井念的资料，部分引用自案发时的报纸。

"这是知情者主动讲述的案件情况吧？"重案组组长樱川确认道。他是五代等人的直属上司。

"是的。"五代回答，"她应该是觉得，刑警都找上门来了，多半已经调查过自己在爱知县时的事情。毕竟那是个小地方，稍微打听打听就一清二楚。既然如此，不如先把话说明白。"这话他已经跟樱川说过，因此这次是向其他干部解释。

"那么，这件事该如何处理呢？"樱川征询干部们的意见，"被害人的行动中最令人费解的，就是在包括案发当天的一个月里，三次前往门前仲町，理由却全然不明。唯一相关者就是仓木达郎。我打算让五代他们继续追查仓木、饭馆翌桧以及被害人之间的关系。问题是，筒井刚才通报的那起三十多年前的案件，我们要调查到什么程度。"

"唔……"瘦长脸的局长低吟了一声，"这件事可不怎么光彩啊。"

"你说得没错。"

"我看这是爱知县警方不想提及的案件。犯罪嫌疑人竟然在拘留期间死亡，真是丢脸丢到家了。与其说想要忘记，不如说恨不得当无事发生吧。"

"恐怕是这样。"樱川点了点头，"所以要征求各位的意见。"

"那家小饭馆的店主母女是凶手的可能性不大吧？"

"根据五代的话，不太可能。案发时两人都在店里工作。"

"即使那店以某种形式与案件有关，调查店主母女的个人情况也意义不大，更何况是三十多年前的往事了。"局长明显态度暧昧，应该是不欲刺激其他县的警方。

"五代，"刑事科长叫住他，"你怎么看？觉得店主母女与本案无关吗？"

五代微微偏头。"老实说，我不太清楚。不过仓木达郎有意隐瞒这家店，这一点让我很在意。他说忘记是谁送的符纸，这也很不自然。我觉得仓木想要隐瞒的不是这家店，而是这对母女的存在，所以——"

"明白了，够了。"刑事科长伸手制止五代再说下去，转向局长，"爱知县警方不愿提及这件事，但当时的负责人想必都不在了，不见得还会那么介意。"

听下属如是说，局长似乎也下了决心，勉强向樱川点了点头。"好的，交给你们了。"

"我再和上头商量一下,争取得到爱知县警方的配合。"说完,樱川向筒井和五代使了个眼色,似乎暗示他们可以离开了。

"先告退了。"五代和筒井向其余几人行了个礼,一起离开了会议室。

"事情可能很棘手。"走在走廊上,筒井晃了晃刚才念的资料。

"一九八四年啊……"五代叹了口气,"我还没上学呢。"

"侦查资料自然留不下来,只有向当时的经办人了解情况了。"

"负责的人差不多都过世了吧?"

"如果当时跟我们差不多年纪,如今已经超过七十岁了吧。要是活着,说不定我还要惊讶呢。"筒井用手指戳了戳太阳穴。

五代苦笑起来,心情有些沉重。即使还有人清楚地记得那个案子,如今也必定不想再回忆。恐怕没有谁会欢迎前去了解案情的人。

8

"味噌炸猪排我没吃过，五代先生吃过吗？"邻座的中町摆弄着手机问道。

"没有，我也没吃过。上次出差时很感兴趣，但最后还是没吃，因为味道太冲了，让我很讨厌。老实说，我有点挑食。"

"是吗？还真看不出来。"

"我老妈总念叨我说，就因为这样才结不了婚。不过你想吃的话，我陪你去。等忙完工作，就找个好店尝尝。"

"看样子店铺不少，毕竟这里是名古屋嘛。"中町依旧盯着手机。

车内广播通知，即将到达名古屋站。五代确认了口袋里的车票。

五代再次接到去爱知县出差的命令，是在参加干部会议后的第四天。这次的目的地是名古屋市天白区，搭乘希望号就能直达名古屋站。中町也获准同行。他似乎很久没出过差了，整个人干劲十足。

一九八四年发生的"东冈崎站前金融从业者被害案",侦查资料果然所剩无几。考虑到时效届满,以及案件发生的年代,这也在情理之中,很难认为爱知县警方是刻意隐瞒。非但如此,爱知县警方还相当配合,尽心尽力帮他们寻找当年负责侦查该案的人。因为没留下记录,只能依靠老人们的记忆,不难想象过程之艰难,这令五代很是感激。

最终找到的,也就是五代他们此行要去见的人——负责过该案的前侦查员。此人现年七十二岁,案发时不足四十岁,完全有可能是一线刑警。

遗憾的是,白石律师被害案的侦查谈不上有进展。行凶的刀子可以在超市买到,命案现场也没发现凶手的遗留物品。从现场周边的监控中未获得有用的影像。人际关系调查小组查到仓木去过翌桧,此后也没有什么值得一提的成果。

现在被寄予期待的,是根据白石健介手机展开的调查。因为不太可能是被初次见面的人杀害,过去白石健介应该在什么地方见过凶手。通过手机定位追查他最近的行踪,如果他在某家店停留过,很可能是在和谁会谈,警方就要查看店内监控在该时间段内的影像。若是店里没装监控,就通过查看附近人行道等处的摄像头来确认。这是很需要耐性的工作,但也有好处,可以准确查明被害人最近接触了哪些人。

不过这样未必就能查到凶手。如果拍到的都是工作伙伴或委托人,那也没有办法。

五代他们刚走出名古屋站的检票口,一个男人就迎了上来。

他戴着眼镜，看上去很亲切，年龄在三十岁左右。

寒暄过后，互相确认了身份。男人姓片濑，是爱知县县警本部地域科的巡查长，事先已经商定，由他给两人当向导。

"劳烦您了，不好意思。"五代向他致意并递上从东京带来的礼物。

"不用客气，都是互相帮忙。"片濑微笑道。

从车站要开车过去，出站后，片濑便离开两人去取车。不久，一辆白色的汽车出现了，开车的正是片濑。中町正要坐上副驾驶座，五代制止了他，自己坐了上去。这个位置比较方便和片濑交谈。

"您会不会觉得是从东京来了麻烦事？毕竟是三十多年前的案子了。"车开动后，五代说道。

"我个人是很高兴的，这还是我第一次调查自己出生以前的案件。"片濑的语气很平和，听来不像是客套话。

"您也参与这次调查吗？"

"那位警察如今已是个老爷子了，调查工作还是归地域科。"

据片濑介绍，他们要去见的人名叫村松重则。"东冈崎站前金融从业者被害案"发生时，他在辖区警察局的刑事一组，当时的级别是巡查部长，参与了一线侦查。

"听说他的头脑很清楚，案子也记得分明。最重要的是，他还保留着当时的侦查记录。"

"咦，当真？"

"不过也只是个人的记录。在职期间用过的记事本、文件夹，他一直没丢，其中就包括那起案子的资料。"

"原来如此。"五代恍然。他自己迄今的侦查记录也都收存在家里，明知已没有任何用处却不忍丢弃。为了收集那些资料跑了多少路，只有他自己知道。

开了约三十分钟后，片濑停下了车。这里是住宅区，附近有家幼儿园。公寓楼很显眼，想必其中住了不少工薪家庭。

片濑带着两人来到一栋兼具和式和西式风格的老旧房子，这家照例也有宽敞的停车位，可以轻松停下两辆车。不过现在只停了一辆小型汽车。

片濑通过门禁交谈了几句，大门打开了，出现了一个满头白发的男人。他比想象中瘦小，看样子也温和敦厚，完全没有了刑警的气场。

男人热情地招呼五代等人入内，将他们领到可以俯瞰小小庭院的西式客厅。五代等人和村松在大理石桌前相对落座，又寒暄了一番后，村松的妻子端来日本茶。她是个很文静的女人，短发染了明亮的颜色。可能是因为有客人来访，也精心化了妆。

"很抱歉在百忙之中打扰您。"

五代为贸然登门低头道歉，村松摆了摆手。

"不不，我没有什么忙的。做过停车监督员，前不久还是被开掉了。现在我每天都很闲，只要我能帮上忙，一定尽力。"村松的语气很开朗，看来的确如片濑所说，是个头脑灵活的人。

"您可能已经听说过了，前阵子东京发生了一起命案，我们在侦办过程中，发现一位知情者来自爱知县，是这里曾经发生过的命案嫌疑人的妻子。是一九八四年的'东冈崎站前金融从业者被害案'。"

村松专注地听着五代的话，点了点头。"嗯，她定居东京了吗？我也有一两次想去见她，但她没露面。"

"我不确定是否与我们侦查的案件有关，不过还是想先弄清楚当年那起命案的情况，为此特来拜访。"

"唔唔。"村松满意似的点点头，"这话我自己说可能不大妥当，不过如果说这件事，我想我是合适的人选，因为我全程参与了一线侦查。我是最早赶到现场的那个人，报警的人当时还站在遗体旁边，没有离开房间。"

"这样吗？"五代瞪大了眼睛。如果是这样的话，他确实是合适的人选。

村松从旁边的纸袋里拿出一本很旧的大学笔记本，又拿起桌上的眼镜戴上。"那天的事我记得很清楚。当时我住在矢作川附近，正吃着晚饭，突然被叫了出来，紧急赶到现场。那是名铁东冈崎站旁一栋商住楼的二楼，在挂着'绿色商店'这种古怪招牌的事务所里，一个身穿西装的男人被刺身亡，地板上丢着一把染血的菜刀。这把菜刀原本是事务所的物品，因此不像是预谋犯罪，更像是发生争吵后冲动行凶。旋即成立了特搜本部，展开侦查。但一调查才发现，这个叫灰谷的被害人干的不是正经营生，说句不客气的话，被杀也怪不得人。"

"他做了什么事？"

"您年纪还轻，可能没多少印象，听说过东西商事案吗？"

"东西商事……啊，记得在警察学校学过，是一宗大规模诈骗案。"

村松重重地点了点头。"这家公司首先向客户推销纯金，声称纯金有投资价值，必定会升值。这个说法本身并没有问题，问题在于，公司交付给客户的不是实物，而是证券这种废纸，理由是实物由公司保管比较好。如果真是保管倒也罢了，但实情并非如此。公司根本没有购买黄金，而是中饱私囊。您也许会想，这么拙劣的做法也能得逞？但不只是老人，很多人被这种手段骗到了。自然，公司不可能瞒上一世，随着人们纷纷诉苦抱怨，阴谋败露无遗。最后公司倒闭，残存的资产返还给了受害者们，但据说金额微不足道。"一口气说到这里，村松抿了口茶。

"被害人跟这个案子有关系吗？"五代问。

"间接有关。东西商事这家公司倒闭了，但其中很多干部、职员利用在东西商事学到的伎俩，开始新一轮坑蒙拐骗。炒高尔夫会员证、钯金期货交易、把不值钱的宝石高价卖给客户——总之，使出百般手段骗客户的钱，最后不是逃之夭夭，就是公司有计划地倒闭，每次沦为牺牲品的都是老人。尤其独自生活的老人，更是他们瞄准的对象。他们会逐个打电话过去，一旦得知对方独自生活，就千方百计骗钱。什么在银行存款太多，养老金会被裁减，不如拿来投资之类的，满口胡言。这帮人是不折不扣的人渣，被害人灰谷昭造还像鬣狗一般，靠讨好他们分得好处。"

终于跟案子联系到了一起，五代微微探身向前。

"刚才说的那帮不法商人，随时都在寻找猎物。灰谷跟这些人走得很近，把好骗的人介绍给他们。他以前在人寿保险公司待过，离职时擅自带出来的客户名册就是他的信息源，年龄、收入、储蓄额，有时连家庭成员的信息都能掌握。在那些企图不法牟利的人看来，他可谓是个好用的男人。灰谷和这种公司的推销员一起去选中的老人那里，假装为已经购买寿险的客户提供售后服务，向他们介绍推销员。老人以为和自己购买的保险有关，很容易就上了当。而且灰谷这个人很是能说会道，还不时给老人们送点小礼物。"

听了村松的话，五代觉得灰谷确实容易招来杀身之祸。"警方察觉到凶手刺死他的动机了吧？"

"没错，侦查方针也以排查被灰谷欺骗的受害者为中心。不过调查后意外发现，在案发当时很少有人意识到自己上当受骗了。还有老太太仍然深信不疑，听闻灰谷的死讯，流着泪说那么好的人为什么会遭遇横祸。"

"还真是厉害。"五代身旁的中町嘀咕了一句，应该是在感叹灰谷骗人的功力。

"这其中，一个叫福间淳二的人进入了侦查人员的视线。他在丰川经营一家电器店，经灰谷介绍投资钯金期货交易，四十四岁，在受害者中算年轻的，但对电器也只是一知半解。他好像自己稍微研究了一下，觉得钯金确实是有前途的金属，但在期货交易方面完全是个外行。期货经销商在最贵的时候替他买入，又在最便宜的时候随便卖出，如此反复再三，转眼间他的资金就亏光了。而期货经销商自己又做了什么呢？是在福间买入的时候卖出，卖出的时候买入，因为和福间相反，在最便宜时买入，最贵时卖出，自然赚得盆满钵满。福间的钱全数落到了期货经销商手上。"

"真是恶毒。"五代皱起眉头，"但为什么还会一直交易呢？"

"经销商承诺保本，所以福间以为就算赚不到钱，自己的本金也可以拿回来。但后来经销商销声匿迹，至此福间终于意识到被骗了，于是向灰谷提出抗议，说你反正跟他们是一伙的，把亏的钱还给我。灰谷当然不可能答应，一口咬定自己只是介绍，什么都不知道。灰谷的事务所由他的外甥负责接电话，据外甥表示，福间来过事务所好几次。"村松扶了扶眼镜，低头望向笔记本，"案发当天，也有人看到福间。距报警约半个小时前，他在那栋商住楼的楼梯上跟荞麦面馆外送的伙计擦肩而过。在此情况下，警方当然是申请传唤了他。"

"福间承认行凶了吗？"

村松撇着嘴，摇了摇头。"他承认去事务所见过灰谷，但说刺死灰谷的不是他，他只是殴打了对方。"

"什么？"五代又问了一遍，"殴打了吗？"

"据说是殴打了，他也承认了。一听这话，警方就以故意伤人的罪名逮捕了他。因为事实上，死者的脸部的确有内出血，推测是被凶手殴伤。"

原来是这么回事，五代明白了。这就不算是另寻罪名了。"从承认殴打的那一刻起，福间就被限制了人身自由吧？"

"是的。以故意伤人罪移送检察厅后，进行了审讯。"

"您负责审讯吗？"

"不是，审讯福间的是来自县警本部的警部补和巡查部长。名字记得叫……"村松查看笔记后，说是山下警部补和吉冈巡查部长，"这对搭档以审讯严厉出名。对这种声称只打了人、没有杀人的麻烦家伙，威吓一番让他老实交代是最好不过的。因此听说由山下他们负责审讯时，我们都认为很妥当，期待那对搭档很快搞定。有人觉得他们作风粗暴，但当时的侦查就是那样子。"说到审讯的话题，村松突然有些含糊其辞。

"您没有参与吗？"

"没有，不过我听记录员说过里面的情况。主导审讯的是吉冈，他气势汹汹地逼问，把福间吓得够呛。山下则训斥吉冈，让他对福间说话温和一些，并暗示福间如果不尽快坦白，还会吃更大的苦头。记录员说，已经做到这份上了，应该扛不了多久，很快就会招供。谁知道……"村松重重地叹了口气，"做梦也没想到会出那种事。"

"听说福间上吊自杀了。"

"是的。他脱下衣服搓成细长条，拴在窗户的铁栅栏上吊颈自杀了。"村松伸手拿起茶杯，但似乎已经喝光了，他瞧了一眼又放回桌上，"以上就是这起案子的大致情况。留置室的管理确实有疏漏，但在侦查层面上，我觉得并没有过错。"

五代点了点头。从听到的情况来看，村松说得没错。以嫌疑人死亡结案并移送检察厅，决定放弃起诉的结局也可以理解。

村松招呼坐在远处的妻子泡茶，然后望向五代："关于这起案子，您还有什么想问的吗？"

五代挺直了脊背。"案件的相关人员中，有没有一个姓仓木的人？全名仓木达郎。"

"仓木……"村松念了一遍，偏着头思索，"怎么说呢，毕竟是三十多年前的案子了，那段时间去见了很多人，要是相关人员的名字都一一记住，脑袋就要撑爆了。至少在案件的重要人物当中，应该没有这个名字。"

村松从纸袋里拿出一个文件夹，有东西被带了出来，掉在地板上，是本黑色皮革封面的记事本。村松把它放回纸袋，将文件夹递给五代。"这是灰谷向那些不法商人介绍的客户名单，其中有人被骗买了可疑的罐子，有人上了传销的当，什么样的诈骗手段都有。"

五代接过文件夹，交给中町。"你查查有没有仓木的名字。"

"好的。"

见中町打开文件夹，五代的视线回到纸袋上。

"刚才那本记事本是您在现场用的吗？"

"您是说这个？"村松拿起记事本，"没错，我带去了现场。"

"可以看看吗？"

"您尽管看。当时这种记事本我买了一堆，每次发生案件，我就拿本新的过去。"

"原来如此，这很合理。"

五代打开旧记事本，第一页写着"5/15　7点55分到达现场　矢作川大厦二楼　绿色商店　害　灰谷昭造"。"害"是"被害人"的简称。字迹相当凌乱，看起来很费劲，晚饭吃到一半赶过去的紧迫感扑面而来。

第二页写着"坂野雅彦　外甥　接线员"，再往后字迹越发潦草，很难辨认。

"这里写的是什么呢？"

"哪里？哎呀，字写得太乱了，不好意思。是什么地方，让我看看。"

五代把记事本递给村松后，旁边的中町将文件夹还给了他。"这份名单上没有仓木的名字。"

"这样啊。"五代觉得也在情理之中。据村松介绍，受害者主要是老人，仓木当时不过三十岁上下，被瞄上的可能性不大。

"这是向灰谷外甥了解的情况。"村松说，"刚才我也说过吧，灰谷雇了妹妹的儿子接电话，就是这个坂野雅彦了。我们赶到现场时，他就等在那里，所以当场问了大致情况。嗯，这里写的是，用公共电话报警后就待在大厦外面。"

"什么？"五代看着村松，"之前您不是说，报警的人站在遗体旁边，没有离开房间？"

"确实说过，我记忆中是这样的。咦？这可奇怪了。"村松翻看起自己的旧记事本，过了一会儿，大声说道，"啊，对了，我想起来了。抱歉，是我记错了，其实是两个人。"

"两个人？"

"遗体发现者是两个人，一个是报警的外甥，另一个就是待在房间里的人。据外甥说，那人是司机。"

"司机？开出租车的吗？"

"不是。哦，这里有写。"村松把记事本稍稍拿远了些。即使戴了老花眼镜，看样子辨认也很吃力。"车祸肇事方的男性，为表示歉意负责接送……啊，还有这种事。"

"什么事？"

"我记不太确切了，不过也不是什么要紧事。灰谷遭遇车祸受了轻伤，对方负责给灰谷开车，直到他痊愈。灰谷的外甥和这个男人一起去了房间，发现了遗体。因为没有在这个男人身上发现什么疑点，很早就排除了他的嫌疑。"村松哗哗地翻着记事本，突然停下手，"啊"地惊呼一声。

"怎么了？"

村松瞪大了眼镜后方的双眼，把摊开的记事本送到五代面前，另一只手指着其中一页。

五代欠身凑近，细看记事本。

上面的几个单词或短句写得乱七八糟，很难辨认，但村松指给他看的字是片假名，比较容易认出来。

是仓木。

9

从村松家出来，片濑将两人送到名古屋站。中町坐在副驾驶座，五代给特别搜查本部打电话。

"我正要给你打电话。"樱川说，"不过先听你说说情况吧，你听起来挺有干劲，有什么发现吗？"

"发现了惊人的事实。"五代向樱川汇报了在村松家获得的信息。

"真是让人震惊，仓木竟然和那个案子有关。"

"不仅村松的记事本上有记录。我逐一调查他保管的资料后，还找到了指纹采集同意书的副件，有仓木达郎的亲笔签名，不会错的。"

"这样一来就和那家饭馆联系上了。解谜的时候就是这样，底牌一张接一张摊开。"

"您那边出了什么事吗？"

"不是出事，是调查监控录像的人立了大功。十月六日，白石律师去了东京站旁的咖啡馆，入口处的监控摄像头拍到了比白石律师晚两分钟进来的人。那个人是谁，不用我说你也能猜到了。"

"仓木？"

"正是。你们立刻去仓木那里讯问，我让筒井他们也去支援。当地的警察我联系过了，必要时可以直接带仓木去警察局接受调查。"

"我们去仓木家之前，不用先确认他人在哪里吗？"

"不用。东京的刑警又找上门来，他自然知道事情非同小可。如果他和案子有关，只怕会逃跑。你们所在的地方离仓木家近得很，绝对不能白跑一趟。"

"您说得是。那就不提前告知了，我们直接过去。"

挂了电话，五代将与樱川通话的内容告诉了中町。

"终于有进展了。"中町两眼放光。

"派人来支援，是为了监视仓木家，防止他逃跑吧？看来组长料定仓木就是凶手。"

"太好了。"驾驶座上的片濑说，"连我都很兴奋。加油啊！"

"谢谢。"五代答道。

到了名古屋站，两人向片濑致谢道别后，搭上新干线回声号。

"我还是不明白，三十多年前的案子，是怎么跟这次的案子扯上关系的？"坐在自由席的座位上，五代交抱起双臂。

"不用那么在意吧。仓木确实和当年那个案子有关，只不过对侦查人员来说不算什么重要角色，好比电影里的群演，一个跑龙套的，事到如今又能扯出什么呢？"

"不明白，完全不明白。"五代耸了耸肩。

到了三河安城站，两人前往出租车站。五代已经来过一趟，一切熟门熟路，直接告诉出租车司机："去筱目。"

他们在仓木家门前下车。五代深吸一口气，上前按下门禁的按钮。等了片刻，无人应答。难道不在家？五代和中町面面相觑。

就在这时，背后有声音传来："又怎么了？"两人回头一看，仓木就站在那里，手上提着纸袋。

"有件事必须向您确认。"五代说。

"是吗？那请进，不过我没什么可招待的。"仓木掏出钥匙开门。

进了家门后，两人被引入上次的房间。仓木说了声"请稍等"，便从纸袋里取出鲜花，供到神龛上后合掌默祷。他的背影看上去越发瘦小。

"不好意思。"说着，仓木在五代他们对面落座。

"您定期给神龛供奉鲜花吗？"五代问。

"看心情，今天不知怎么就想买花了。"仓木淡淡一笑。他比上次看起来要虚弱，不知是不是错觉。"您想确认什么？"

"就是上次去东京的事。您在十月五日去东京，第二天返回，请问是为什么？"

"我说过了，想看看儿子。"

"仅此而已？"

"您什么意思？"

"十月六日傍晚，您去了东京站旁的一家咖啡馆。"

仓木表情明显僵住了，一时答不上话来。

"您看上去很讶异。我们为什么会知道，说来也不稀奇。"五代观察着他的表情继续说道，"我不详细解释了，简单来说，东京这样的城市里遍地都是监控摄像头。餐厅、便利店当然是为了自我保护，街上也随处可见。公共电话曾是那些为非作歹之人好用的工具，现在却成了警察的得力助手。一旦确定凶手使用过，警方会分析东京所有公共电话附近的监控录像，因为其附近一定装有摄像头，目的就是捕捉使用者的样貌。您也一头栽进了这张监控的巨网。顺便一提，监控录像清楚地拍到了您见的人——白石律师。不用我多说了吧。"

仓木沉默着，视线放空，但看眼神显然不是在发呆。五代暗想，莫非是在纠结什么？

"上次您回答说，只和白石律师通过电话，不曾见过面，打电话是为了免费的法律咨询。然而事实上，几天后您就去东京见了白石律师。可以解释一下吗？"

仓木依然一言不发，宛如凝固了一般纹丝不动。

五代挪到可以直视仓木的位置。"我去见了浅羽洋子女士和织惠小姐。"

仓木的眼睑微微一动。

"洋子女士告诉我，富冈八幡宫的符纸是她送给您的。既然如此，您为什么要说忘了？不可能忘记吧？"

仓木闭上眼睛，阻挡了五代的直视。

"您为什么要去祭桧？为什么向儿子隐瞒？您没有对浅羽母女交代，您就是三十多年前'东冈崎站前金融从业者被害案'

的遗体第一发现者，这又是为什么？"

仓木睁开眼，缓缓站起身，来到神龛前方，像刚才那样双手合十。

"仓木先生……"

"够了。"

"什么？"

仓木转向五代他们。五代吃了一惊，他的神情异常平静，与刚才完全不同。

"一切罪行由我犯下，所有案子的凶手都是我。"

"一切……难道说——"

"是的。"仓木点了点头，"是我杀了白石律师，刺死灰谷昭造的也是我。"

10

三十三年前，我在爱知县一家零部件制造公司工作，没有自己的房子，住在国铁冈崎站附近的公寓里，每天开车上下班。没错，当时还叫国铁，不叫 JR。

通勤途中，我撞上了一辆自行车，对方受伤。那个人就是灰谷昭造。

灰谷的伤并不严重，但他狡猾又阴暗，趁我低声下气道歉时提出种种无理要求。治疗费用当然应该由我支付，但金额高得吓人，他还要求我负责接送他去事务所。

那个晚上，我终于忍无可忍。他找我要自行车的修理费用，金额同样很离谱，甚至可以买辆新的。一看那数字，我大为光火，跟他说这么贵我可掏不起。灰谷说那就把车祸的事捅到我公司。

我的确向公司隐瞒了实情，因为我就职于大型汽车制造商的子公司，对交通事故十分敏感，据说只要出一次事故，就会影响业绩评定，直到退休。要是这个男人以后一直纠缠不休，我可受不了。这么想着，我抓起了事务所厨房里的菜刀。

　　我不是真想杀他，只想吓唬他一下，然而灰谷躲都不躲，冷笑着说有本事就捅他。看到他那副嘴脸，我顿时失去了理智。回过神时，灰谷倒在地上，而我的手里握着沾满鲜血的菜刀。灰谷看上去已经死透了。

　　我意识到自己闯了滔天大祸，必须尽快离开，于是立刻擦掉菜刀上的指纹，离开房间。刚坐上自己的车，灰谷事务所的接线员就回来了，我于是装作刚到的样子，下了车跟他一起去事务所。就这样，我和他一同成为尸体的第一发现者。我当然也做了笔录，但警察似乎没发现怀疑我的证据，并未限制我的人身自由，也没有多次叫我过去。

　　就在这时，事情有了意外的进展。凶手被逮捕了，是个叫福间淳二的男人，和灰谷因金钱纠纷有过节。坦白说，我得救了，只盼着就此结案。福间本人自然会否认，但警方未必听他的。最后我得偿所愿。如您所知，福间自杀，警方就此终止侦查。

　　从那天起，我便背负着沉重的十字架。在我内心的角落，不，正中央，自责的念头一直挥之不去。我夺走了一个清白无辜的男人的人生。但我没有勇气主动去找警方，我害怕坐牢，想到妻子和刚出世的儿子，更是无法投案自首。我不想让他们沦为罪犯家属。

　　意识到自己的想法大错特错，是在几年之后。那时正是泡沫经济的繁荣时期，很多人投资股票、不动产，大获其利。当时我去丰川市出差，随意进了家饭馆。跟同事聊起投资的话题时，老板娘说出了令我意外的事。她说，这里以前有家电器店，老板因投资被骗，一穷二白，就去找介绍人抗议，最后怒不可遏地刺死了对方，被捕后在留置室里上吊自杀了。

我问老板娘电器店叫什么，她答说"好像叫福间电器"。我不由得微微发抖，一定就是那个福间！让我更难受的是老板娘说，福间太太带着幼女悄然离开。她不懂专业知识，难以经营电器店，这自然不必多说，但老板娘说恐怕还是因为饱受社会责难。身为杀人犯的家属，她们好像遭受了不少恶意骚扰。

我感到一阵晕眩。我想保护自己的家人，却陷别人的家人于不幸，这种行为无论如何都无法原谅。可我依然下不了决心。我以保护自己和家人为优先，况且时至今日，即使说出真相也于事无补——我这样说服自己。

时光荏苒，到了一九九九年五月，案件的公诉时效届满。我丝毫不觉喜悦，只感到罪孽深重。此时妻子不幸罹患白血病，数年后病逝，我只觉得这是报应：老天没有惩罚我，却夺走了妻子的性命。

我决定雇用私家侦探调查福间家属的住所与近况，于是在电话簿上找了一家侦探社，叫什么名字不记得了，不过办事相当可靠，委托后一周就完成了调查，费用也说得过去。

报告上说，福间妻女用福间太太的旧姓浅羽，在东京的门前仲町开了家饭馆，女儿高中毕业后在店里帮忙。侦探社还偷拍了母女俩出门时的照片。两人差了不少岁数，却更像姐妹，容貌和气质都很像。

这让我松了口气。我一直很不安，万一母女俩流落街头该怎么办。不过想也知道，浅羽母女必定历经常人难以想象的辛劳，才获得如今的生活。去看看她们吧？不，事到如今去了也没有意义。不管坦白还是谢罪，都只会让对方不快：时效已经过了，她们只会痛骂我在妄图自我满足。

犹豫来犹豫去，我终究还是什么都没做。

又是十年过去，我该退休了。我首先想到的就是福间，不，浅羽母女。无论如何我都想亲眼看看她们的近况。

儿子从东京的大学毕业后留在那里工作。我借口探望去了东京，又假称想逛逛，独自前往门前仲町。我担心饭馆会不会开不下去，所幸翌桧还在。我暗暗告诫自己，见了面也绝不能说出不该说的话。

店里的两位女性比侦探报告里拍到的上了些岁数，但无疑正是浅羽母女。我费了很大劲才按捺住内心翻涌的情绪，那是终于见到久已想见的人的欢喜，是满心歉疚，也是感谢上天让两人平安生活至今。

洋子女士和织惠小姐自然不可能知道我的真实身份，对我十分热情，送上来的菜肴样样可口。这是自然，毕竟她们已做这行十多年了。那天的新客人络绎不绝，两人都忙个不停。离开时，织惠小姐对我说"下次再来哟"，我回答"很快还会来的"。我知道这样做不够谨慎，但我的确十分期待。过了不到两个月，我又去了。她们还记得我，对我笑脸相迎。我良心上的谴责并没有消失，但快乐也真实存在。

就这样，我去了好几次，成了熟客。两三个月一次的频率，说自己是熟客未免有些厚脸皮，但因为我住得远，浅羽母女似乎也待我不同。我很懊悔，早这样做就好了。

她们已得到幸福。既然如此，我就应该默默守护她们，不做无谓之举。但跟她们越亲密，我越忍不住想，自己能不能做点什么来赎罪。就在这时，我遇到了白石律师。

今年三月底，我去了东京巨蛋体育馆。儿子给了我一张读卖巨人队和中日龙队的门票，位置很好，是内场。

比赛刚开始不久，发生了一个小插曲。我旁边的男人递给小贩一千日元买啤酒，钞票却不巧掉进了我杯里。男人连连道歉，帮我重新买了一杯。我们就这样聊了起来。他也是一个人来的。

看着比赛聊棒球非常愉快。我一问才知道，他也是中日龙队的球迷。我以为他一定来自爱知县，但他说自己是土生土长的东京人，原本支持巨人队，中日龙队破了巨人队的十连冠后就变了立场。

比赛在九点前结束，刚好，因为我要搭十点的新干线回家。

散场时我才发现大事不妙，裤子口袋里的钱包不见了。我吃了一惊，想起比赛期间我只去过一次洗手间，一定落在隔间里了。我慌忙去找，白石律师也和我一起，但没找到。我们去了综合问询处，结果也没有人捡到。我一筹莫展：快发车了，我却买不起票，儿子那天还出差去了，不在东京。

白石律师见状，从钱包里拿出三万日元，说"请用吧"。我很惊讶，因为我们初次见面，只聊了棒球，甚至没有自我介绍。他递给我一张名片，说"寄保价信就行了"，我才知道他是律师。当时那种场合不容我拒绝，于是我接过现金，匆匆道谢后搭车去往东京站。世上竟有如此亲切的人。

回到安城后，第二天我就附上感谢信，把钱寄了过去。约三天后，白石律师回信告知我顺利收到，并说如有什么法律上的问题，不必客气，可以联系他咨询。

再想起白石律师时已经入秋。我在电视上看到关于遗产与遗嘱的敬老节特辑，忽有所悟：要向浅羽母女道歉，这岂不是最佳做法？我想在死后把所有财产留给她们。问题是可不可行，该如何操作。我全然不懂，于是决定问问白石律师。十月二日，我打电话给他说有事相商，可否面谈，他当即欣然答应。

你们也查到了，十月六日我们见了面，在他指定的东京站旁的咖啡馆。谢过上次的事之后，我切入正题：可以把遗产留给没有血缘关系的人吗？白石律师答说，只要立下有法律效力的遗嘱就能实现，但能否赠予所有财产取决于法定继承人的意愿。我的法定继承人是儿子和真，有权继承二分之一的最大份额，只有取得他的同意才能把全部或接近全部的财产留给浅羽母女。

白石律师问我：“您想赠予遗产的对象知情吗？”我回答说不知道。于是白石律师提出，最好在遗嘱里写明动机，如果和真能理解，就可能放弃法定份额。

我们只见过一次，但白石律师很亲切。他不可能不关心我的动机，却并未开口询问。我仍想告诉他事情的来龙去脉，这样便于协助起草遗嘱，更重要的是，我希望有人理解我的心情。东京巨蛋体育馆发生的事证明他值得信赖。

“我想坦白一件事。”我将事情经过全盘告诉了白石律师，他很震惊，神情僵硬。

“您的情况和心情我了解了。”白石律师说他很乐意帮忙，“不过，这种做法我不赞成。”他认为如果足够真诚，应该生前就去道歉，而不是等到死后。

他这样说出乎我的意料，让我不知如何是好。他说得都对，但我做不到，才想赠予遗产。白石律师说那不叫道歉而是在逃避。他越说越激动，语气相当严厉。我开始后悔向他坦白秘密，请他就当什么都没听过，然后离开了。回到家中，我依然很不踏实，担心白石律师会做什么，因为我把翌桧的事也跟他说了。

不久，我收到了白石律师的一封长信，表示无论如何我都应该向浅羽母女道歉，并说必要时他可以陪同前往。他的文字十分热情，充满使命感和正义感，这让我感到恐惧。如果置之不理，这个人会不会向浅羽母女揭穿一切？恐惧在我心头蔓延开来。

我一直没有回信，几天后又收到了第二封信。信的内容与第一封相同，但更多是责备。他甚至写道：现在时效届满，但您的罪孽并没有随之消失。律师的职责是保障嫌疑人的权利，不是帮忙隐瞒罪行。我宁可选择将罪行揭露。

我焦灼不已——这必是最后通牒。如果保持沉默，白石律师会向浅羽母女说出真相。

我一定要阻止他。那对母女如今已成为我活着的意义，我死后才能告知实情。这想法正如白石律师所说，是在"逃避"，但我依然不愿失去至宝。

十月三十一日，我下定决心，搭上了去往东京的新干线。在车上，我反复推演计划，确认有无疏漏。是的，那时我已经认定白石律师必须去死。我在怀里藏了刀。

下午五点左右，我抵达东京站，打电话给白石律师，问他是否有空。白石律师回答说要等六点半做完工作,于是我们约了六点四十分左右在门前仲町见面。白石律师开车去过那里几次,每次都停在富冈八幡宫旁边的停车场,他说会把车停在那里等我。

我在门前仲町附近转悠,想找一个人迹罕至的地方。下午六点正是热闹的时候,我走向隅田川,过了高速公路的高架桥后就鲜少见到行人了。就这样,我找到了隅田川沿岸的施工现场。施工用车的车位空着,更方便的是,原本可以从清洲桥旁下到隅田川露台的那条步道不通。我当下决定,就是这里了。

六点四十分刚过,我再次打电话给白石律师,他说已经停下车了。我说散步时迷了路,让他来清洲桥旁。很快,白石律师开车出现了。他看到我,便停在旁边后下了车。

我沿台阶下到隅田川露台,白石律师跟了过来,神情讶异,责问我来这种地方做什么,为什么不去浅羽母女那里。他不悦的语气促使我下定决心。我扫视四下,果然一个人也没有。现在正好下手。

我刺向白石律师的腹部,他轻微挣扎后很快一动不动。我不知道该如何处理尸体,便先搬到车上,想着至少要在与门前仲町无关的地方被发现。将尸体放到后座,我便驾车出发,但人生地不熟,不知道该把车丢在哪里。开了约二十分钟后,我停在路边,抢了他的手机就逃走了。后来我才知道,那里是港区海岸。

一切都很顺利,又可以像以前那样见到浅羽母女了。我的内心同时生出无限的凄凉:我又杀死一个无辜者。追忆往事,尽

75

是悔恨。三十多年来我一点都没变，我自己都厌恶自己。

白石律师，还有浅羽母女，真的很对不起。至于灰谷先生和福间先生，我要去另一个世界向他们道歉。

判处死刑是理所应当的。

11

玻璃杯碰在一起，泡沫溢到了餐桌上。两人毫不在意，将啤酒灌入肚中，只觉得别有一番风味。

"破案后小酌的滋味果然美妙。"中町的声音听上去很兴奋。

"因为案子相当棘手啊。"

"五代先生立了大功，肯定能拿到很高的考核分数。"

"别这么说，我对这种事不感兴趣。再说又不是我一个人的功劳，其他组的同事也干得很漂亮。"五代托腮望着吧台内侧，穿白色罩衫的男人正在烤青菜、海鲜和鸡肉等食材。这是他们光顾过的烧烤店，上次坐在餐桌，今晚则并排坐在吧台。

距离仓木达郎招供已过了两天。警方正在核实供述，尚未发现矛盾之处。

仓木的话让五代深受震撼。"东冈崎站前金融从业者被害案"的真相出人意料：自杀的福间淳二是冤枉的，浅羽母女因此遭受无妄之灾，饱受流言中伤，人生彻底改变。但仓木的心态也并非不能理解。听了村松的话，五代对灰谷深恶痛绝，想必仓木当时也倍感屈辱，完全有可能在冲动之下行凶。

问题在于之后的行动：仓木本性善良，下不了决心自首，因种种顾虑而踌躇。这本是人之常情，稍微假以时日，仓木多半会改变想法，然而另一个人被捕这件事对他的心态影响很大。

人是脆弱的生物，能瞒则瞒，这也自然。

倒不如说，正因为仓木很诚实，才无法忘怀过去，得知浅羽母女的事后更产生了强烈的赎罪意识。他和白石健介之间，只能说是因误会而铸成大错。仓木的行为诚如他本人所承认的，任性而轻率，但白石健介的应对，五代也觉得有点问题。

"那两个人会怎么想？"中町感慨道，"我是说浅羽母女。还没告诉她们真相吧？"

"上头交代先不说。"

"可是总有一天得说啊。"

"是啊，总有一天。"五代顿觉胸口堵得慌，他心里有数，这个不愉快的任务八成要落到自己头上。

"要是她们知道，亲切的常客实际上是嫁祸于丈夫、父亲的罪魁祸首，会是怎样的感受？我无法想象。"

五代也答不上来，只能默默喝着啤酒。

"不过真是太好了。"中町的口气轻快起来，"毕竟调查一度触礁，无计可施。这话是我们组长说的，他说这样下去会陷入迷宫，现在不仅没有，还查出了陈年旧案的真凶，实在了不起。因为在某种意义上，过去那个案子也陷入了迷宫。"

五代正将烤银杏送到嘴边，蓦地停下了手。

陷入迷宫吗——

仓木的供述解答了很多疑问，但也留下了一个重大谜团。为什么他当年被排除嫌疑，没有被逮捕？案件的第一发现者通常会最先成为被怀疑的对象。然而仓木只回答说不知道。

我们该不会被带进了新的迷宫吧——五代极力挥去这个念头。

12

从六楼望出去，街景与故乡截然不同。高楼鳞次栉比，道路宛如在其间穿行一般，纵横交错，异常复杂。和真生长的小镇上，建筑物都不高，但很宽敞，其间隔着大片空地。最近他回去得少，但料想也不会有多大变化，那里已经定型，没必要改变。

他做了几次深呼吸，空气并不像街景看上去那般风尘弥漫，反而与现下季节相称。冰冷的空气渗入他的肺部和头脑，带来阵阵寒意的同时也让他镇定下来。他合上玻璃门，拉上蕾丝窗帘后转过身来。国字脸、戴金边眼镜的中年男人正坐在餐椅上，保持着几分钟前的姿势。

"不好意思。"说着，和真在男人对面坐下。

"稍微冷静一些了吗？"男人问。

"怎么说呢，"和真歪着头，"还是无法思考。"

男人频频点头。"这也难免。"

和真低头望向放在一旁的名片，上面写着"律师　堀部孝弘"。

　　今天快到中午时，有人打电话给他，当时他在公司上班。得知对方是律师，他感到很困惑，再听下去更是惊愕不已。对方告诉他，他的父亲被捕了，涉嫌杀人。和真立刻想起约两周前，警视厅搜查一科的刑警来找过他，问父亲来东京都做些什么，似乎是在调查命案，但并未告知详情。那天晚上，他打电话给父亲，得到的答案十分干脆。"与你无关，你不用在意。"

　　听到父亲平淡得没有一丝起伏的语气，和真心头掠过不祥的预感，但他没再追问。刑警说被害人的电话里有父亲的来电记录，所以来调查情况。当时他只觉得对方想太多了，因为父亲不可能牵涉命案。

　　律师自我介绍姓堀部，问他能否尽量找个没人的地方面谈。和真也想尽快了解情况，因此提议来自己家里。他取消了下午的所有计划，以家事为由从公司早退。上司知道和真的家人只有父亲，问他怎么了，他只回了句"明天再说"。

　　和真住在高円寺的公寓楼里，回家路上，他上网搜索仓木达郎的名字，很快就找到了新闻。父亲在三天前被逮捕，涉嫌杀害白石律师，预计侦查机关将很快查明动机云云。和真眼前一黑，手机也险些掉落。这是一场噩梦吧。白石律师是谁？他从未听说过。最近两三天他忙于工作，无暇关注新闻，经常不开电视。可警察逮捕嫌疑人后都不通知家属吗？

　　堀部到达和真的住处，从简短的寒暄中，和真得知他是国选辩护人——命案嫌疑人如果有意愿，法院会为其指派。堀部今天早上第一次见到达郎，达郎心平气和，看起来比较健康，淡然供述罪行时条理清晰、毫无矛盾，直接写下来就是完整的笔录。

堀部将供述的内容详细转告和真，三十多年前发生的事让和真感到不知所措，大受打击。达郎刺死了人，公诉时效过后，他想把遗产留给因蒙冤而吃过苦头的浅羽母女，却被白石律师告诫说，应该生前就去道歉。达郎害怕白石律师向浅羽母女揭露真相，于是犯下了这次的案子。

听着听着，和真开始混乱，甚至弄不懂这是在说谁。他几次打断堀部，问："家父真的这么说吗？"每次堀部都回答："这是仓木达郎先生的原话。"和真说不出话，如同发烧一般头脑昏沉，无法思考，只能下意识地站了起来，拉开玻璃门吹风。

和真将视线从名片移回堀部身上。"家父现在如何？"

堀部推了推金边眼镜，点了点头。"案件已经移送检察厅，由检方开始调查。不过警察还在搜查证据，很多事需要向达郎先生本人确认，因此他仍被拘留在警察局里，我就是在留置室见到他的。达郎先生已经全面招供，应该不会延期拘留，起诉后他将被移送至东京拘置所。"

律师的话一句一句从和真脑海掠过，丝毫没有现实感。他长呼一口气。"我该怎么办？"

"作为律师，我能对当事人家属说的就是，请协助减刑，争取裁判员酌情量刑。"

"具体该做些什么？"

"在回答这个问题之前，有样东西要转交给您。"说完，堀部从一旁的公文包里取出一个信封，放到桌上，"达郎先生说要把这封信交给您。"

信封上写着"给和真"。"我可以看吗？"

"当然可以。"堀部回答。

和真拿起信封，信没有封口，想也知道，警察必已检查过信件内容。信纸上文字工整。

　　我仿佛已看到你不快的表情，是不是气得想撕碎丢掉这封信？撕了也没关系，我很清楚自己没有资格为此哀叹，但还是希望你看完再撕。

　　对不起。我知道道歉也无济于事，但只能尽力至此。对于已经及将要给你带来的麻烦，我深感内疚。一切都是我多年前铸下的大错，你应该已经得知详情。如今为时已晚，但我真的很后悔。我太愚蠢了。往后我将用余生赎罪，在有限的时间里诚心忏悔。

　　我想告诉你三件事。第一，你可以与我断绝父子关系。不，应该说，我希望你断绝父子关系，忘记仓木达郎，迈向新的人生。我不会再联系你，你不用写信，不用探访，来了我也不会见你。开庭时你当然也不用露面——如果需要传唤证人，请你拒绝。

　　第二，关于你母亲千里。她到死都不知道我杀了灰谷，她的真诚与对你的爱不带丝毫阴影。你不妨把我这个父亲从记忆里抹消，但不能忘记千里。

　　最后，我把篠目的房产委托给你随意处置。产权证在衣柜的抽屉里，便宜卖掉就行，物品也全部交由房产中介处理，我没有想留下的。

　　抱歉。如今我唯一的心愿，就是不要让父亲的愚蠢抹黑你今后的人生。

　　望你保重身体，生活圆满。

　　把四张信纸叠好放回信封，搁到桌上，和真叹了口气，无尽的空虚感弥漫开来。

　　"您怎么看？"堀部问道。

　　"我怎么看……"和真皱眉，抓了抓头，"我想他没有蒙冤，可还是不理解……"

　　"同感。达郎先生给我留下诚实正派的印象，怎么看都不像是会杀人的人，听说他接受警方、检方讯问时也很诚恳。因此可以想象，这次犯案应是被逼到走投无路的结果。"

　　"也许吧，但……"和真没再说下去。他百感交集，有愤怒也有疑惑，但到头来，最真实的感受还是难以置信。"堀部先生，请问我爸……我父亲，他……"和真舔了舔嘴唇，"会被判处死刑吗？我听说杀一个人不会被判，但两人及以上就不同了。"

　　堀部用右手推了推金边眼镜，镜片上光芒一闪。"我会尽力争取。令尊确实夺走了两个人的性命，但第一起案件时效届满，且他有意愿向替罪者的遗属道歉，这证明他在痛苦中充分反省过自己。一切取决于裁判员是否认同人的过去可以一笔勾销。"

　　"可别人也会想，为什么不像那位白石律师所提议的，痛快地表明身份道歉？"

堀部撇了撇嘴角，点了点头。"没错。也许正因为太接近遗属，很难坦白说出真相，这种心态可以理解。白石律师占理，但对达郎先生来说未免强人所难，我想强调这一点。这才是庭审时的焦点，争辩事实意义不大。"

"会因此决定是否死刑吗？"

"可能判处有期徒刑。"堀部语气慎重，"庭审时我会着重强调达郎先生已经深刻反省，且他不像是杀人犯，为此需要周围人的证言，家人优先。"

"可是……"和真指着桌上的信，"这上面写了断绝父子关系，不要出庭。"

"您不觉得这正是自省的证据吗？他甚至不期望减刑。信上提到'有限的时间'，这代表他有被判死刑的心理准备。我准备将这封信作为证据提交，希望子女也能协助争取从轻量刑，所以请小心保管，千万不要撕了这封信。"

听着律师说话，和真老是反应不过来，过了几秒钟才意识到"子女"是指自己。

"现在需要确认几件事，"堀部拿出记事本和笔，"一九八四年的案子，您什么都不知道，对吧？"

和真摇了摇头。"我一无所知，那时我还不到一岁。"

"达郎先生频频来东京，是从六年前的秋天，即退休后开始的，没错吧？"

"没错。"

"每次都来您这里吗？"

"是的，在凌晨前后。"

"这么晚才到,达郎先生如何解释?"

"他说有常去的酒馆,喝了酒再来,每次也确实带着些酒味。"

"您问过店名吗?"

"他只说在新宿,没透露详情。不过那是谎话吧,没想到是去接地气的门前仲町……"和真喃喃道,"啊,对了,"他又补充道,"这件事我没跟刑警说。"

"什么?"

"大约两周前,刑警也问到父亲晚归的原因,我用不知道搪塞过去了。"

"为什么要隐瞒?"

"为什么啊……"和真欲言又止,叹了口气才继续道,"我说不出口,我觉得他来东京就是为了那家酒馆。"

"就是说,"堀部抬头看向他,"那里有他中意的女人?"

"对。"和真点了点头,"我没觉得有什么不好。母亲过世多年,父亲才六十来岁,有这份乐趣未尝不是好事。"

"来您这里时,达郎先生看起来快乐吗?"

"怎么形容呢……"和真歪着头,"不至于不高兴,但也看不出快活,毕竟这把年纪了,家父不是那么轻浮的人。"说完想到父亲犯下的罪行,和真又觉得他也不算沉稳。

"总之,您和达郎先生没聊过那家店和店里的女人,对吧?"

"没有。"和真极为肯定。

堀部的视线落在记事本上。"第一起案子发生在一九八四年五月十五日,听到这个日子,您有没有想到什么?"

和真不明白他的意图。"什么意思?"

"也就是说，"堀部稍稍探身，"每年的五月十五日，达郎先生有没有向着神龛合掌祈祷，或是去什么地方？如果有'似乎去给谁扫墓'这种情况就更理想了。"

原来是这么回事，和真懂了。"您是想问，家父有没有祭奠过他杀害的人吧？"

"没错，没错。"堀部连连点头，"唯独那天不喝酒啊，抄写经文啊，诸如此类。有吗？"

"五月十五日——"和真念了一遍，摇了摇头，"没有，什么都想不起来。无论对我家、对父亲，这都不是个特别的日子。"

"再想想。"堀部皱起眉头，"再残忍的人都不会忘记自己杀人的日子，更何况达郎先生本是好人。他没有被捕，但不可能原谅自己，我想他一定做过什么。"

和真拧着眉，侧头沉思。他明白堀部的意思，但想不起来也无可奈何。"您没有问过他本人吗？"

"还没问。这种事要其他人开口才有说服力，本人再怎么解释，说每年五月十五日都在内心道歉、合掌默祷，听上去只会觉得虚假。"

和真也觉得的确如此。"可确实想不起来……"

堀部决定放弃，点了点头，瞥了眼手表并合上记事本。"那没办法了，如果想起什么，立刻跟我联系。"

"好的，只是不一定。"

"一定能想到什么。请注意，这也关系到您今后的人生。您不妨想想看：只说父亲在服刑，别人不知道他犯了什么罪；但死刑犯所犯的罪就只有一种。这二者有着天壤之别。"

听到堀部用关切的语气说出"死刑犯"一词，和真悚然一惊，他曾以为这个词和自己的人生毫无关系。"我该怎么做？"

堀部沉思片刻，开口道："和平常一样生活是没问题的，不过最好低调些，当心媒体。"

"媒体？"和真重复了一遍，这是他压根没想到的。

"因过了时效而脱罪的杀人犯再次行凶，这可能会让媒体兴奋不已。想要采访您的人定会穷追猛打，用尽手段刺激您，让您说出点什么。"

光是想象那种状况，和真的心就沉了下去。"不能置之不理吗？"

"采取如此冷淡的态度，他们很可能会写：凶手的儿子假装事不关己云云。"

和真一阵头晕，不由得双手抱头。

"如果问您现在的心境，您尽可以如实回答，难以置信、深受打击等等，但案件细节您绝对不能说。如果对方死缠烂打，您就回答律师叮嘱过，庭审相关无可奉告。如果问到被害人或遗属，您就代替父亲衷心致歉再鞠个躬。请遵照上述原则撑过采访。"

和真望向墙边的电视，脑海里浮现娱乐节目中自己被乌泱泱的记者包围、深深低头道歉的样子。

"如果您感到私生活被侵犯，请联系我，我会提出抗议。"堀部的话听来安心，但也在宣告今后不知道会发生什么，要做好心理准备。"您有什么想问的吗？"

和真一时想不出来。他难以平复心情，但看到放在桌上的那封信，他想到了一件事。"能见面吗？虽然他说不可以。"

"没有禁令。您想见面？"

"我想当面聊聊。"

"好的，我会转告。还有什么要和他说的吗？"

和真略加思索，摇了摇头。"没了，现在暂时还……"

"那就说'保重身体'如何？家人即便再简单的一句话，也会让他获得勇气。"

"嗯，拜托您了。"

"好，我会再联系您。"堀部站起身来。

送走堀部，回到房间，和真把自己埋进沙发。他不知道今后该怎么办，不如先确认明天的计划。他拿起手机，想起以家事为由早退了，并说明天报告详情。该怎么开口才好——他眼前仿佛突然竖起一面厚重的高墙。

这时，铃声响起，是个陌生号码。接通电话后，一个男声问道："是仓木和真先生吗？"

"是的……"

对方说，他是警视厅的人。

13

从东阳町站步行约八分钟，就看到几栋并排的相似的建筑，五代他们要去的公寓楼也在其中。附近似乎有所小学，但并未听到喧哗。

登上陈旧的电梯，五代按下五楼的按钮。手表的指针指向下午两点五十分。出了电梯，五代对同来的中町说："有点早，在这里等等吧。"如果等在门前，可能会引起邻居的疑虑。

五代从电梯厅俯瞰住宅区，整理着思绪，他无法预测对方会如何回答。今天的调查令人心情压抑。

他们要见浅羽洋子和织惠，经营塑桧的母女俩。熟客仓木达郎正是福间淳二狱中自杀事件的元凶，组长樱川却命令五代他们不要告知真相：媒体已经报道了仓木被捕一事，但警视厅还没正式公布案件详情，或许出于对爱知县县警本部的关照吧，上层嘱咐尽力避谈仓木坦白的动机。除此之外，五代之所以心情沉重，还另有其他原因。

"那两人现在是什么样的心情呢？"中町说，"不知道我们要问什么，应该会忐忑不安吧。"

"负责命案的刑警打电话过来说要问话，就算没有见不得光的事，恐怕也很难踏实，而且她们多半已经知道仓木被捕了。"

"您没跟她们说过吧。"

"没有。但她们就算不看新闻，接到我的电话后也肯定会上网搜。"

五代是给浅羽织惠打的电话，因为洋子明确说过讨厌警察，织惠的电话更容易打通。织惠的声音听起来很沉着。她没具体问，或许已经料到有关仓木。

中町看了看手表。"差不多到时间了。"

"走吧。"

两人迈向长长的走廊。浅羽母女住在五〇六室，在门前确认房号后，两人按下对讲机的按钮。

"喂？"立刻有女声应门，听着像是织惠。

"我是之前打电话的五代。"

很快响起开锁的声音，门开了，出现的是浅羽织惠。她用发带扎起头发，化了淡妆，一身灰色毛衣配牛仔裤。

"不好意思，提出这样的不情之请。"五代行了个礼。

织惠微微点头致意，说了声"请进"。

"打扰了。"五代迈步进屋，玄关处已经预备了拖鞋。

洋子正坐在单人沙发上，看到他们后站起身来。她穿着织惠同款的紫色毛衣，虽然不是工作时间，妆依然化得一丝不苟，大概是出于服务业从业人员的自尊心。

"感谢您前些日子配合调查。"五代说。

"也没什么有价值的。"洋子重新落座。她脸上没有表情，显然并不欢迎他们。

"请坐。"织惠示意两人坐在双人沙发上，与洋子的沙发成直角。

"失礼了。"五代和中町并排坐下。五代下意识环顾室内，目光停留在墙边架子上的相框。照片中是浅羽织惠和一个小男孩，差不多五六年级的样子。

"那是……"五代指着相框，"亲戚的儿子吗？"

"是我儿子。"织惠有些不自在。

"这样啊。"织惠有婚史，这是他没掌握到的情况。

"我和前夫的儿子，和前夫一起生活。"

五代正犹豫该不该追问隐情，织惠已进了厨房，像是要送上喝的东西。"您不用客气。"五代说。

"倒杯茶而已。"洋子说，"也希望您长话短说。"

"我会注意的。今天和上次一样，也有几个关于仓木的问题请教。"

五代说罢，洋子深吸了一口气，似乎在给自己鼓劲。"听说仓木先生被捕了。"

"您知道了吗？"

"昨晚的客人说在电视上看到一个很像仓木先生的人，被警车带走了，他正想着不会吧，就听到主播说'嫌疑人仓木'，吃了一惊。"

五代猜测那是移送检察厅时的影像，电视台报道逮捕嫌疑人时的惯例。"他涉嫌杀人，我们负责调查此案。"

"从客人那里听说后，我们立刻查了，说是涉嫌杀害一位律师。"

"没错。"

洋子不悦地撇了撇嘴，微微摇头。"不可能。"

"您指的是什么？"

"仓木先生杀人，不可能。一定是什么地方弄错了，仓木先生或许有难言之隐。"洋子扁着嘴，语气强硬。

"正在确认事实和动机。"知道了动机，洋子会有何反应？五代不禁想。

织惠用托盘端了茶杯过来，默默地放到五代他们面前，然后将一个扁平的靠垫放在地板上，端正坐好。

"再仔细查查吧，"洋子断言，"仓木先生不可能杀人，绝对是弄错了。"

"是吗？"

"当然，警察抓人根本不在乎证据，"洋子斩钉截铁地说，"那个人在里面上吊自杀都不当回事。"

"仓木已经供认了。"中町按捺不住地插嘴。

"中町！"五代斥责道。

中町立刻缩了缩脖子。"对不起。"

"请问，"织惠开口了，"仓木先生怎么说？"

"还不能透露，"五代回答，"正在搜集证据。"

织惠并未表现出不满，只黯然说了句："这样啊。"

"难以置信。"洋子低下头。

"嫌疑人仓木以一年数次的频率到访，对吧？"五代确认道，"晚上七点左右出现，一直待到打烊？"他看看织惠，又看看洋子。两人对视了一眼，不约而同地点头。

"没错。"织惠答道。

"和嫌疑人仓木在店外见过面吗？"

"店外？"织惠又望向洋子，"有吗？"

"这个嘛……"洋子沉吟着，"我想没有。"

"他发出过邀请吗？"五代看着织惠问。

她一脸不可思议地迎上他的视线。"什么意思？"

"嫌疑人仓木经常待到打烊，结束营业后有没有邀您去喝酒，或者在休息日约您吃饭？"

"我吗？"织惠很困惑，手按着胸口。

"不，谁都可以。"五代的视线从织惠移向洋子，又移回织惠。

"没有，我想没有。"

"怎么可能会有？"洋子的声音盖过了女儿，"那个人看上了我们店的菜，哪有去别的店的理由？"

五代挠了挠眉梢，解释起来太难了。"上次您说过，送过嫌疑人仓木富冈八幡宫的符纸。那他有没有送过什么？"他换了个问题，"给两位中的任意一位。"

"哦，那是有的。"洋子满不在乎地说，"每次来他都会带点什么，米粉糕啊，布丁啊，脆虾饼啊，爱知县有很多好吃的点心。"

"不，不是食物之类的伴手礼。怎么说呢，是有浓厚礼物意味的东西，比如饰品啊，衣服啊……"

洋子不解地蹙起眉。织惠开口了。"您该不会在调查，仓木先生是否中意我或妈妈吧？"

被她一问，五代不由得皱起眉头，因为她说中了。"啊，嗯，是的。"他含糊地答道。

"荒唐。"洋子不屑地说，"我都这把年纪了，倘若仓木先生有心，也是对我女儿吧。你呢？"她问织惠，"你有感觉到吗？"

织惠侧头沉思。"他很关照我，应该不讨厌我，不过我没多想。他也没跟我说过什么。"

"也就是没送过您礼物对吧？"五代也觉得自己很烦人，但还是要问清楚。

"没有。"织惠回答得很干脆。

"这和仓木先生被捕有什么关系？"洋子不耐烦地问。

"我们在调查嫌疑人仓木定期来东京的原因。"五代说出预备好的台词，"想在喜欢的店里喝酒，不至于花钱坐新干线来东京。"

"因为他儿子在东京吧，我听他说过——对吧？"洋子寻求女儿的同意。

"我们认为如果仅出于此，频率太高了。"

母女俩陷入沉默，似乎在说，即使问我们，我们也不知道怎么回答。

"我再确认一次，您从未察觉嫌疑人仓木的好感，是吗？"五代注视着织惠的瓜子脸。

她向母亲瞥了一眼，回答："我刚才说了，我没多想。"

"那能不能想想看？"

织惠一脸困惑地摇了摇头。"一两句话可说不清楚。仓木先生对我很亲切，会送我土特产。那也算好感吧，但程度我就不知道了，我只能确定他没有直白地表达过喜欢。"

这番话合情合理，五代挑不出任何毛病。"好的。容我再冒昧问一个问题，您现在有交往的男性吗？如果不想回答也无妨。"

"没有，没有交往对象。"织惠不假思索地答道。

五代点点头，望向洋子。"您刚才说从客人那里听到嫌疑人仓木被捕。可以请教那位客人的姓名吗？可能的话，希望一并提供联系方式。"

"让客人卷入麻烦——"

不等洋子说完，五代就说："我们会尽量少打扰。如果有其他认识嫌疑人仓木的客人，也请您一并告知。上次您没有同意，但关于命案嫌疑人的调查我们不会轻易作罢。"他低头凝视着洋子，眼神充满威慑。

洋子微微撇了撇嘴。"我们并不知道所有客人的联系方式。"

"只告诉我现有的就好。"

洋子点点头，低低叹了口气，转向织惠。"把名册拿来。"织惠很勉强地站了起来。

从浅羽母女家告辞后，五代不想直接回特搜本部，便约中町去永代大道上的咖啡馆。他本打算喝咖啡，看着菜单又改点了啤酒。中町很惊讶，但还是问道："可以奉陪吗？"

"当然可以，我请客。"

两人换了不易被街上行人看到的座位，喝着啤酒润喉。

"该问的总算都问了。"

"真是辛苦了。"

五代撇起嘴，点了点头。"浅羽母女应该会觉得我们离谱。仓木是否心存爱慕，根本无关紧要，不是吗？其实我也这么想。"

"可是庭审前不弄清楚不行吧。"

"也不是不行，现在是检方要查。"五代喝了口啤酒，"麻烦死了。"

仓木已经供认不讳，庭审时不会就事实产生争议，焦点在于是否有从轻量刑的余地。他称浅羽母女是他如今生活的意义，不想暴露犯罪真相，辩方认为这是人的本能。检方则断定，这种认知证明他没有反省罪过，怀疑他对浅羽母女的感情并不纯粹，男人的欲望占比更大。于是上司吩咐五代寻找足以证实仓木对浅羽母女中的一位——多半是女儿织惠——有意的物证或证言。

在五代的印象中，仓木很正经，即使把织惠当成异性看待，也会克制自我，绝不出手。他个人的观点是此事不必探究，也因此他今天心情沉重。

回到特搜本部后，五代向简井主任报告了从浅羽母女处了解到的情况。

"果然如此。"简井一副不出意料的语气。

"果然？"

"向仓木的儿子了解过了，他怀疑父亲频繁来东京是因为常去的酒馆有喜欢的女人，不过没问过本人，也没有确切的证据。他应该没说谎。"

五代想起上次见到仓木和真，对方不快地说，他和父亲互不干涉。"既然仓木本人没有表现出爱慕之情，我想不必再深究了。"五代试探着说出自己的意见。

"我有同感，但承办的检察官想让裁判员对仓木产生负面印象，比如去浅羽母女的店不为赎罪，而是存了龌龊心思之类的。他不希望裁判员觉得仓木是好人。"说完，筒井冷笑一声，"总之，你辛苦了。整理成报告吧。"

"是。"五代答道，这时，他听到了远处座位上樱川打电话的声音。

"不光给售票员，检票口的工作人员也得看照片。不一定走自动检票口吧，这也要我指示吗？"樱川声音里带着火气，听起来相当焦虑。

五代弯下腰，凑近筒井。"还没锁定是哪一班新干线？"

筒井眉头紧蹙，微微点了点头。"已经放弃监控录像，正寄希望于目击者，但看样子很难有所期待。"

"返程也不行？"

"不行，所以组长才这么着急。"筒井压低声音，朝樱川那边瞥了一眼。

众多侦查员正在核实仓木的供词，其中包括十月三十一日搭新干线去东京。仓木自称从名古屋站乘车，但不记得几点几分。基于"下午五点左右，我抵达东京站"的供述，警方逐一查看名古屋站附近的监控录像，但未能准确锁定目标，遂又向名古屋站的售票员出示确认仓木的照片。"返程也不行"是指无法确定仓木回家的新干线班次。

"门前仲町那边如何？"五代小声问筒井。

筒井更沮丧了，沉默着摇了摇头。

"也不行？"

"小巷里监控摄像头很少，仓木也不会做什么引人注目的举动，这就没办法了。"

仓木自称与白石健介见面前一直在门前仲町附近转悠，但警方没有找到目击者，街上的监控摄像头也没拍到他。

"筒井主任，您不觉得有点奇怪吗？"

"你指什么？"

"有很多地方无法核实，也没有从那辆车上找到仓木驾驶过的物证。这样没问题吗？"

"小声点。"筒井咂了下嘴，偷偷瞥了樱川那边一眼。

"真的没问题吗？"五代压低声音，再次问道。

"那辆车"自然是指被害人白石健介的车。仓木自称将白石的尸体放到车上后驾车出发，但车内并未采集到仓木的指纹、DNA、毛发等物证。

"鉴定人员说也有这种可能……"筒井显得有些勉强，"坐了车未必会遗留毛发或 DNA，至于指纹，刀柄和方向盘上都有用布擦拭过的痕迹。"

"可仓木最初的供述里并没提到擦拭指纹。问他指纹如何处理，他一开始回答不记得了，对吧？再问他是擦掉了吗，他也只是回答有可能。"

"本人都说不记得了，那有什么办法。"

五代摇摇头，抓了抓脑袋。"这解释听起来有点牵强。"

"那你说该怎么办？"筒井鼓起嘴。

"有必要跟进调查，仓木说的未必都是实话。"

"他什么地方说谎了？"

"还不知道，所以要查。无法核实之处太多，有些反常，说不定我们犯了很离谱的错误。"

"你啊，这种话可别在组长面前说。"筒井瞪了他一眼，"我们的确不知道仓木说的是否都是事实，庭审时他也可能突然翻供。但他就是凶手，这毋庸置疑。对于警察来说，这就足够了，我们已经完成了任务。"

"因为他说出了保密信息吗？"

"嗯，没错。你懂的吧？"

仓木供称，刺死白石的地点是清洲桥附近的隅田川露台。作案现场在未经报道时只有凶手知情，说出了这种"保密信息"，在庭审时的重要性堪与物证匹敌。

"只靠这一点能撑过庭审吗？"

"依我看，仓木不会突然改口否认，没问题的。你不用想太多，赶快写好报告。"筒井拍了拍五代的后背。

"是。"五代不情愿地答应了。比起仓木对浅羽织惠是否有意，他总觉得有什么更重要的东西。

"啊，对了，东京巨蛋体育馆的那件事向仓木的儿子确认过了。"筒井说，"三月的时候，他确实送过仓木一张巨人队和中日龙队比赛的门票。"

"丢钱包的事呢？"

"他不知道。太丢脸了，没有特地跟儿子提吧。"筒井说完，转向电脑，好像在说这个话题到此为止。

五代无法释然离开，因为还有一件重要的事未能核实。昨晚五代独自去了白石健介位于南青山的家，和上次一样，他和白石的妻子绫子、女儿美令在客厅里相对而坐。他想确认仓木和白石相识的情况。

仓木说三月底在东京巨蛋体育馆遇到白石。在巨人队和中日龙队的比赛上，座位相邻的两人碰巧聊了起来，分别时白石借钱给仓木买车票。五代问她们知不知道这件事，两人都回答没听说过，自然也没听过仓木这个名字。非但如此，听说白石独自去东京巨蛋体育馆看比赛，母女俩显得很意外。

"他确实是中日龙队的球迷，也应别人的邀请去过几次现场，但没有狂热到一个人观战助威的程度。"绫子表示不解。

五代最终没能核实仓木的供词，决定告辞，但不等他开口，美令就问起了案件的情况。"新闻说仓木被捕，但没有报道动机。请告诉我，那个人为什么要杀害父亲？他究竟是谁，跟我父亲什么关系？"美令是个五官立体的西式美女，一旦竖起眉毛、瞪大双眼，就给人一种压迫感。

五代照例回答"正在侦查"，但她仍不罢休。"新闻上说嫌疑人已经认罪，他是怎么承认的？承认杀了人，但没说原因？"那气势就像要咬住不放似的。

"侦查机密，恕我不能透露。"五代说。

但美令再三强调"我们是遗属"。"对遗属也什么都不说吗？凶手被捕，就该第一个告诉我们，不是吗？这样对待遗属，你们觉得合适吗？"

五代完全理解美令。他很想告诉她仓木供述的内容，但谁都无法保证不泄密。要求保密，对方也未必遵守约定，因此最好什么都不说。"对不起。"五代只能低头道歉。

　　可家人完全不知道在东京巨蛋体育馆发生的一切，这是怎么回事？如果说白石认为不值得特地拿出来讲，五代无法反驳，但可以这样放过疑点吗？绫子和美令都说白石不会一个人去看球赛，这也让他很在意。

　　就算是为了白石的遗属，这起案件也值得深挖，五代想。

14

律师堀部来访后第二天，和真以身体不适为由请了假。以现下的心理状态，他根本没法正常工作。昨天和直属上司山上科长请假时只说"家人遇到点麻烦"，对方显得很在意，但恐怕做梦都想不到下属的父亲被捕。当时是敷衍过去了，但想到明天和以后，和真心情郁闷。从昨晚起他食欲全无，也没怎么合眼。今后自己该如何是好，他心里一片茫然。堀部说媒体可能找上门来，会是什么时候？

和真盯着手机，总觉得陌生的记者会马上打来电话，或者来按门铃。尽管提不起劲，他还是上网搜索，又把电视调到娱乐和新闻节目的频道。为了预测自己的命运，有必要把握当下的情况。出乎意料的是，没什么关于本案的新资讯。仔细一想也合理，毕竟每天都有新鲜事发生，刑事案件若不涉及名人，电视台自然不会详细报道后续。

和真躺在床上发呆，快到中午了也没人联系他。昨天送走堀部后，有两名刑警上门，但只问了几个细节，比如有没有给过达郎棒球比赛的门票，达郎有没有跟女性交往的迹象。对于后者，他回答说他有怀疑过，但没有确切的证据。这对调查有什么帮助？手机上收到了几个人的信息，他很想知道内容，但看了就得回复，太麻烦了，还是先放在一边吧，也不会是什么要紧事。

到了下午，他饥肠辘辘又不想做饭，就到常去的咖啡馆点了咖啡和三明治，又搜索起"家人""加害人""审判"等关键词。很快，他找到了一些律所的资料，其中写道：庭审时被告的家人只能带着诚意旁听，或者作为情状证人①出席。请求酌情量刑时必须具体说明，打算如何帮助被告改过自新。

昨天他还无法面对现实，现在看着这些文章，他开始有了切身的体会。他的心头再次充满疑问：为什么达郎会做出这种事？他无法理解堀部所说的缘由，只想听本人亲口解释。硬吞下三明治后，和真挪到角落，给堀部打电话。对方立刻接起，问他怎么了。和真问什么时候能见到达郎。

"我在警察局和检察厅两头跑，实在腾不出手。移送到拘置所后，你们应该可以好好聊一聊。还有，"律师又说，"刚才我见了令尊，他说不想见您，想必是无颜相见吧。现在见面反而会造成他心理上的负担，不如等等。"

和真对父亲毫无体恤的拒绝颇为不满，但也不好迁怒于律师，说了声"好的"就挂了电话。

离开咖啡馆回到家，就算心里惦记着工作也做不了什么，

—————————
① 为刑事被告争取从轻量刑而出庭的证人，熟悉被告的生活状况。

和真只能给昨天取消了洽谈的客户写邮件道歉。这种没难度的工作，他都因想不出恰当的说辞而花了快一个小时。

傍晚五点多，山上打电话过来，和真顿时心头忐忑。"您好，我是仓木。"

"我是山上。现在方便听电话吗？"山上的声音听起来有些凝重，也许是他的心理作用吧。

"方便。有什么事吗？"

"你说身体不舒服，现在如何，明天能来公司吗？"

"啊……好，应该可以。"

"哦，那能不能提前一小时到岗？"

"一小时吗……没问题。"

"不好意思，没别的事了。辛苦。"

"科长！"察觉到山上打算挂电话，和真叫住他，"有什么重要的事吗？"

上司沉默，于是和真确信自己猜中了。正常人都想得到吧。

"仓木，"山上语气郑重，"你现在有空吗？"

一阵犹豫后和真还是约山上来家里，因为山上说在公司附近有可能被同事看到。谈话的内容他也可以想象，因此当山上坐在昨天堀部坐过的椅子上，开口说出"这件事与令尊有关"时，他仍然表现得很镇定。

"警方联系过您吗？"

"没有，是总务部来问我们是否知晓你父亲被捕。"

"总务部？"和真讶然，为什么是这个部门？

"看来你好像不知情。"

"您指什么？"

"怎么说呢……"山上舔了舔嘴唇，双手在桌上交叉，似乎很烦恼该如何开口，"今天公司接到一个奇怪的电话，问贵司是否有个叫仓木和真的职员。接线员说恕不奉告，对方问原因，接线员说这是个人信息。对方说，不是因为他是杀人犯的儿子吗？此人立刻挂了电话，但吃惊的接线员报告了上司，上司联系总务部展开调查，很快得知令尊疑似因涉嫌杀人被捕。你的名字已经在网上传开了。"

"我的名字？"和真困惑不已，"为什么？"

"令尊被捕不久后，社交平台上有留言称家住附近，接着有人曝光了地址以及杀人犯有个儿子的事，你高中时的照片和名字也很快被上传。"

"什么？"和真脱口惊呼，"真的吗？"

"很遗憾，是真的。"

"……我现在能确认一下吗？"

"嗯。"山上点了点头。

和真在手机上输入名字，搜索结果令他几欲昏厥：自己高中时的照片，像是从毕业纪念相册上近距离翻拍下来的。"怎么会这样……"

"现在就是这样的时代啊。"山上同情地说，"信息扩散开来，有人想一探究竟，或者刚好有知情者泄露了你的大学和公司，别人看到后打电话过来。大概就这么回事。"

和真叹了口气。"怎么会这样……"

"你是昨天知道令尊被捕的吗？"

"是的，律师联系了我。对不起，当时我也不知道该怎么解释才好……"

"一时惊慌失措也难免，问题是现在该怎么办。"

"律师说只能争取酌情量刑……"

"不，不是这方面。"山上微微摆了摆右手，"我是说公司和工作。"

"啊……不好意思。"判决结果与公司并无关系，可是……和真挺直后背，直视上司。"容我问一句，我该怎么办？今后我还能留在公司吗？"

山上也坐直了身体，轻轻点了点头。"并非本人被捕，所以你不必担心被解雇，不过也不可能毫无影响。"

"也就是说……"

"总务部通知后，董事们商讨了对你的处置。信息一旦流出就不可能阻断，很可能还会有人来询问或是说闲话，所以你暂时接手面向公司内部的工作为好。"

"转岗吗……"

"只是暂时，我们无法预测事件的影响力，也许过阵子就平安无事了。到时候再回来。"

"调整到哪个部门呢？"

"正在规划人员变动，确定之前你能否休个假？先歇个两周左右。"

"这……"

"事实上，"山上有些尴尬地开口，"不知道消息是怎么泄露的，但公司内部已经小道消息满天飞了。社长的意思是说，要尽快平息员工的躁动情绪。"

"就是说，即使我现在去上班，也无法正常工作……"

"嗯，算是吧。"山上微微点头，"是这个问题。"

"那明天呢？您刚才在电话里说，提前一小时来上班……"

"不用了，休假的手续我替你办。"

和真咽了口唾沫，低下了头。"好的。"

山上仿佛还想说些什么，但只留下一句"好了，就是这么回事"，然后欠身站起。

和真也站起身来，行了一礼。"给您添麻烦了，实在抱歉。"他听到山上深吸了一口气。

"可是，"上司说，"令尊为什么会做出这种事呢？是因为钱？"

"啊，不是……"

见和真支支吾吾，山上慌忙摆了摆手。"不不，不用回答。不好意思。"他拍了拍和真的肩膀，留下一句"我会再联系你"，就逃一般地离开了。

送走上司后，和真拿起手机。他想知道自己的个人信息扩散到了何种程度，但显而易见，查了也不会有什么好处，情绪只会更消沉。他按捺住冲动，正要放下手机时收到了一封邮件，来自公司的同辈雨宫雅也，标题是"我是雨宫"。这是和真在公司里最亲近的同事，有时一起去喝酒。和真这才想起昨天也收到了他的信息，可能因为一直未读，他才又发来邮件。

点开看时，内容如下：

我听说了很多。如果有我帮得上忙的地方，尽管说。不用回信。请保重身体。

雨官

和真思考了几分钟，只写了句"谢谢"，然后发送。

15

永代大道的自行车店里，一个少年正在试骑一辆蓝色的自行车，身边陪同的男人像是父亲。正向两人介绍的应该就是店主藤冈。他个子不高，体格结实，年纪在五十岁上下，穿着灰色的工作服。五代看着店里成排的五颜六色的自行车，等着他们聊完。藤冈不时瞥来一眼。

父子俩离开后，藤冈露出亲切的笑容走过来。"劳您久等。您是来看自行车吗？"

五代苦笑了一下，将手伸进上衣内侧。"不好意思……"他亮出警视厅的徽章，"是藤冈先生吧？"

藤冈半张着嘴看着五代，愣愣地应了一声"是"。

"我有些事想请教您，关于门前仲町的翠桧。"

藤冈不住眨眼，然后点了点头。"啊……好啊。这边请。"

店里有两张圆椅，落座后，五代向藤冈出示了一张照片。"这个人您认识吗？"

看到照片的瞬间，藤冈脸上肌肉微微抽搐。"这是……仓木先生？"

"没错。"说罢，五代收起照片，"您知道他被捕了吗？"

"听说了，着实吃了一惊。"藤冈做了个深呼吸的动作，"可那是真的吗？"

"您指什么？"

"仓木先生杀了人，该不会什么地方搞错了吧？"

五代的脸上浮出一丝笑意。"为什么您会这么想？"

"我无法想象啊，那可是个稳重的好人，连酒品都很好，从不大喊大叫。"

五代取出记事本和笔。"听说在翌桧，您和嫌疑人仓木相当熟。"

"比较亲近，但不知道算不算'相当熟'。我也总一个人去，就时常和他并排坐在吧台喝酒。"

"二位都聊些什么话题？"

"话题可就多了，家事啊，政治啊……最近常聊养生，毕竟岁数到了。"

被警察问及仓木，等于被认为和杀人犯关系亲密，但藤冈似乎并不感到困扰，甚至积极强调仓木真实的一面。

"聊过棒球吗？"

"棒球？啊，那也是常聊的。仓木先生是中日龙队的球迷，我是巨人队的球迷，每次拿手机查比赛结果，总为了输赢一喜一忧。"

"嫌疑人仓木好像去过现场，您听他提起过吗？"

"看比赛？啊，听过一次，他说是第一次去东京巨蛋。"

"什么时候？"

"差不多这个赛季刚开始的时候吧。"

和仓木的供述一致，看来他的确去了现场。"您可曾听他说过，看球时发生了什么特别的事？"

"特别的事？"

"比如遇到了什么人，丢了什么东西。"

"唔……"藤冈侧头思索，"我们聊到这事，是在仓木先生去东京巨蛋的前一天，第二天他就回了名古屋。再见面已经是几个月之后，所以没再提起过。"

原来如此，五代颇感失望。还是无法确认仓木与白石初识的情况。

"打扰了。"一个中年女人站在店门口。

"啊，您好。"藤冈起身快步上前，将放在店里修理的自行车交给她。在收银台结了账，送走女客人后，藤冈回来了。"您还有什么要问吗？"

"请您描述一下嫌疑人仓木在翌桧时的表现。"

"表现……很正常，没起过争执，总是安静喝酒。"

"经营店铺的母女俩和嫌疑人仓木之间气氛如何？"

"气氛如何……"

"比如说，嫌疑人仓木对浅羽织惠小姐似乎有好感之类的。"

"唔——"藤冈低吟了一声，但看上去并不意外，"织惠是个美女，依我看两人挺般配的，不过仓木先生怎么想就不好说了。可能两人的年纪差太多，我没看出仓木先生对她有那种意思。"

这种微妙的说法让五代很在意。

"仓木先生怎么想就不好说了——这是什么意思？"

"呃，这个……"藤冈撑着额头，"这种事说出来合适吗？"

"您的话我不会透露给任何人，请尽管说。"

"唔……"藤冈再度低吟了一声，用手背擦了擦嘴角，不知为何又扫了一眼四周，"要我说，是织惠对仓木先生有意。"

"织惠小姐吗？"

"不只是我，"藤冈压低声音续道，"其他客人也这么议论。"

"您向织惠小姐本人打听过吗？"

"怎么可能嘛。刑警先生，这件事请务必保密，拜托了。"

藤冈的爽快发言令五代回想起浅羽母女。客人们都在议论，那洋子不可能没发现女儿的心思，然而几天前五代去见她们时，那对母女却不曾流露分毫。难道她们觉得这种事没必要对刑警坦诚？

这世上的女人个个演技高超——五代再次这样想道。

16

上次来访过后六天，堀部前来告知和真，达郎被起诉，已移送至东京拘置所。据说本人很平静，将庭审的事情全权委托给了堀部。

"我已收到起诉书并确认内容，和达郎先生之前所说的一样。达郎先生也看过并承认所述案情准确无误。"堀部的语气十分郑重。

"就是说，事实无可辩驳。"和真内心压抑，说话有气无力。

"基本上是这样。"

"换句话说，审判只是走过场……"

堀部的表情略显严肃，摇了摇头。"不，不能让法院完全按照检方指控来判决，我们必须在认罪的基础上极力争取减刑。"

"话是这么说，可是家父已经悉数认罪，我们该从什么角度争取？"

堀部翻开笔记本。"首先很重要的一点就是预谋，在多大程度上预谋犯罪对量刑影响很大。"

"可是，"和真搜索着记忆，"之前您说，家父来东京就是为了杀那个人，也找好了作案地点，再叫人过来。怎么看都是有预谋的。"

"没错，起诉书上也这样描述。"

"那不就没法争取了……"

堀部推了推眼镜，点了点头。"情况的确是这样，但达郎先生的话中有很微妙的部分。比如他在隅田川露台时和白石律师的对话，白石律师责问他来这种地方做什么，为什么不去浅羽母女那里，达郎先生说那种严厉的语气促使他下了决心。因此，他的决心存在诱因——这样辩护如何？也就是说，直到白石律师责问之前，达郎先生并不确定要怎么做。心里想着杀人灭口，事实上还在犹豫，给人的印象会大不相同。"

"啊！"和真脱口感叹，"原来如此。可是，供述中说已经准备了凶器……"

"有辩解的余地。"堀部翻着笔记本，"作案工具是户外用的折叠刀，超市有售，也可以邮购。因为是多年前买的，达郎先生说不记得店名，警察也没能查清。也就是说，并非为了作案特地购买。可以理解为一时冲动起了杀机，离家时下意识将手头的刀揣进怀里。这样如何？不能说没有预谋，但的确没怎么周密策划，对吧？"

"听您这么一说，确实……"

"白石律师的责问令他自觉走投无路，于是他去了东京。他想着万不得已时只有痛下杀手，就带上了刀子，但如有可能还是希望协商。他期盼着哪怕一丝余地，但白石律师的态度终究令他绝望，他不得已才犯下罪行——我准备这样出庭辩护。"

在和真眼里，娓娓道来的堀部仿佛另一种不可思议的生物。起初得知案情时，他不明白父亲怎会干出这种蠢事，但听了刚才的解释后多少可以理解了。不愧是律师。

"积极反省也很重要。"堀部继续说道，"我说过，达郎先生接受警方、检方讯问时都坦诚配合。在刑警第二次登门时，他很快坦白，没有任何企图蒙混过关的迹象。这都是认罪反省的证据，给裁判员们留下的印象应该不会差。"

"检方的看法会不同吧？"

"那是他们的工作。我想检方会强调犯罪者自私、凶残，问些诸如如何看待时效届满的命案、为什么不听白石律师劝告真诚反省等问题。检方应该讯问过达郎先生本人，他的回答将会成为庭审时争议的焦点。这要细查检方的相关记录才知道，我正在申请检方公开。"

和真感到庭审策略繁多，他也唯有低头郑重拜托。

"最重要的还是达郎先生本人。"堀部放低了声音，意有所指。

"什么意思？"

"达郎先生说庭审的事都交给我了，这与其说是信任，不如说是无所谓，该说他不积极还是不关心呢，总之看得很开。我想替他寻找情状证人，他坚持说不想给别人添麻烦，不告诉我平时亲近的人的名字，最后竟然表示不用勉强争取酌情量刑。"

听堀部叹着气讲述，和真有种很奇妙的感觉。自从得知达郎被捕，他总在愕然倾听，因为委实无法相信。只有刚才所说的那些关于达郎的细节像是父亲的风格。犯了罪就理当受罚，不论怎样的惩罚都痛快接受，父亲那固执的模样浮现在他眼前。

"对了，前几天说的那件事如何？"堀部将笔记本收进公文包里，"您想到什么了吗？"

和真没明白他的意思，一脸茫然。

"五月十五日——"堀部说，"每年的这一天，达郎先生有没有做过令人印象深刻的事？"

"啊！"和真想起了上次的对话，"不好意思，我确实什么都想不起来……"

"果然如此。"堀部叹了口气，垂下肩膀，"我也委婉地问过他本人，有没有回顾当年犯下的错？达郎先生回答说从未忘记，一直很后悔，但似乎并没有具体的祭奠、忏悔之举。"

"我想也是。"

"算了。您这边情况如何？已经向公司请假了吧，有什么其他异常吗？"

"没有，媒体也没来……"

"警方还没有公布案情。警视厅很苦恼如何公布杀人动机，因为要顾及爱知县县警本部的颜面，一旦坐实了一九八四年犯罪嫌疑人在留置室蒙冤自杀，爱知县警方将会面临双重指责。起诉后多半会出通告，媒体也会依内容闻风而动。他们连采访被害人遗属都可以冷酷无情，您要做好一定的心理准备。"

听到遗属这个词，和真想到了一件事。"我应该去道歉吧，向被害人的遗属……"

堀部歪着头，微微蹙起眉。"现在先别去了。对方不知详情，您可能会遭遇一连串发问：你父亲为什么要杀了我家的顶梁柱，两人之间发生了什么……这些问题您不可能随便搪塞过去。但如果不说任何详情，哪怕再三道歉也只会让对方越来越焦躁。先等警方通告吧。不只是遗属，其他案件相关人员也都避免接触，明白吗？"

"好的……我会当心。"

"那么，今天就到这里了。"说罢，堀部站起身来。

"那个，律师先生……"和真也欠身站起，"我还不能见我父亲吗？"

堀部露出无奈的表情。"我说过了，达郎先生坚持不想麻烦任何人，现在不想见您，不知道他的想法会否随时间而改变，只有耐心等待。这是我唯一可以说的。"

"我有事想问他，您能帮我吗？"

"当然可以。什么事？"

"就是案子……不是这起案子，是八四年的那一起。请帮我问问他：杀了人这件事，对家人也打算一辈子守口如瓶吗，还是有想过什么时候要说出来？"

正从公文包里拿文具的堀部停下了手。"这可是……相当尖锐的问题啊。"

"我很想知道。"

"我明白了。"堀部点点头，在记事本上写下了什么。

堀部离开后，和真从书架上抽出一个文件夹，里面夹着几页订起来的资料，是他在网上搜索到、打印出来的报纸。他在沙发上坐下摊开。这些关于一九八四年命案的报道他已看过多遍，连内容都早已熟记于心。

报道将那起命案称为"东冈崎站前金融从业者被害案"，被害的灰谷昭造是"绿色商店"的经营者。案发之初，报道称"似乎有数起业务相关的金钱纠纷，有可能因此引发犯罪"。三天后，报道称重大嫌疑人落网，但又过了四天才披露姓名。在一篇名为《东冈崎站前金融从业者被害案　犯罪嫌疑人于警察局自杀》的报道里，出现了福间淳二这个名字。所有报道都指责警察局管理疏忽，几乎没有提及案件本身。主流的看法是，好不容易抓到的嫌疑人自杀了，案件的真相也无从知晓，似乎没有人怀疑福间淳二不是真凶。

和真抱起胳膊，闭上眼，努力追溯着过往的回忆。首先浮现在脑海中的是从货车上卸行李的情景。那天，他们搬到达郎在安城市篠目建的独栋住宅，当时离和真念小学还早。后来他才得知，因为觉得转校太可怜了，父母决定在他上小学前就盖好房子。

搬家前他们好像住在冈崎站附近，地理位置记不真切了。那是栋老旧的双层公寓，他模糊地记得在狭窄的房间里，他跟妈妈睡一个被窝。自家的车停在公寓旁边的月租停车场，车型他记不清了，因为达郎经常换车，不过换来换去始终是白色，这样年检费用便宜。但是否真的便宜，他也不清楚。

达郎开的白车停在露天停车场，又很少清洗，总是脏兮兮的。他就开着这样的车去上班。堀部说达郎在通勤途中出了事，对方是骑自行车的灰谷昭造，不仅要求支付医疗费，还命令达郎去事务所接送他。达郎就职于大型汽车制造商的子公司，一旦员工发生事故，会影响业绩评定直到退休。灰谷就是因为知道这一点才会漫天要价。

达郎忍无可忍，抓起事务所里的菜刀威胁，灰谷却不闪不避，挑衅说有本事就捅他。达郎怒不可遏，回过神时，已刺死了灰谷——

和真睁开眼，起身去厨房接了杯水，喝了一口，然后回顾刚才想到的场景。无论怎么想，那都不像是达郎会做的事。达郎固执，但就算再怒气攻心，也不会情绪失控。

还是说，当时他尚是容易冲动的性格，反省后有所改变？不，不可能。和真当即否定了。小时候母亲千里说过，你爸对谁都温柔亲切，有时被说是老好人，但我正是喜欢他这种性格才和他结了婚。这样的人根本就想不到拿菜刀去威胁别人。

同理，他始终无法理解这次的案子。从达郎的性格来看，一切堪称匪夷所思。据说，白石律师曾劝告他应该趁活着的时候向蒙冤受难的母女坦白真相，但这种事情，不用别人说达郎也应该知道。哪怕是被当面指责，达郎也不可能那般情绪激动。就算白石律师向母女俩说出了一切，达郎也只会接受现实。这才是和真认识的仓木达郎。

有什么地方不对劲，和真想。达郎说的当真是事实吗？

这一连串的事情中，也并非完全没有符合达郎作风的细节。比如他对浅羽母女的态度。挂念蒙冤自杀的福间淳二遗属，查出她们的下落并暗中支持，这些都完全是他会做的事。

去见个面吧，和真暗忖。他想去见浅羽母女，问问她们和达郎接触的情况。

正如此思量着，铃声响起，是堀部打来的。"刚才多谢了。"寒暄了一句，律师接着说道，"警方好像透露了些情况，媒体已经行动起来了。您记得查看新闻节目和网络报道。"

挂了电话，和真打开电视，又在手机上搜索。他很快找到一篇名为《为隐瞒时效届满的案件而杀人》的网络报道，其中还附了一段民营电视台的采访影像。

17

手机屏幕上，女主播神情严肃：

> 上个月初，在港区路边停放的汽车内发现了律师白石健介的遗体。经采访侦查人员后获悉，被告仓木达郎因杀人罪被起诉，供称为避免时效届满的旧案真相曝光而杀人。被告仓木和白石律师早先有过来往，向其咨询如何偿罪，白石律师表示坦白一切才有诚意。被告仓木担心旧案被其他人知晓，因此行凶——

五代叹了口气，将手机放回搭在椅背上的上衣口袋。已经十二月了，店里还很闷热，大概因为紧挨着炭火。

"上头那些人，非要说一半藏一半。"五代给自己和中町的杯子倒上啤酒，"简直是隔靴搔痒。"

"说一半藏一半……是指没有说出时效届满案件的详情

吗？"说着，中町把毛豆送进嘴里，"据说理由是，被告的隐私也要尽力保护。"

五代他们正坐在门前仲町烧烤店的吧台。因这次办案才知道这家店，现在已经是老主顾了。今晚他叫上了在查其他案子的中町，来这里松口气。

"那只是表面，本质是照顾爱知县县警的面子。我理解他们为什么想要隐瞒，但说一半藏一半只会适得其反。他们难道意识不到，这样反而会激起公众的好奇吗？"

"可自杀的嫌疑人是冤枉的，这种事不可能公开吧？"

五代扫了一眼周遭，用手肘捅了捅右手边中町的侧腹。"隔墙有耳。"

"啊，对不起。"

"大佬们的本意是想尽量隐瞒，但公审后总会暴露。这是案件的重要组成部分。"

"会传唤浅羽母女出庭作证吗？"

"谁知道呢。检方没能掌握仓木有意的证据，也就没有一定要那对母女说出的证言。如果要申请她们作证的话……应该是辩方吧？"

"嗯？"中町脱口说道，"为什么？"

"当然是为了寻求酌情量刑，她们可以作证仓木为人正经诚恳。"五代拿烤香菇蘸了生姜酱油，嚼了起来。

"作证？可她们的丈夫、父亲是因仓木而自杀的。"

"问题就在这里。自杀是仓木的错吗？不是吧？是当时武断逮捕的侦查人员的错。事实上，洋子女士也公开表示讨厌警察。"

"可如果仓木自首的话，那人就不会被冤枉……"

"话是这么说没错，但洋子女士且不谈，织惠小姐未必这么想。"

可能是注意到五代压低了声音，中町把脸凑近。"关于浅羽织惠小姐，今天又有新收获？"

五代告诉过中町，织惠似乎对仓木抱有好感。"翌桧的一个常客是房屋中介老板，和浅羽母女有二十年的交情，我从他那里打听到了有意思的事。约一年前，仓木问过他东京的行情，不仅问了房租，还问了生活费和税金。他问是准备来东京吗，仓木回答说没想那么长远，先了解一下。"

"啊，有几分是真心呢？"

"如果他打算用余生补偿浅羽母女，住在东京自然更为便利。他很可能认真考量过。不过真正有意思的事还在后面。仓木不在时，房屋中介老板向织惠小姐提起这件事，织惠小姐表现出浓厚的兴趣，问仓木先生是否打算来东京、什么时候来，高兴得像个小姑娘一样。老板看在眼里，确信她暗恋仓木。"

"那就可以肯定了，是织惠小姐有意。那她的确有可能成为辩方的证人。"

"可能性不大，但也不是零。"一瓶啤酒已经见底，五代决定换种酒喝。他叫住女店员，点了加冰的白薯烧酒。"那位房屋中介老板不愧有着多年的交情，很了解母女俩的情况。他不知道洋子女士的丈夫在留置室自杀，但织惠小姐结婚时的事还记得，不仅如此，他还见过织惠小姐的结婚对象，甚至说就在店里见过。"

"什么时候？"

"说是十五六年前了。"白薯烧酒送了上来，五代抓住广口玻璃杯左右轻晃，听着厚重的冰块哗啦作响，一边回想房屋中介老板的话。

那个男人在财务省工作，而且英俊得令人自惭形秽——胖胖的老板神情中带着憎恶。"织惠小姐现在也很漂亮，那时才刚二十五六岁，很多客人都是冲着她来的，所以听说她要结婚时，连已经有家室的我都大感失望，但也无可奈何。那时织惠小姐已经有了，就是所谓的奉子成婚。"

织惠婚后头两年，洋子雇了零工打理塑桧。等孩子托给别人照料了，织惠又回店里帮忙，虽然不是每天都来。房屋中介老板形容她那时"看起来很幸福"。"她那年幼的儿子应该很可爱。她总是开心地说，他会跑了，会投球了，会说话了。"

说到这里，房屋中介老板的脸色沉了下来。"可我真搞不懂啊。又过了几年，我不经意间发现织惠每天都在店里。我问她不用顾家吗，她说已经离婚了。我吃了一惊。我一直以为她家庭美满，结果只维持了五年左右。"他没问离婚的理由，到现在都不知道。

五代想起了在浅羽母女家中见到的织惠与少年的合影。那是什么时候拍的？儿子是两个人的共同话题吗？五代不觉想到了仓木和真，他应该已经得知父亲被起诉了。来到东京、就职于一流企业的他，本该拥有光明的未来，然而这起案件恐怕让一切都变得艰难。光是想象他不得不走的那条荆棘之路，五代就心情沉重，灌了一大口杯中的烧酒。

18

门禁的铃声叫醒了和真。一看手表，上午九点刚过。昨晚三点多才睡着，脑袋还昏沉沉的。他想不出谁会在这个时间来访，也没有快递要收。怀着不祥的预感，他从床上爬了起来。

显示屏上的来客是个留着胡子的男人，四十岁左右，穿着夹克，但没打领带。

和真讶异地拿起话筒。"您好？"

"很抱歉一早打扰您。有件事想诚恳地跟您谈谈，就直接来拜访了。只要聊几句就好，您现在有空吗？"男人很严肃也很有礼貌。

和真心中一惊，媒体终于找上门来了。"您是哪位？"他询问的声音微微颤抖。

"敝姓南原，见面后再详细自我介绍。事情就是——"男人顿了顿，继续说道，"关于令尊。"

是电视台的人吗？还是报纸记者？反正都是媒体，和真有些不知所措。继续这样对话显然不合适，对方站在公共的自动门前，时间长了难免引起管理员和其他住户的怀疑，他也不希望别人听到两人的交谈。无奈之下，他按下了开锁的按钮，但不想让对方进屋，打算隔着门谈话。

对方会问什么问题呢？他在等待时回想着堀部的建议。必须当心，不能留下把柄。

门铃响起，和真做了个深呼吸，走向门口。他没有卸下防盗扣，只是转动把手开了门，缝隙大约有二十厘米，他预料对方会从缝隙向里看。

然而来访者并没有这样做。他似乎在门口不远处站定，看不真切。"我很理解您，如果您想这样交谈，我可以从命。"男人的声音平静而克制，"但其他住户也许会经过，很可能听到部分谈话，我不介意，但您是否会感到困扰？我无意登堂入室，但至少让我进去，我们才能放下顾虑谈话。"

男人的语气堪称冷静透彻，远比拙劣的威胁更有压迫感。和真心有不甘，但这番话确实有说服力，于是他先关上门，卸下防盗扣后又打开了门。

挎着包的男人恭恭敬敬地鞠了一躬。"突然来访，十分抱歉。"

"请进。"和真说。他尽量避免口吻生硬，但不知对方感觉如何。

男人进来后，站在玄关处递出名片。他姓南原，身份是记者。"我是自由记者，想就仓木达郎先生被起诉一事采访您，为此特来拜访，给您添麻烦了。达郎先生就是令尊吧？"

"没错。不过，您怎么知道我，还有我的住址？"

南原胡须下方的嘴角一咧。"被告仓木被捕后不久，您的名字就陷入热议。如今这时代，稍微动点人脉，调查一个社交平台上提到名字的人的住址并不难。不过，看来我是抢了先。"

和真叹了口气。"您想问什么？"

南原从挎包里拿出小巧的笔记本和圆珠笔。"您是何时知道令尊被捕的？"

"上周。"

"听谁说的吗？"

"律师联系了我。"

"您和律师见面了吗？"

"先通了电话，然后见的面。"

南原打开笔记本，拿起笔。"听了令尊犯罪的经过，您有何感想？"

"吃惊，难以置信，受到很大的打击。"

"您认识被害人白石律师吗？"

"不认识，但我深感歉疚。我希望代替家父向被害人的遗属致歉。"

"唔。"南原微微点头。他没有低头去看笔记本，注视着和真的同时下笔如飞。

这家伙脑子挺好使，和真不觉想道。

"您刚才说，听了律师的话感到难以置信，具体指哪部分？"

"哪部分……全部，包括家父杀了人这件事也是——"

"动机也是吗？"南原提出疑问。

"是的。"和真回答。

"关于动机，律师是怎样说明的呢？"

"律师说——"和真正要开口，陡然一惊，记起堀部告诫过他不要多嘴，"不好意思，与案情有关的事不便提及，因为关系到审判。"

"这样啊。"和真的应对似在预料之中，南原语气平静，"根据警方公布的信息，令尊杀害白石律师，是为了隐瞒已经过了时效的旧案，这和您听到的有矛盾之处吗？"

"这个……我想没有。"

"关于过去的案件，您此前知道吗？"

"对不起，恕我无法回答，请理解。"和真低头致歉。

"您刚才说希望就这次的案件向被害人遗属道歉，那对过去那起案件的遗属呢？您也有道歉之意吗？"

"是的，当然。"和真条件反射般答道。他看到南原嘴角露出笑意，那一瞬间，他意识到自己犯了错。警方只公布说旧案时效届满，并未明确是杀人案件，但刚才和真的话相当于承认了这一点。南原巧妙地诱导他上了当。

"既然不能回答关于案件的问题，那我稍微换个角度。您怎么理解所谓的时效？"

"什么怎么理解……"

"现在杀人罪没有时效，但以前有。您知道是多少年吗？"

"……十五年？"

"也曾经延长到二十五年，这个暂且不提。那您怎么看待时效，赞成废止吗，还是觉得应该保留？"

这个问题意图何在？和真看着南原若无其事的脸，心里转了千百遍，却还是猜不透他的真意。"我还是赞成的，我觉得应该废止。"他自觉答案无可非议。

记者盯住他。"为什么？"

"既然犯了罪，就要付出代价。"

"原来如此。您的意思是，不应当因为时效届满而免除惩罚？"

"嗯，是啊……"

"也就是说，您认为对于过去所犯罪行，令尊的赎罪没有结束？"

"啊，这个……"

"基于这种考量，旧案新案叠加起来，罪责的严重程度也应加倍——您是打算庭审时这样作证吗？"

一连串的发问让和真感到混乱，不知该如何回答。

"仓木先生，"见和真陷入沉默，南原说，"突然被问到也难怪您迟疑，脑中突然一片空白了吧。请您考虑今后的情况，慎重回答：针对时效届满的旧案，您认为令尊已经完成赎罪了吗？"

和真想起了堀部的话。律师说，一切取决于裁判员是否认同人的过去可以一笔勾销。

和真干咳了一声，说道："是啊，我倾向于认为已经完成。"

"原因呢？先不谈现在，当时的时效是十五年，对吧？"

"是啊……"回答的同时，和真有些不安。这样说合适吗？

"谢谢。"南原仿佛心满意足，"既然说到这里，能否再透露些旧案的情况？那是在您多大时发生的？"

"不，那个……您就别问了，律师也不会让我说的。"

"您现在不说，早晚也会公开，不如由您说出来，给公众留下更真诚的印象，觉得您确实在深刻反省。"南原很会说话，让他几乎动心了：是这样吗？

"不好意思。"和真还是低下头，"今天就到这里为止吧。"

"那么，最后一个问题。对您来说，被告仓木是怎样的父亲？"

"怎样的……"和真低喃着，继而说道，"他有固执、严厉的一面，但是个温柔、认真、诚实的父亲。"

"是个很出色的人啊。"

"我觉得是个值得尊敬的人。"

"不过既然是人，就不会始终完美无缺吧？是不是也曾有段时期暴躁或消沉？"

"啊……打不起精神的时期是有的。"

"什么时候？"南原的目光陡然一亮。

"快退休时吧，他看起来很落寞。"

南原一听就冷下脸来，也没有记录，说了声"非常感谢您"，便开始将笔和本子收进包里。和真意识到他是想推断达郎那起旧案发生在何时。

南原离开后，和真打电话给堀部。堀部问他有什么事，他说有自由记者来访。

"您没有说不该说的话吧？"

"我是这么计划的，但被对方诱导了。"

和真详细复述了和南原的对话。堀部不时附和，声音逐渐凝重起来。"您确实犯了错误。对方是从宁可杀人也要隐瞒这一点，猜想旧案可能牵涉人命，于是用'遗属'这个词来套话。"

"我完全上当了。对不起。"

"不过更严重的失误还在后面，谈到杀人罪的时候。"

"怎么说？"

"有遗属不见得就是杀人罪，也有可能是伤害或过失致死，譬如说肇事逃逸的时效就是七年。如果达郎先生犯的是这种罪，提到杀人罪时您不会是那样的反应。"

和真将手机贴在耳边，不由得皱起眉，为自己的糊涂而懊恼。

"警方没有公开达郎先生的旧案，因此今后恐怕会有更多人出于同样的目的来找您，请您务必当心。如果有人按门铃，您不妨尽量假装不在家。"

"明白了，以后就这么办。"他不禁后悔，早知道就这么打发南原了。

"还有，"堀部继续道，"关于时效的回答也不妥，往后遇到类似问题，您就推脱说没有资格回答。"

怎么我就没想到呢！懵懵懂懂，轻易就被对方牵着鼻子走，真是丢脸。

"再有什么事，请随时联系。"堀部说。

"好的，多谢了。"

打完电话，正要将手机放到桌上，和真发现收到一封邮件，依旧是雨宫发来的。

> 身体还好吗？需要什么跟我说。社交平台最好别上了，一个字都不要看。网上没有同伴，一个都没有。建议删除账号。

拿着手机，和真叹了口气，既深切体会到朋友的可贵，也再次痛感自己生活在一个可厌的时代。

19

上午十点过两分，自动门打开，一个满头白发的瘦削男人走进门厅。白石美令站起身，展露笑容，行了一礼。"早上好。"

"我姓田中。"男人自我介绍道。

"让您久等了，请坐。"美令将他让到接待台对面的椅子上，待他坐定，自己也在椅子上坐下。她快速操作着旁边的键盘，液晶屏上显示出男人的信息。职务是公司董事，年龄六十六岁。"田中先生，您今天带了会员卡和就诊卡吗？"

男人打开挎包，取出两张卡片，又将一个信封放到接待台上。"这个我也带过来了。"信封微微鼓起，里面装着圆筒形的容器，是用来验尿的。

"麻烦您了。我先帮您保管。"确认了会员卡上的姓名后，美令拿过信封，将挂号单递给他，"烦请您在这里填上住址和姓名。"

"噢，好。"

男人填写时，美令从抽屉里取出腕带，然后用手头的扫描枪读取条形码。

"这样可以吗？"男人将挂号单亮给她看。

"可以了。田中先生，您需要佩戴 ID 腕带，左手还是右手？"

"这边吧。"男人伸出右手。

"失礼了。"说着，美令帮他戴上腕带并扣好，"等检查全部结束，再到这里取下。在此之前，千万不要摘掉。"

"嗯，好的。"

"那么手续就办好了，请到那边沙发上稍候，引导员很快过来。"她伸手示意不远处的沙发。沙发是皮革的，茶几是大理石的，报纸有好几份，小型书架上摆放着高尔夫杂志和经济资讯类杂志。

男人点了点头，缓步走向沙发。目送他的背影离开后，美令坐了下来，用指尖悄悄按摩着脸颊。必须一直保持微笑这件事，意想不到地令人疲惫。

"Medinics Japan"是会员制的综合医疗机构，与多家医院合作，会员可以享受最先进的检查和医疗服务，包括 MRI、CT、B 超检查及最新的 PET 检查。位于帝都大学医学院附属医院内的这一层楼，也是 Medinics Japan 经营的体检机构之一。

旁边的包里传来轻微的振动声，美令取出手机，避开客户的视线在台面下查看，是母亲绫子发来的信息："今晚佐久间律师来家里，七点左右。"

她立刻回了句"收到"，将手机放回包里，若无其事地坐直身体。自动门打开，新的客户进来了，是个身穿皮草大衣的妇人。

美令露出笑容，站了起来。

由父亲健介介绍，美令从去年四月份开始在这里做前台接待。健介认识 Medinics Japan 的法律顾问，自己也是这里的会员。

"他们做了很多年前台的女员工辞职了，让我来问问你的意愿，应该是记得我说过女儿想辞掉现在的工作。"健介说着，把附有招聘条件的资料给她看。

美令看了资料，觉得这工作还不错。薪水不算高，但胜在比现在的工作压力小。尤其好的是，可以规律上下班。她当时在做空姐，那是她向往且有意义的职业，但倦怠感已经超过了成就感，复杂的人际关系也令她厌倦。她觉得应该去看看不同的世界。

考虑了两天后，美令回答说可以试试。健介满意地点了点头。"那就好。这份工作并不是谁都能做，他们为此也犯了难，这下一定很高兴了。"听他这么说，还没上班就已经帮上了谁的忙似的，这种感觉倒确实不赖。

不是谁都能做，是因为能接触到客户的个人信息，所以最要紧的是候选人值得信任。想也知道，他们信任的并非美令本人，而是白石健介。如此令人信赖的父亲让美令尊敬不已。然而如今父亲不在了，他已经离开了人世。

美令最后一次和健介交谈，是在十月三十一日早晨，两人一起吃母亲绫子准备的早餐：烤鲑鱼、凉拌菠菜和味噌汤。健介不太喜欢吃面包，所以白石家的早餐通常是和式的。吃饭时，健介在聊今年冬天雪量的多少。健介爱好滑雪，美令从小就每年跟着他去，但最近他几乎不滑雪了，全家也没再一起去过，雪量已经无关紧要。

"下不了多少雪吧，气候正在变暖。"她记得自己是这么回答的，而且看都没看健介。父亲回了些什么，她也全然没印象了，多半是没认真听。早餐时，她总把手机放在旁边，只惦记着有没有谁发信息过来。

那就是父女俩最后共度的时光了。当然，那时的她做梦也不曾想到。

那天晚上美令回到家时，绫子正在疑惑不解，原来她给健介打了电话，却只听到嘟声，无人接听。

"该不会把手机忘在什么地方了吧，换普通手机试试？"健介有两部手机，工作时用普通手机。

"一样，只有嘟声。到底怎么回事？"绫子觉得奇怪，但这时谁都没有多想。健介做律师一向很忙，经常临时改变日程安排，也经常深夜被叫出去。两人乐观地认为，他只是没空接电话而已。然而天亮后还是联系不上，这下两人都开始担心。美令也顾不上工作了，匆忙给公司打电话请了假。

商量过后，两人决定报警。美令正准备去最近的警察局，家里的电话响了。接电话的是绫子。从母亲接听时苍白的脸色和逐渐尖锐的声音，美令察觉到出事了。"真的是外子吗？不会弄错了吧？"问到这一句时，绫子已经带着哭腔。

对方回答说应该不会错，但希望她们去确认一下，两人遂前往遗体停放的警察局。坐在出租车里，绫子一直用手帕捂着眼睛。美令咬紧牙关，强忍着泪水，脑海里有无数疑问在盘旋：怎么会这样？发生了什么？

一定是哪里弄错了——这个幻想在警察局的停尸间里破灭了。男人合着双眼，表情甚至称得上安详，那正是前一天早晨还在记挂着雪场降雪的父亲。美令再也忍耐不住，眼泪夺眶而出。

警方说遗体发现于港区海岸路边的车里，并给她们看了照片，正是熟悉的自家车。但健介的遗体位于后座，意味着将车开到那里的另有其人。这是怎么回事？发生了什么？——美令问带她们到停尸间的警察，但对方只是为难地回答：正在侦查。

健介的遗体要送去进行司法解剖，美令她们回了家。两人都哭累了，但要做的事还有很多。要安排守夜和葬礼事宜，还要联系各方亲朋好友。就在她们强打精神忙起来时，门铃声响起，两名刑警来访，年长的姓五代，隶属警视厅搜查一科。美令心想，这是正式作为命案开始调查了。

五代确认了她们最后与健介接触的情况后，询问最近有没有感到健介哪里反常。美令完全想不出来，绫子也同样如此，但她补充道："他最近有些没精神，或者该说是有很多心事，我以为他遇到了什么棘手的案子。"美令在旁听着，不禁想道：是这样吗？她心里很懊悔，自己对父亲太不关心了。其实能谋到眼下这份差事，还多亏了健介。健介在家绝口不谈工作，五代问他办理哪种案件，她们也答不上来。

但被问到"为被告辩护，难免招致被害人的怨恨吧"时，美令忍不住反驳了。"他没和我说过细节，但常会谈到自己作为辩护律师的从业理念：首先要让被告认识到罪行的严重性，而不只是以减刑为目标。辩护工作的基础，就是详细调查案件，以正确评判严重程度。爸爸就是这样一个人，我无法想象有人会恨到要杀了他。"

五代默然点头，内心也许对这种幼稚的看法颇觉无聊。

最后，他问了一个奇怪的问题。他列举了富冈八幡宫、隅田川露台、港区海岸等地名，问她们有没有想到些什么。美令和绫子面面相觑，回答说这些地方与自家毫无交集，也从未听健介提过。刑警们告辞离去，背影仿佛写着"毫无收获"四个大字。

又是数周过去，发生了种种事情，最重要的是凶手被捕。凶手叫仓木达郎，住在爱知县，这是美令看新闻得知的。又过了几天，五代才来到她们位于南青山的家，且他另有目的，美令怀疑若非如此，他永远都不会来通知。

五代希望确认仓木的部分供词。据仓木供述，他三月底在东京巨蛋体育馆遇到健介，座位刚好挨着，因都是中日龙队的球迷而意气相投。仓木丢失钱包后，健介借钱给他买新干线的车票，因此熟识。五代问她们可曾听健介提过此事。

母女俩又一次面面相觑，侧头沉思。两人都是头一次听说，非但如此，健介会一个人去看棒球比赛本身就令人意外。他的确支持中日龙队，但并不是那么狂热的球迷，怕是连最近的选手都不甚了解。

听了美令她们的回答，五代露出疑惑的表情，显然出乎他的意料。

见刑警打算就此告辞，美令开口留住了他，希望他告知更多关于仓木和案件的详细情况。五代表示"侦查机密，恕我不能透露"，但美令不肯罢休，提出"我们是遗属"。"对遗属也什么都不说吗？凶手被捕，就该第一个告诉我们，不是吗？这样对待遗属，你们觉得合适吗？"

然而五代只是低头致歉："对不起。"

之后警方没做任何说明，直到凶手被捕后一周多，美令终于获悉案件的相关情况，还是看网络新闻知道的。报道称仓木从前犯过罪，如今时效届满，他向健介咨询如何补偿，健介表示坦白一切才有诚意，仓木担心这样下去会被周遭的人知晓，最后行凶。美令读罢，不禁愕然。这是何其蛮横无理的动机啊！她本以为没人会怨恨健介，没想到竟是出于这样的理由。

然而——

她总觉得无法理解。不是因为动机荒谬，而是在意"健介表示坦白一切才有诚意"这一点。健介会说这种话吗？如果是常规情况，这可以理解。健介常说让被告如实陈述，最终对其有利，但这次情况不同。旧案时效届满，如今坦白真相岂非对谁都没有好处？

她跟绫子提过这个疑问，绫子表示赞同。"我也有同感。这不是你爸爸的行事风格，他怎么会把人逼到走投无路？"说罢，绫子侧头沉思片刻，又说道，"单凭一篇报道看不出什么。除非能问问当时是怎样沟通的，否则无法得出任何结论。"

没错。归根到底，信息太少了，连旧案的情况都不得而知。

"我在想一件事。"绫子开口道，"你知道望月律师吗？"

"知道，他怎么啦？"望月是健介的学弟，也是律师，在位于九段的大型事务所工作。赶来参加葬礼时，美令和他打过招呼。

"望月律师建议考虑被害人参加制度。"

"啊……"这个词美令也听健介提过。法律修改后，被害人或遗属可以参与庭审，但详情她就不知道了，她原本以为没有必要知道，这种事一辈子都不会跟自己扯上关系。

绫子说，望月愿意担当中间人。被害人或遗属参与庭审的程序复杂，不懂法律的人应付不来，因此也有从专业角度为被害人提供支持的律师。东京地方检察厅可以帮忙介绍，但望月似乎已有合适的人选。

"那就去吧。"美令说，"参与庭审应该可以了解到很多。我想亲眼看看凶手是怎样的人，为什么非杀死爸爸不可。"

绫子显然也持积极的态度。"是啊。"她露出下定决心的表情。

凶手的杀人动机公开后，每天都有人申请采访。绫子说，前几天有一个姓南原的自由记者找上门来，死缠烂打地说问几句话就好，可否聊一聊。"白石律师似乎认为，罪行不会因时效届满而消失，这有没有让您联想到什么细节？"他在门外这样问道。

想不到，所以我们也理解不了动机——听绫子转述时，美令心想。

20

晚上七点整，门铃响了。绫子拿起话筒，应道："您好，请进。"放下话筒后，她说了声"来了"，就走向门口。美令则检查餐桌是否干净，又将椅子摆整齐。

不久，门开了，一个瘦小的女人跟在绫子身后出现。她留着短发，戴一副大大的黑框眼镜，看上去三十六七岁，也许还要再大一些。美令知道是位女律师要来，但对方和她想象中很不一样，身穿深灰色西装，背着商务用双肩包。

"敝姓佐久间。"女人递上名片，上面印着"佐久间梓"，事务所在饭田桥。

"请多关照。"绫子寒暄道。

美令请她坐到餐椅上，佐久间梓道声"打扰了"后落座，美令也跟着坐了下来。见绫子走向厨房，佐久间梓说道："茶水就不用了，我们专心谈事。"

"啊……好。"绫子面带困惑地转身折回，拉开美令旁边的椅子坐下。

"恕我冒昧，两位对被害人参加制度了解多少？"佐久间梓问。

"说来惭愧，我们虽是律师家属，但只在望月律师提过后才稍微了解了一下。"绫子略带歉意地说道。

"医生家属也不怎么了解医学，况且这制度比较新，律师当中也有不少人不熟悉。"佐久间梓语气明快，"简单来说，就是被害人或遗属可以进入'蚊帐'了。"

"蚊帐？"绫子喃喃道。

"以往出庭的当事人只有被告、辩护人和检察官，被害人则和目击者、证人一样，只是佐证案件状况的证据之一，完全被置于蚊帐之外。倘若没有抽中签，甚至无法旁听庭审。这当然不合理，所以法律数次修改，允许被害人参与庭审、陈述意见和质问被告，这就是被害人参加制度。"说到这里，她放松嘴角，露出笑容，"既然您了解过，这些情况想必早就知道了吧。不好意思。"

"可我不知道具体该怎么做。"

听了绫子的话，女律师深深点头，仿佛在说"也难怪"。"我们的工作就是提供程序上的帮助，不过也仅限于帮助。说到底，我们只是被害人的代理人，违背被害人意愿的行为一概不能允许。这一点与被告的辩护人完全不同：辩护人可以采取与被告意愿不一致的诉讼行为。换句话说，最重要的是被害人——也就是两位的意向。希望两位仔细想清楚，自己究竟想做什么、想要什么。"

"比如说？"美令问。

"首先是量刑。检察官有检察官的量刑建议，但出庭的被害人可以提出不同意见。"

"可以不同于检察官吗？"

"可以。杀人案件的话——"佐久间梓显得有些犹豫，然后说道，"检察官的量刑建议且不论，遗属通常会要求极刑。"

美令向旁边瞥了一眼，正和绫子四目相对。她似乎在问，怎么办？当然是要求死刑——美令没有说话，用眼神回答。

"其他要求呢？"美令问佐久间梓。

"视案件而定。有人质问被告怀着怎样的心情犯案，也有人询问被告现在的心境。总之，重要的是想给裁判员们留下怎样的印象。一味宣泄情绪不妥，裁判员往往会努力让其冷静下来，因此不要感情用事。被害人情绪越强烈，裁判员就越冷淡，最终有可能做出与被害人的意愿背道而驰的判决。"

相当有难度的工作啊，美令心想。

"可是，佐久间律师，"绫子开口了，"话是这么说，但我们对案件几乎一无所知，就算叫我们提问，也不知道该问什么。"

"的确如此。"佐久间梓颔首道，"这都是今后要做的工作。明天我先给承办的检察官打电话，告诉他您有意利用被害人参加制度出庭，然后办理手续。我可以替您办理，但必须有委托书。您明天能否来一趟事务所？"

"我可以。"绫子答道。

"法院很快就会答复，像这次的案子，不会不批准。然后就正式开始。嗯，您知道公审前整理手续吗？"

"略有所知。"绫子说，"就是审判前的准备吧？"

"没错，会决定庭审时什么可以作为证据、传唤谁作证、有哪些争议焦点等等。法官、书记员、检察官、辩护人都会参加，遗憾的是，被害人不能参与。我会找检察官尽可能获取信息，也会申请复印记录，以便详细分析事情经过：被告和白石健介律师怎样沟通，为什么白石律师会被杀等等。看过这些资料，想问被告什么问题，想让他受到怎样的惩罚，两位心里也就有数了。这样如何？"

美令和绫子对视点头，然后转向女律师。"没问题，有劳您了。"

"明天我在事务所恭候。"佐久间梓站起身，拿起放在旁边椅子上的背包。

"那个，"美令也站了起来，"佐久间律师，您从什么时候开始从事这样的工作？"

"这样的工作是指……援助被害人吗？"

"对。爸爸曾经提起过被害人参加制度，但应该没做过类似业务。"

"是啊，这在律师当中也算另类，因为庭审时会坐在检方的位置。不过其实我更习惯坐那边。"见美令侧首不解，佐久间梓忽然笑了，"我以前是检察官，在检察厅工作过五年。"

美令不由得"啊"了一声。

"检察官出庭前要听取被害人的意见，每个人都是一腔痛苦辛酸。通过审判追究被告的罪责是检察官的职责，但终究无法充分表达被害人的想法，也无法代替被害人说出他们的感受。

我觉得最重要的是让被害人或遗属能亲口诉说，所以改行做现在的工作了。"佐久间梓推了推黑框眼镜，双眼从镜片后注视着美令，"这可以回答您的问题吗？"

"我完全理解。那就拜托您了。"

"加油吧！"说罢，佐久间梓背上了背包，瞬间看起来像要去征服高峰的登山家。

21

两个女高中生并肩坐在靠墙的座位，和真从刚才开始就很在意她们的举动。她们盯着手机窃窃私语，他总觉得她们的视线不时瞄向自己。和真坐下来、摘了口罩后才注意到她们，但再戴上又很不自然，再说也没法喝拿铁。他正思量着，其中一个女生忽然站起，朝他这边走来。莫非是要跟自己说什么？他不由得全身僵硬。

快到和真桌前时，女高中生停下脚步，举起手机，将镜头对准他右边的墙壁拍照，确认后露出满意的笑容，又回到座位上。和真扭过身抬起头，墙上贴着张海报，一个年轻的偶像明星正拿着热狗微笑。看来这才是她们的目标，和真松了口气，有些扫兴的同时也放了心。

最近每次外出他都很紧张，总觉得别人在盯着他看。因为不想暴露长相，出门时他必定戴上口罩。话虽如此，并没有人跟他搭话，没有人突然问他："你是不是嫌疑人仓木达郎的儿子？"但他还是不踏实，总觉得这种事迟早会发生。

不知是谁干的，社交平台上不断流出他的照片。起初是翻拍高中毕业纪念册，最近他又发现自己多年前上传的照片也随处可见。因为是参加朋友婚礼时的照片，和真以外的人都用黑线挡住了眼睛。

留意这种照片的人应该不算多。杀人犯的照片自然另当别论，但这不过是杀人犯的儿子。尽管如此，第一次看到时，和真受到的打击依然无可言喻。他感到自己被逼进了绝路，无处可逃。

和真拿过纸杯，喝着拿铁。老实说，他并不想外出，宁愿在家里发呆，免得引人注目，但那样也会因信息匮乏而累积压力。对达郎的案件一无所知令他颇感焦躁。案件的情况他已听堀部律师说过，可以理解但无法接受。一切都是初次听说，没有一件事能想象得到。就这样开始审判，即便达郎认罪服刑，他也无法面对现实。

入口的门开了，进来一个男客，西装外披着米色大衣。和真朝他微微扬了扬手，他也注意到了，向和真点点头。那是同事雨宫雅也。两人今天通过邮件约了见面。

雨宫买好咖啡，来到和真这桌，但没看他，而是先把大杯咖啡放到桌上，脱下大衣在椅子上坐下来，再跟他打招呼："嗨！"

"抱歉让你特地跑一趟。"和真向他道歉。

"不用在意，我在邮件里也说了，一直想来门前仲町看看。挺热闹啊，是个很不错的街区。"说完，雨宫将纸杯送到嘴边。他一头长发，嘴唇上方留着薄薄的胡子。

"我也第一次来。如果没出这种事，我恐怕一辈子都不会来这里，说不定现在也不应该太接近。"和真低头看着手边的纸杯。

"你爸每次到东京都来这里？"雨宫向和真确认邮件里提过的内容。

和真抬起头，点了点头。"他去一家叫翌桧的饭馆，由一对母女打理，应该就是去见她们。"

雨宫轻轻耸了耸肩。"跟我说这些合适吗？"

"我相信你，而且如果不说出一定程度的事实，你也理解不了我的想法。"

"我不会泄露的。你觉得可以跟我说的，就跟我说，我不会主动过问案件。"雨宫投来认真的眼神。

"嗯。"和真没有回避朋友的视线，"等下陪我一起去翌桧吧。"

"没问题。我该怎么做？"

"和平常一样就行，两个人随便喝点的感觉。我在网上查过了，那家店味道不错。我们去点些菜和酒，不过要注意两件事：一是不要提案子，二是不要在店里叫我的名字。万不得已就叫我芝野，我把汉字也告诉你，灵芝的芝，原野的野。"

"知道了。芝野是吧。"雨宫伸出食指，在餐桌上描了一遍。

"这是我妈的旧姓。"

"原来如此。得当心别喝太多，喝醉了容易忘。"

"不好意思，让你陪我去干麻烦事。"

雨宫哼了一声，摆了摆手。"不用放在心上。有好吃的，有好酒喝，不是挺好吗？和平常一样就行，没什么大不了的。"

"对不起。"

"都说不用道歉了。"雨宫皱起眉头，"对了，你身体怎么样？"

"没事的。"

"真的吗？好好吃饭了吗？"

"不用担心，到了时间肚子总会饿的。我虽然没心思吃饭，终归还是本能占了上风。"

"听你这么说，我就放心了。一个人吃饭无聊的话，尽管联系我，我随时奉陪。"

听了朋友的话，和真不禁苦笑。"多谢你这番心意。你那么忙，哪能为这种小事找你。今天是另当别论。话说回来——"他接着说道，"公司那边如何？引起轩然大波了吗？"

雨宫拿着纸杯，摇了摇头。"没有，因为公司禁止谈论此事。那帮媒体在公司门口转悠过，不过最近没见着，应该是放弃了。"

和真叹了口气。"我给公司惹了不少麻烦，即使回去也回不到原来的岗位了，能保住工作已经很不错。"

雨宫神色复杂，抿了一口咖啡，似乎不知道该如何回答。

"坦白说，我到现在都难以置信，感觉太不真实了。"和真说，"我根本无法想象我爸做出那种事。他正直又固执，一贯讨厌歪门邪道。律师说他全盘认错，接受一切刑罚。像他这样眼睛里容不得沙子的人，会为了隐瞒旧罪而杀人吗？太匪夷所思了吧。"

雨宫沉思着，和真想起他刚才说过不会过问案件。"你见过你爸了吗？"雨宫问。

和真摇了摇头。"听说他不想见我，可我想问的事已经堆积如山了。他写了封信，托律师转交给我，但只是道歉，没有提及案情。这叫我怎么接受？"

"所以你打算自己调查？"

"与其说调查，不如说想亲眼看看我爸在东京时做了什么。外人看来可能就像是不愿承认亲人犯了错，纯粹挣扎罢了。"

"挣扎又有什么关系，我陪你。"

听了雨宫的话，和真又想道歉，话到嘴边还是忍住了，只说了声"谢谢"。

晚上七点，两人离开咖啡馆。要去的店在永代大道的另一侧，他们穿过人行道，来到店铺所在的那栋楼。细窄的楼梯上方挂有塑料的小型招牌，上楼后，入口处的格子门上挂着"营业中"的牌子。和真深吸了一口气，摘下口罩，把针织帽子压低，再戴上粗框平光镜。浅羽母女有可能看见过社交平台上流出的照片，至少要做些掩护。

雨宫打开门，率先走了进去，和真跟在他身后。越过雨宫的肩膀，他看到原木色的吧台前并排坐着一男一女。

"欢迎光临！"一个穿围裙的老妇人迎了上来。她约莫七十岁，个子瘦小，戴着眼镜，脸上布满皱纹，看来是浅羽母女中的母亲洋子。"两位？"洋子竖起两根手指，看着雨宫。

"是的。"雨宫答道。

"坐吧台还是餐桌？"洋子看看雨宫，又看看和真。和真立刻低下头。

"坐哪里？"雨宫问。

"啊……餐桌吧。"和真依旧低着头。

"好的，这边请。"洋子似乎并未怀疑，将两人带到靠墙的座位，等他们坐定后立刻送上手巾。和真点了威士忌苏打，雨宫点了生啤。和真擦着手，视线飘向吧台里面，那里站着一个和洋子一样穿围裙的女人，身形修长，栗色的头发高高扎起，鼻梁挺直，眼睛很大。她应该在四十岁上下，但看起来还要年轻些，想来就是浅羽织惠。

父亲就是来见这两个人，因为三十多年前他杀了人而含冤失去了丈夫、父亲的两个人。这很像父亲的作风，打算留下全部遗产以致歉的想法也是——前提是，如果多年前他真的犯下了那样的罪行。

"喂，芝野！"有人叫他。他转回头，雨宫正拿着菜单。"吃什么？让我来，我就随便点几样。"

"你点吧。"和真说。

浅羽洋子送来了酒水。她在和真面前放上杯垫和细长的平底玻璃杯，刚放好生啤，雨宫也点好了炸鸡翅、味噌煮等爱知县的特色菜。等洋子离开，和真拿起了玻璃杯。

"辛苦了。"雨宫举起生啤。

"辛苦了。"和真回了一声，喝了口威士忌苏打。他向吧台瞥了一眼，顿时心中一惊。

浅羽织惠正看着他。

但那只是一瞬间。她立刻移开视线，向别的客人露出笑脸，说着什么。刚才是怎么回事——和真慌乱地想。只是凑巧对视，还是之前她就在注视自己？

和真把玻璃杯送到嘴边，又一次望向吧台，但织惠正在做菜，并没有抬头。

22

　　佐久间梓的事务所位于大厦三楼，房间小而整洁，与她的体格很相宜。简易会客间摆放着玻璃茶几和沙发，美令和绫子与主人相对而坐。

　　"昨天我去检察厅见了承办的检察官。"佐久间梓说，"公审前整理手续正在稳步推进。关于被害人参与庭审，检察官说，辩护人希望借此向遗属传达，被告已经深刻反省。"

　　"是吗？"绫子淡淡地回答，没什么感想的样子，美令也是。

　　被害人提出参与庭审的申请后，法院转告辩护人并征询意见。以往也有辩护人因为否认犯罪事实而反对，但佐久间梓判断这次不会。实际上，法院果然很痛快地准许了。

　　"那么，"佐久间梓交叠起十指，"两位看过记录了吗？"

　　"看过了。"说完，绫子从纸袋里取出一个大文件夹，放到茶几上，里面贴了不少便签。

　　这是三天前佐久间梓给她们的记录副件，包括检察官掌握的证据、行凶动机和作案具体内容。佐久间梓向她们说明了几点注意事项：不可翻印、不可公开等等，让她们在下次会面前仔细阅读。

看了记录，美令她们终于知晓了这次案件的全貌。

出乎意料的是，记录从多年前的一起命案开始，嫌疑人蒙冤自杀于警察局的留置室内。仓木达郎坦承自己才是命案真凶，并有意向自杀男子的遗属道歉。这和健介有什么关系？她们正疑惑着，就看到在东京巨蛋体育馆发生的插曲。仓木达郎向白石律师咨询赠予遗产的方法，但谈着谈着就坦白了旧罪。白石律师不赞成补偿方法，又固执写信责备，催促他说明真相，导致仓木心生杀意。十月三十一日，仓木约白石律师出来，在隅田川露台将他杀害。大致如此。

"怎么样？"佐久间梓问，"两位有什么感想？"

美令望向绫子，其实两人的感想一致。

"如何？"佐久间梓又问了一遍。

"这不像是外子会说的话。"绫子说。

佐久间梓瞪大了眼睛。"哪里不像？"

"就是这里。"绫子打开文件夹，翻到对应的页码，"不赞成补偿方法，应该说明真相之类的。怎么说呢，不像外子的作风。"

"为什么不像？"

"为什么……这可很难形容。"

"我觉得，"美令插嘴道，"这不是爸爸的思维方式。"

佐久间梓转向美令。"思维方式？"

"这种粗暴宣扬正义的思维方式，不像爸爸。我也觉得死后赠予遗产过于敷衍。如果真有诚意就应该坦白，这也有道理。但爸爸肯定清楚得很，人都是说起来容易做起来难，所以我无法理解他为此苛责仓木。"美令看到一旁的绫子频频点头。

佐久间梓没什么表情，低头看着文件夹，然后又抬起头。"也就是说，被告的供述不可信？"

"也不能这么说……"绫子迟疑起来。

"我是不相信的，"美令肯定地说，"爸爸不是这种人。"

佐久间梓抿紧了嘴角，深呼吸几次后开口道："检察官说辩护人不打算就事实提出异议，争议焦点是预谋性，但因为嫌疑人准备了凶器，说形势所迫也很牵强。那么问题就在于为何无法放弃犯罪，不，应该说，辩方只能强调这一点了，类似：本想尽可能避免杀人，但白石律师让嫌疑人感到无法沟通，这才痛下杀手。所以案发时白石健介先生的态度很重要。"

"不过，"佐久间梓凝视着美令继续说道，"听了两位刚才的话，当天白石律师的态度且不论，此前他对被告仓木咨询事宜的反应就不像他的作风。"

"是的。"美令点了点头。

佐久间梓陷入沉思。"可我们只能相信仓木本人的说法。白石律师对他说了什么，没有旁人听到。"

"写信的事也很反常。"美令说，"爸爸写信指责这件事。"

"被告说收到了两封信，都丢掉了。信上写道不能帮忙掩护，如果被告这样做，他会揭露罪行。"

"不可能。"美令摇着头，"爸爸绝对不会这样写。"

"检察官也表示有可疑之处，很可能是被告编造出来，以强调自己精神上被逼入绝境。不过那两封信不会作为证据展示，所以应该不成问题。"

"除了信以外的供词，检察官相信吗？"

"检察官认为动机很有说服力，因为被告没有理由说谎。"

美令轻轻揉了揉头发。"我不理解。"

"那是由我先向检察官转告您的看法，"佐久间梓说，"还是您自己向检察官说明？"

"我吗？我可以这样做？"

"本该如此，"佐久间梓放松了嘴角，"我只是代理人，您迟早还要和检察官沟通的，下次我们一起去检察厅吧。"

"好的。"

"还有什么疑问，或是想问被告的问题吗？"佐久间梓来回看看美令和绫子。

绫子侧着头沉默不语，于是美令又开口道："凶手的所谓人性，我总觉得看不透。"

"您的意思是？"

"想向蒙冤自杀的男子家属道歉，这份感情很是郑重。为此不辞辛劳调查遗属下落，定期专程从爱知县来到东京，没有充分的诚意是做不到的。如此为他人着想的人，为什么会犯下杀人罪？一时冲动也就罢了，这次还是预谋杀人……我很难理解。"

"在被告供述之初，检方也对此抱有疑问。他们怀疑调查遗属下落也许出于良心，但定期前来可能另有缘故。"

"另有缘故？"

"就是别有用心。"佐久间梓说，"遗属浅羽母女，女儿织惠小姐四十岁左右，单身，被告仓木对她心怀爱慕也不奇怪。"

美令讶然望向文件夹。"可记录里只字未提……"

"没错。负责侦查的检察官怀疑有这种可能性，让警察进行了相当详尽的调查，但终究没找到被告怀有爱慕之情的证据。非但如此，警方还报告说是母女俩对被告仓木有好感。负责公审的检察官找来浅羽洋子女士，告诉她被告仓木就是三十三年前杀人案的真凶，又问她对被告的印象，期待她在知道仓木就是导致丈夫蒙冤的根源后，多少会改变看法。"

"那结果如何？"美令问。

佐久间梓缓缓摇了摇头。"突然得知这一情况后，浅羽洋子女士的反应很不符合检察官的预期。她回答说只觉得仓木先生是个好客人，帮了她们很多。检察官听后就无意传唤浅羽母女出庭作证了，因为对己方没有帮助的证人毫无用处。"可能因为当过检察官吧，佐久间梓的表述一向冷静。

"这么说，被告仓木去见遗属纯粹是出于诚意。法庭会因此考虑酌情量刑吗？"

"可能会给裁判员们留下本质不坏的印象。"

"可如果是这样，为什么会将爸爸——"美令不想用"杀死"这个词，咬住了嘴唇。

"您的疑问很合理。"佐久间梓说，"希望您在法庭上如实表达这种感受。"

23

　　从有乐町的电影院出来，五代查看了一下手机，来电记录里有中町的名字，是在看电影的时候打来的。五代按下拨号键，边走边将手机贴到耳边，两次嘟声后听到一个很有干劲的声音："您好，我是中町。"

　　"我是五代。你给我打电话？"

　　"不好意思，百忙之中多有打扰。也没什么要紧事，不过我有点在意……五代先生，您看了这周的《周刊世报》吗？"《周刊世报》是专门刊登热门八卦的杂志，从政治、经济、社会问题、企业事故到名人、演艺明星的丑闻，无所不包。五代有时也买来看。"上面登了这次的'港区海岸律师被害及弃尸案'。"

　　这就不能置之不理了，五代将手机贴紧耳朵。"怎么说？"

　　"比较深入，因为提到了一九八四年的爱知县案件。"

　　"什么？"五代不由得停下了脚步，"我知道了，我这就买来看。"

"五代先生，您吃过饭了吗？"

"还没有。"

"那您今晚有没有空？我想跟您聊聊这件事。"

"我有空。案件已经解决了，现在是难得的待命状态，刚看完一场电影。"

"那您意下如何？"

"好啊，见个面。我先去买本《周刊世报》。我们去哪家店？"

"还是老地方吧。"中町提议去门前仲町的烧烤店。五代自无二话，爽快应了下来，约好晚上八点见后，挂了电话。

五代在附近书店里买了《周刊世报》，找了家咖啡馆坐下，立刻看了起来。报道登在十分显眼的位置，标题是《时效是恩赦吗？未被追责的杀人犯们的后续》，由一个姓南原的自由记者供稿。

"十一月一日上午七时许，在违章停放于东京都港区路边的汽车里，发现了一具刺伤致死的男性尸体。"报道以这句话开篇，简述了被害人身份、钱款没有被盗等警方已经公开的信息后，接着写道，"警方侦查后逮捕了住在爱知县的一名男子，姓名仓木达郎。"

之后报道的语气开始变得热切，首先提到仓木供认的动机。"警方相关人员称，被告仓木表示向白石律师坦白了自己犯下的一起时效届满的案件，后被指责应当坦承真相；被告担心被周围的人知道过去，遂杀害白石律师。警方并未透露旧案的具体情况，于是记者飞往被告仓木的老家实地采访，结果令人震惊。"

报道指出，旧案就是一九八四年五月发生的"东冈崎站前金融从业者被害案"。在详细说明了该案的来龙去脉后，继续写道："被告仓木当时的同事Ａ先生称，被告仓木作为遗体发现者做了笔录，但没有受到怀疑也没有被逮捕。实际上，被告仓木才是真凶。随着岁月流逝，案件的时效届满，然后这次案件发生。也就是说，因时效而免受审判的人会再次杀人。"

之后报道另起一段，接着写道："杀人罪的时效于二〇一〇年四月二十七日废止，但适用的对象是至今时效未满的案件。那些在一九九五年以前杀了人且时效届满的凶手，依然可以像普通人那样堂堂正正地生活。极端的情况下，一九九五年四月二十八日犯罪的凶手今后还有可能被逮捕并加以处罚，但如果是前一天、二十七日犯罪，凶手将永远无法得到惩治。如此不合情理的事，应该存在吗？"

看到这里，五代恍然，原来是这种切入角度。这次案件的详情，只靠简略调查无从得知，白石健介的遗属想来也不会配合采访，无法写出有分量的报道。而这篇报道旨在呼吁，尽管废止了杀人罪的时效，不适用于时效届满的案件也是不公平的。

之后的内容是就时效届满的命案进行采访，并询问各方意见：时效废止是否也应适用于时效届满的杀人案件？报道登载了接受采访的遗属的声音，并在此基础上强调："因为时效届满，凶手不再被追究罪责，但至今仍生活在痛苦之中的遗属，他们内心的伤痛没有时效一说。"

五代觉得有些无聊。这也许是一篇有价值的报道，但跟这次案件似乎没多大关系。就在他这么想着，匆匆扫过时，最后一段引起了他的关注。"说回到开头的案件。记者采访后发现，被告仓木的旧案中除了被害人及其遗属外另有牺牲品。事实上，当时另有一名男子被捕，该男子辩称自己无辜，并在警察局的留置室里自杀身亡。记者本想采访该男子的遗属，但对方表示拒绝。然而多年来男子代替真凶被当成杀人犯，作为家人自是颜面扫地，也不难想象这些年的艰辛。那么，加害方又做何感想呢？为此记者直接询问了被告仓木的长子，他的回答如下："先不谈现在，当时的时效是十五年，所以我倾向于认为家父已经完成赎罪。"简而言之，因为旧案会被一笔勾销，希望法庭仅就这次犯罪来决定量刑。倘若您是裁判员，您会如何看待？可以将仓木视作只杀了一个人的被告吗？"

烧烤店里依旧人满为患，但中町已经提前打电话预约过，所以角落还有张空桌。两人舒服地面对面坐下来，用啤酒干杯后，随即谈起《周刊世报》的话题。

"您不觉得吃惊吗？竟然查到了一九八四年的案子。"中町压低声音问。

"吃惊谈不上，倒是挺佩服的，亏他能挖出来。"五代把杂志搁到餐桌上。

"是向仓木过去的同事打听出来的吧。"

"看样子是。只要判断出仓木的旧案关涉人命，就如报道里说的，必然发生在一九九五年以前。他应该是逐一询问了当时与仓木有来往的人。这着实要费一番功夫，这位自由记者当真是个行动派。"

"出了这样的报道，警视厅的干部会怎么想？为了照顾爱知县县警本部的颜面，之前一直没提一九八四年的案子。"

"他们只怕倒觉得时机正好。一旦进入审判程序，案情曝光是早晚的事，搞不好还会被媒体热炒。倒不如现在就扩散开来，冲击力没那么大。而且杂志擅自报道，警视厅也算在爱知县县警本部面前保住了面子。检方说不定也欢迎这样的报道，因为审判开始后社会上再说三道四，很可能会影响到裁判员的心态，要吵嚷的话趁现在好了。"

"原来如此，的确有这种可能。"说着，中町把毛豆送进嘴里。

"真正让我吃惊的是，"五代翻开杂志，指着报道的最后，"直接询问被告仓木长子的部分。这是指仓木和真吧？他真的去采访了吗？"

"应该是采访了，不然不会那么写。"

五代哼了一声。"一般会接受采访吗？不都是一口咬定无可奉告吗？"

"仓木和真大概是希望，多少对父亲的审判有点帮助。"

"也许吧，但这样只会适得其反。加害方的亲属不要多嘴，只对引起的纷扰深表歉意，然后一个劲儿地鞠躬，这才是最妥当的应对方式。"五代想起了仓木和真那张俊秀的脸。他不像是感情用事，轻率到说出袒护父亲言论的人，莫非是被巧妙地诱导了？

烤好的香菇和青椒送了上来，酱油的香气四溢。五代伸手拿起一串香菇。

中町拿起杂志。"这个记者还去见了浅羽母女？"

"里面是这么说的，不过好像没采访上。"

"也就是说，现在她们已经知道仓木就是一九八四年命案的凶手了。两人会是怎样的心情呢？"

"我也很想知道。听说检方找过洋子女士，不过谈了些什么就不得而知了。"五代负责联系浅羽母女，但仓木的犯罪动机与一九八四年的案件密切相关这件事，到最后也没有向她们透露。

"凶手被捕了，但留下了许多是非。"中町语气沉重。

"杀人案件向来如此，如果我们自己也陷进去，就干不了刑警这份工作了。接下来，只要默默地关注审判的动向就行。"说罢，五代给中町喝光的酒杯倒上啤酒。

两人喝着酒闲谈，不知不觉就到了打烊时间。离开烧烤店后，他们走向地铁站，却不约而同地没有停留，一直走到翌桧所在的那栋楼前才停下脚步。

"她们在做什么呢？"中町抬头望着大楼。

"谁知道，也没准就和平常一样。"五代说。

"是吗？不知道她们看了《周刊世报》没有……"

"也许看过了。不过我有种感觉，那样一篇报道不会让她们动摇。那两个人很坚强，都是坚强的女人。回去吧。"五代说着，正要转身时，从楼里出来了一个男人。那人应该不到五十岁，微胖，个子也不高，方脸上戴着金边眼镜。

旁边的中町"啊"了一声。

"怎么了？"五代小声问。

中町向五代耳语道："那是仓木的律师。"

"什么？"五代皱起眉头，望着男人逐渐远去的背影。

"决定起诉前，他好几次来我们警察局会见被告。"中町说那人姓堀部，是仓木的国选辩护人。

"这样啊。不过，他来这里干吗？"律师来翌桧肯定不是偶然，八成是特地拜访。他到底为何而来？

"该不会是想请她们做情状证人吧？"中町说，"您之前不是也说过，庭审时传唤她们作证的很可能不是检方，而是辩方。"

"我是说过，但没想到辩方真会这么做。"五代看着那栋楼，思索片刻后，将视线移向中町，"谢谢你今晚约我吃饭，我很高兴。下次有空再一起去喝酒吧。"

中町吃惊地瞪大了眼睛。"您要去翌桧？我也陪您过去。"

五代苦笑着摆了摆手。"这是我个人的兴趣，纯粹凑个热闹。我们一起去，对方只会觉得是在调查办案。不好意思，今晚就让我一个人去吧。"

"哎——这样吗？"中町遗憾地耷拉下眉毛，"好吧。虽然很可惜，我也不坚持了。您探听到了什么，下次可要告诉我。"

"嗯，好的。那再见。"

"请加油！"

五代点点头，轻轻扬了扬手，便朝那栋楼走去，心里暗自嘀咕：到底加什么油啊？

沿着拉面店旁的楼梯上楼时，五代看了一眼手表，是晚上十点四十五分，但翌桧门口还挂着"营业中"的牌子。他打开门，走进店里。穿着围裙的浅羽洋子迎了上来。"不好意思，停止点单的时间——"说到这里，她蓦地顿住，同时停下了脚步，因为认出了五代。

"停止点单的时间是十一点吧，没关系。"五代扫了眼店里，还有两桌客人，"可以的话，我想坐吧台。"

像是在调整呼吸一般，洋子深吸了一口气。"那您这边请。"她露出职业的笑容，将他引到吧台。浅羽织惠表情僵硬地站在吧台内侧。

"晚上好。"五代打了声招呼，在椅子上坐下来。

洋子送来手巾，问道："您要来点什么？"

"来瓶日本酒。"

听了五代的话，洋子眉毛一动。"喝酒不碍事吗？"

"我现在不在工作。"五代瞥了一眼织惠，又望向洋子，"您有什么推荐的吗？"

"那这个如何？"洋子打开饮料单，指着"万岁"二字，"味道很正，很好入口。"

"那就要冰镇的。"

"好的。"洋子走进吧台内侧，从架子上拿出一瓶一升装的酒，倒进玻璃冷酒器。

"请用。"织惠在五代面前摆上小碟，是下酒的醋拌鲜虾和裙带菜。

洋子送来玻璃刻花酒杯和冷酒器，替他倒了一杯。五代一口饮尽，不觉点头，原来是这般风味。酒香宜人，入口也很顺滑。

"您还中意吗？"洋子问。

"好极了，得当心别喝多了。"五代拿筷子夹了一口小菜，也很美味，正适合配日本酒。他瞄了一眼那两桌客人，都在谈笑风生，谁也没留意吧台。"刚才我看到堀部律师从这栋楼里出来。"五代抬头看着织惠说。

一旁正在收拾的洋子停下了手。

"您是在监视我们吗？"织惠问。

五代浅浅一笑，摇了摇头。"怎么可能，监视你们做什么？只是刚好看到，就想说来叨扰一下。"

织惠看向洋子，显然是用眼神在商量，能不能相信刑警的话。"是吗？"她旋即语气淡然地回答，似乎是姑且相信了。

有桌客人扬声招呼，洋子应了一声过去结账。

"律师是来送信的。"织惠微低着头，小声说道。

"信？"

"是仓木先生托他转交的。"

"啊……这样吗？"从拘置所可以向外寄信，但也往往请律师转交。

五代正想问信里写了什么，又沉默了，毕竟案件已经解决。

最后两桌客人都结了账离开了，洋子送完他们，回到五代旁边坐下。见酒杯空了，她用冷酒器给他满上。"内容是表示歉意，"洋子说，"仓木先生的信。"

"……这样啊。"

"您自然早就知道仓木先生是东冈崎案的凶手，但来我们这里调查时绝口不提，是这么回事吧？"

"因为上司是这么命令的……"五代知道自己的口气像是在辩解，他也觉得"命令"只是方便的借口。

"不过也无所谓啦，反正我是听检察官说的。"

"吃了一惊吧？"

洋子放松嘴角，哼了一声。"谁听了能不吃惊，我倒很想见识一下。"

"不过,"她又说,"当检察官问我恨不恨仓木先生时,老实说我也不清楚。他一直照顾我们,我觉得他是个好人。不,我到现在也这么觉得。一切的一切,一定都是迫不得已。纯粹的坏人怎么会惦念蒙冤自杀的人和他的家人?查出我们的下落也大费周折。但检察官好像在期待我说他的坏话。"

五代从上衣的内侧口袋里取出一张折起来的纸,放到洋子面前。他把《周刊世报》的那篇报道剪了下来。"这个您看过吗?"

洋子瞥了一眼,厌烦地撇了撇嘴。"今天早上织惠看到,买回来了。非要看那种东西,真拿她没办法。"

"被乱写一气,很烦人啊。"织惠嘟起了嘴。

"记者来店里了吗?"五代交替看着两人问。

"来家里了。"洋子答道,"突然找上门来,让我们烦透了。他把三十多年前的事翻出来问这问那,我说我什么都不想回答,把他赶走了。"报道里说"对方表示拒绝",实际语气却是大相径庭。

"记者知道仓木是这家店的常客吗?"

"不清楚,他没问这件事。要是知道,只怕更要纠缠不休。"

原来如此,五代明白了。报道对此只字未提,让他觉得不可思议,多半这个叫南原的记者光是挖到仓木过去的案子,就已经心满意足了。

洋子又给他倒了杯酒,冷酒器已经空了。

"堀部律师就是来送信吗?还有没有说什么——"说到这里,五代皱起眉,抓了抓头,"不好意思,您不用回答。"

"也没什么见不得光的，我可以回答您。"洋子说，"那位律师是来看看我们的情况。"

"……情况？"

"会不会因为深受打击而休业，有没有流言蜚语导致客人却步之类的，仓木先生有很多担心。"

"原来是这样。"

"所以我请律师转告仓木先生，我们都没事。希望他保重身体，好好赎罪。"

看着洋子说话时的表情，五代不禁心头一惊。她带着笑意，沧桑的双眼中蕴含光芒，这强烈地表明并不是随口敷衍了事。五代感受到了她的郑重。这对母女是发自内心地仰慕着仓木。

将杯中的残酒喝干，五代站了起来。"我要回去了，结账吧。"

"今晚我请客。"洋子说。

"不，没这个道理。"

"您不用在意，不过，下次请和同伴一起过来。"

这话出乎意料，五代一时不知道该如何回应。就在这时，背后传来哗啦开门的声音，回头一看，一个穿米色大衣的男人走了进来。今晚已经打烊了——他以为洋子会这么说，然而她却缄口不语，出声的是织惠。"不是说十二点左右吗？"织惠的语气里有惊讶、有责怪，也有一丝不易察觉的亲密。可以确定的是，对她们来说，男人并非陌生人。

"事情提前做完了。"说着，男人开始脱大衣。里面穿的是西装，一望便知材质上佳。他鼻梁高挺，下巴纤细，留着利落的短发，约莫四十五六岁。男人没看五代这边，只默默坐到一旁的餐桌，径自玩起了手机，似乎在说不用管他。

　　"五代先生，"洋子唤道，"谢谢您今晚惠顾，以后也请多关照，晚安。"

　　五代意识到，她是在说什么都不要问，快点回去吧。他向洋子道了声"多谢款待"，又向织惠点头致意后，便走向出口。顺道又瞥了旁边的男人一眼，男人依然保持着刚才的姿势。

24

　　和真正在水槽前洗碗时，门禁的铃声响了。他用毛巾擦了手，确认显示屏上的那张脸是堀部后拿起话筒。"请进。"他按下解锁键。显示屏上的堀部行了个礼便消失了。他慌忙收拾好餐桌。现在是晚上十一点多，他今天一天都没胃口，很晚才吃了碗泡面。门铃响起，他快步过去开门。

　　"晚上好。"堀部寒暄道。

　　"您辛苦了。"说着，和真将律师让进家里。

　　两人在餐桌前相对坐定，堀部从公文包里取出《周刊世报》。"先从您关心的事情说起，傍晚我给编辑部打了电话。"

　　"怎么样？"

　　"唔，"堀部快快地收起下巴，"我直说结论吧。他们不接受抗议，表示不会刊登更正启事。"

　　"可我不是那么说的。"和真说了声"稍等"，拿过《周刊世报》，翻到有问题的那一页。

"为此记者直接询问了被告仓木的长子，他的回答如下：'先不谈现在，当时的时效是十五年，所以我倾向于认为家父已经完成赎罪。'简而言之，因为旧案会被一笔勾销，希望法庭仅就这次犯罪来决定量刑。"

和真指着这部分内容："我没说过这种话。"

但堀部依然面露难色。"他们有录音。"

"录音？"

"那个叫南原的记者带了录音机，录下了和你的谈话。编辑部不可能刊登靠不住的报道，如果加害人家人的言论有差错，后果也很严重，所以他们确认了录音内容。"

"录音里有我的声音？我是那么说的？"

"他们说，虽然不是原话，但总的来说，就是这个意思。记者问'您认为令尊已经完成赎罪了吗'的时候，您的确回答'我倾向于认为已经完成'。您可有印象？"

听堀部这么说，和真想起了当时的对话。南原先问了他对杀人罪时效的看法，紧接着问了这个问题。他不知道该怎样回答才对达郎有利，头脑已经混乱了。"我好像是说过。"他尴尬地望向堀部，"但那是被诱导说出来的，并不是我的本意。"

"我想也是。那种家伙为了引出自己想听到的话，什么手段都使得出来。论诱导提问的巧妙，连我们都要甘拜下风。不过既然被录音了，现在也无可奈何，只能在别人问起时耐心解释。"

"如果对方在网上说呢？可以在社交平台上解释吗？"

和真一问，堀部瞪大了眼睛，仿佛在说，怎么会有这么荒唐的想法？"不行，那只会火上浇油。您现在什么都不要做，做什么都对审判没有任何好处。"

"听说有人向公司提出抗议。"

"让公司去应对就是。不用担心,公司应该有这方面的行家。"

和真深深叹了口气,右手捂住眼睛,只觉得头隐隐作痛,很不舒服,刚才吃的泡面也在胃里发胀。

《周刊世报》的这篇报道,是上司山上告诉他的。他在白天打了电话过来,自然并非出于好意。据山上说,那些之前就多次询问过案件的人,看了报道又打电话过来抗议。以为靠时效就能赎罪,简直岂有此理,怎么能聘用这样的人,应该马上解雇——这就是抗议的内容。

山上质问他,为什么要接受杂志采访?就算接受,为什么不更加谨慎地发言?

"我不知道怎么回事,等看了报道再联系您。"说完,和真挂了电话,立刻出门去买《周刊世报》。看完报道,他不禁哑然。抨击因时效而逃脱刑罚的杀人犯固然没错,但最后提到的被告仓木长子的发言,完全是凭空捏造,他不记得自己说过那种话。

和真联系山上,向他说明了情况。

"那应该采取法律措施吧?"山上说。

"我会和律师商量,向出版社抗议。"

挂了电话,和真立即和堀部商谈此事。

"好的。我确认报道后,会尝试向出版社提出抗议。"堀部如是说,但语气有些沉重。或许律师当时就已预料到,这努力是徒劳的。

"今后请小心行事,不要随意接受采访。"

听了堀部的话，和真低着头说："我一定注意。"

"刚才我去见了浅羽母女，"堀部略略提高了声音，"把仓木达郎先生的信送给她们。"

"信……是什么内容？"

"当然是表达歉意。自己就是一九八四年案件的真凶，如果当初自首就不会发生冤案了，真的很抱歉——大致就是这样。此外也进行了深刻的反省，表示一直以来没有勇气坦白，实在很不应该，可以说是罪上加罪。"

"她们接受了吗？"

"接受了。"堀部回答，"不仅如此，我感觉她们的状态相当不错。"

"相当不错？"

"浅羽洋子女士说，希望我转告仓木达郎先生，"堀部从公文包里取出笔记本翻开，"我们都没事，请保重身体，好好赎罪——怎么样？不觉得并没怎么厌恶达郎先生吗？"

"光听这番话，确实是这个感觉。"

堀部用力摇了摇头。"饭馆营业中，所以我们没能细谈，但两个人都很关心达郎先生的身体状况。我认为视情况而定，她们也许会成为重要的同伴。"

"同伴？"

"检方似乎不打算传唤浅羽母女作证，因为判断证言对己方有利的希望不大。反过来说，她们有可能成为我们的情状证人。"

听了堀部的话，和真惊讶又困惑。"成为我方的证人？可因为我父亲，浅羽母女才失去家庭的顶梁柱啊。"

堀部稍稍探身向前。"冤案本身和达郎先生没有关系，完全是警察的过错。可以说，达郎先生也正因此丧失了自首的机会。您看过《肖申克的救赎》这部电影吗？"

"没有。"和真回答。

"电影讲的是蒙冤被判处无期徒刑的银行家的故事。在后半部分，知道真凶的人物出场了，从他口中得知真凶对银行家被错抓这件事高兴得很，没有半分歉意。那才是真正的恶人。达郎先生不一样，他无时无刻不想向浅羽母女道歉。正因为知道这一点，她们也无法有恨意。是达郎先生建立起了这样难得的人际关系。"

听着堀部的滔滔雄辩，和真想起了前些日子去翌桧时的事。到最后他也没挑明身份，但唯一一次与织惠对视的瞬间，他感觉对方已经认出自己是达郎的儿子。如果刚才堀部的话是真的，达郎很可能给她们看过家人的照片，她们知道他的长相。

"怎么了？"见和真反应迟钝，堀部问道。

"没什么……我是在想，要是浅羽母女愿意做情状证人就好了。"

"今晚先打个照面，下次去时再探探口风。我们必须谨慎行事，如果给对方留下利用好意、得寸进尺的印象，那就难办了。"堀部将笔记本收进公文包里，又拿起《周刊世报》。在放进包里前，他问了一句："这个留在您这边？"

和真摇了摇头。"不用了。"

"也是。"堀部将杂志塞进包里，"我要说的已经说完了，您有什么想问的吗？"

"那件事您问过他了吗？"

"那件事？"

"就是东冈崎案。之前托您问问家父，打算一辈子对家人守口如瓶吗，还是什么时候会说出来？"

"那件事啊，"堀部推了推金边眼镜，"我已经问过达郎先生本人了。他的回答是，不会说出来的，会把那个秘密带进坟墓。"

和真缓缓摇了摇头。"果然是这样……"这也难怪。扪心自问，倘若父亲吐露了秘密，自己会是什么反应呢？告诉他应该将一切公之于众吗？肯定不会，不如选择隐瞒到底。"他还是不想见我吗？"

"我劝过他了，但他坚持说无颜相见，不如断绝关系，甚至希望断绝关系。"

和真抬头望着天花板，感到头晕目眩。

"其他还有什么事吗？"堀部问。

他想起了一件关心的事。"被害人遗属现在怎么样了？听说会利用被害人参加制度。"前几天堀部打电话告诉了他，但没有说详细情况。

"好像正在进行准备工作，代理律师已经开始和检察官接洽。"

"就是说，遗属已经掌握了案件的概况？"

"那取决于检察官披露信息到什么程度。不过本案没什么好隐瞒，大致情况应该都知道。"

"那我去道歉如何？之前我提过，您说只会遭到对方的连环质问。"

"这个……"堀部皱起眉头，"还是别去了。遗属利用被害人参加制度，说明她们有话想对达郎先生说，或有事想问达郎先生，并不需要见到您。您去了，也只能落得'不应该由儿子来道歉'这种反应。"

"可我很抱歉。"

"那是您自己的事吧？"

被堀部不客气地指出后，和真无言以对，因为的确如此。

"也有被告在法庭上向遗属下跪谢罪，但几乎没有遗属期望这样做，只会认定是为了争取酌情量刑而演戏。多数情况下检察官都会提出异议，要求法官制止。哪怕作为情状证人也是一样。您应该会出庭作证，请不要忘记，您说话的对象是法官和裁判员，而不是遗属。"

堀部的语气很平淡，但每一句都沉沉地落进和真的胃里。"我明白了。"他呻吟般答说。

"那我告辞了。"堀部站起身来。

"那个……律师先生，没有什么我能做的吗？"

堀部紧抿着嘴唇，沉思片刻后拍了拍他的肩膀。"现在只有忍耐。"

和真再次无言以对，怔怔地站在那里。律师道过晚安便转身离去。

25

美令比约定时间提前十分钟到达见面地点，是赤坂一家酒店的酒廊。对方还没出现。服务生过来问人数时，美令回答说两位，请尽量找个角落的位子。

"好的。"服务生应了一声，将她引到可以眺望中庭的座位，离旁边的桌子也有一定距离，不用担心谈话被偷听。

落座后，美令从包里取出手机，发现朋友发了信息过来。原来是她当空姐时的同事，现在做家庭主妇，在这次案件发生后仍时常联系，也赶来参加了健介的葬礼。"假装文化人的蠢货说的话不必放在心上，只不过故意标新立异，好吸引眼球罢了。果然遭到了炮轰。"

看了信息，美令心情复杂。她很感谢对方的鼓励，只是觉得哪里被微妙地误解了。然而总不能毫无回应，于是她回了句"谢谢！我不会气馁的，放心"。接着她又大略扫了一遍网上的报道，没发现新的不愉快之处，当下松了口气。

今天早晨，她在手机上看到了在意的报道，标题是《〈周刊世报〉报道评论引发争议》。据称，前几天《周刊世报》登出《时效是恩赦吗？未被追责的杀人犯们的后续》后，一位常以点评嘉宾身份活跃在娱乐节目上的男性政治评论家在社交平台上写下评论，旋即招来众人抗议。

评论的内容是："杀人罪的时效已废，时效届满的案件理应无法追责，除了当事人以外，其他人都无权置喙。这位律师认为'应当坦白一切'并为此紧逼被告仓木，但如何选择应当由本人决定。谁都有想要隐瞒的过去，倘若有人要将其曝光，起意抵抗也在情理之中。我当然不是说可以因此杀人，但这位律师恐怕也有过错。如果是我，会详细问本人如何迎来时效届满的这一天，当时想了些什么。这样的机会很难得，我想普通人一生都不会有。"

美令也看了《周刊世报》的报道，对南原这个名字有印象，应该就是绫子提过的那个上门来纠缠的记者。她还是无法释然。报道写得并没什么差错，但她有种不着边际的感觉，至少这不是她想看的内容。

报道的最后一段写道："倘若您是裁判员，您会如何看待？可以将仓木视作只杀了一个人的被告吗？"她的心头却涌起疑问：这真是这次案件的重点吗？唯一令她在意的是仓木长子的话。他说倾向于认为家父已经完成赎罪，作为家人，这是诚实且自然而然的想法，但现在是审判前的关键时期，未免太过轻率。美令看完《周刊世报》后的感想不过如此。她只觉得周刊杂志还是老样子，拿别人的不幸来炒作。

然而今天早晨，报道引发了一场风波。看了政治评论家的发言，她心想难怪会遭到炮轰。留言纷纷质问，你在袒护脱罪的杀人犯吗？替遗属考虑一下吧！不过这位政治评论家总是故意语出惊人，以此吸引公众关注，为自己的事业助力，这次的争议想来也在他意料之中。

美令不能原谅这一评论，却另有缘由。评论将白石健介指责仓木达郎"应当坦白一切"这件事当作不争的事实，这一点令她不满。这本就是她最感疑惑的地方，因此评论遭到围攻没让她解气，朋友鼓励的信息也引不起共鸣。

就在美令烦躁地跷着腿晃动时，眼前忽然一暗，跟着头顶传来一个声音。"您好。"抬头看时，佐久间梓正从背上卸下背包。美令欠身站起，正要寒暄，佐久间梓以笑容和手势制止了她，然后坐了下来。服务生过来点单，美令点了两杯咖啡。

"我刚才打给检察官，他说请按约定时间过来。"佐久间梓说。

"非常感谢您。"美令低头致谢。

"您好像有点紧张。"佐久间梓打量着她。

"这是难免的，我第一次去检察厅。"

"您不是被告方，不妨放轻松。"女律师眯起黑框眼镜后方的眼睛，"不过，怕是也难做到，只要表现自然就可以了。"

咖啡送上来了。美令兑了少许牛奶，小口喝着。"请问……您看过《周刊世报》了吗？"

佐久间梓伸手去拿杯子，表情波澜不惊地答道："看了。那篇报道没什么问题，不过也没有值得参考的地方。"

"可那篇报道的读者会随意想象爸爸是个怎样的人。有政治评论家在社交平台上写了评论，由此引发争议，让人感觉不太好。"

佐久间梓沉思片刻，点了点头。"我明白了。我会询问出版社，有没有刊登后续报道的打算，如果有的话，要求事前审读原稿。"她从背包里拿出记事本和圆珠笔，刷刷地记了下来。

负责公审的检察官姓今桥，额头宽阔，鼻梁高挺，四十六七岁，肩膀宽厚，很适合穿西装。

佐久间梓事前交代过最好由被害人遗属自己开口，美令遂向今桥直陈了自己看记录时产生的疑问：健介的言行不像他本人的作风。听着美令的陈述，今桥频频点头。她一说完，今桥就说："我明白您的意思。这关系到令尊的人品，遗属对此介意是完全可以理解的。"

"不过，"他接着说道，"您可能听佐久间律师说了，被告与被害人如何沟通只有讯问被告才能得知。他的供述没有不自然之处，与案件也没有出入。措辞也许略有差别，但不太会影响审判。您怎么看？"

"不，不是措辞的问题，我的意思是爸爸根本就不会那样应对。指责别人时效届满的犯罪，要将其揭露出来，我不明白这有什么意义。"

"唔……"今桥沉吟着，"可正因为这一举动，令尊才会被刺死，否则也不会遇害了，不是吗？"

"所以这就是我无法理解的地方。被告有没有可能撒谎？"

"仓木达郎吗？"今桥抓了抓眉毛上方，"为什么？"

"那就不知道了……"

今桥"哦"了一声，竖起食指。"会不会有这种可能，令尊的确如您所说，并没有说那种话，也没有态度强硬地指责被告，只是被告擅自做出解读。换句话说，令尊事实上怎样说的已经不重要了，重要的是被告仓木如何解读。"

"如果真是如此，爸爸就是因误会丧命。"美令鼓起了嘴，声音也尖厉起来。

"是啊，如果真是如此。"检察官的表情几乎没有变化，干脆地说道，"但谁也不知道有没有误会，连被告仓木也不知道，他本人自认说的都是实情。"

"或许那是谎言。"

"没错，但这并不是本质问题。"

美令不解地侧着头。"是吗？"

今桥交叉起放在桌上的十指。"说极端一点，就如您说的，被告仓木很有可能撒了谎。他作案后过了些时日才被逮捕，要编个合乎情理的故事本就不难。被告说想将遗产留给因蒙冤而受苦的浅羽母女，并咨询白石律师，这也许只是意在争取酌情量刑的谎言，实际上他从未提过。也许他只是酒后吐真言，向白石律师透露了自己因时效而逃脱杀人罪的秘密，白石律师听后未置一词也没有加以责备，但被告自此心怀不安，唯恐白石律师泄露出去，最终决定杀人——或者这才是案件的真相。"

美令眨了眨眼，挺直后背。"这样情况不就完全不同了吗？"

"不，并没有不同。无论过程如何，后悔吐露了时效届满的旧案，为了封口而杀人，这一点没有任何变化，动机既任性又自私。这样的动机如何产生根本无关紧要，裁判员们应该也不会考虑。随便被告怎么说都无妨。您明白吗？"今桥问。

"可一想到在审判时，爸爸会被描述成一个固执死板、只知道标榜正义的人，我还是有些无法释怀。"

"我理解您的心情，但深挖这部分并非上策。本案杀人的事实和手法完全没有争议，对量刑影响最大的是结果有多严重，也就是说，被害人被刺、尸体被弃，这样的结果有多严重。以本案这种情况，动机并不太重要，对此提出疑问会让裁判员们很困惑。是否应该谴责时效届满的犯罪这种争论没有结果，我希望尽量避免。"

"可佐久间律师说过，行凶前爸爸的态度很重要……为什么没有放弃犯罪，有可能会成为争议焦点……"美令望向佐久间梓，向她寻求认同。女律师微微颔首。

"如果辩方要强调什么，会从这里入手。仅此而已。"今桥说，"准备了凶器，单凭这一点，有没有预谋是显而易见的。至于被告与白石律师的沟通内容，辩方多少会强调对自己有利的信息，但我料想改变不了什么。刚才我也说过了，随便被告怎么说都无妨。"

"……这样吗？"

"我认为这是本案最妥当的处理策略，应该没有酌情量刑的余地。"

"浅羽母女怎么想？听说她们并不怨恨被告。"

"我不打算传唤那对母女作证，也许辩方会。但不论她们在法庭上说什么，我认为都不构成被告仓木反省旧案的证据，因为浅羽母女并非被告旧案的直接被害人，直接被害人是——"今桥快速翻开手头的资料浏览着，"一九八四年发生的案件，被害人姓灰谷，一个从事金融业的男人。如果被告仓木真的悔罪，应该向与灰谷先生有关的人道歉才合理。但到目前为止，辩方并未提出类似证据。这一点我会在法庭上着重指出。"

美令感到今桥是在劝说自己，底牌很多，不必再节外生枝。但她想不出该怎样回答。

"如果您没有异议，我们现在就商量审判事宜吧，时间不多了。"今桥看着手表说。

尽管并不认同，美令还是无奈地应了声"好"。她以前常听健介说，审理的准备程序很费时间。

"我直说吧，"今桥说，"作为被害人，出庭时您想问被告什么？"

美令望向佐久间梓。女律师用力点头，似乎在鼓励她。她深吸一口气，脑海里浮现出和绫子仔细考虑过的问题。"我想问被告：您怎样看待自己？是有心反省、发自内心想对因自己而饱尝痛苦的遗属道歉的人，还是如果有人要揭露旧罪行就杀了他的自私之人？倘若两者都是，那对于新近陷入不幸的遗属，您会如何表现，又打算做点什么？"说出默记在心的问题后，美令看着检察官，"您觉得如何？"

今桥皱起眉头，低声默念。就在美令担心不合他心意时，他重重点头，然后拍了拍手说："很好。"

26

沿着公寓和大楼之间的单行道前行，前方出现了宽广的道路。没有红绿灯，路面上有醒目的"止步"标识。一辆卡车停了下来，缓缓左转。走在路右侧的和真，则沿着大路右转。步道也很宽敞。穿着运动外套跑步的人没有减速，轻松超越推着婴儿车的女性。

眼前出现的正是横跨隅田川的清洲桥，和真停下脚步注视着。钢骨漆成蓝色，描绘出优雅的曲线，桥对面建筑的玻璃窗上反射出夕阳的霞光。

和真做了个深呼吸，再次迈出步伐。他是自己要来的，已经来到这里，不可能再折回。他低着头默默前进，直到桥的尽头，才终于抬起头，将视线投向右侧。

沿着隅田川的堤防修建了步道，叫作隅田川露台。桥旁有台阶，他拾级而下。这段台阶在达郎的供述笔录里也有提及。他找出手机里的现场照片——堀部连同详细地图一起发给过他。

当和真提出想去看看现场时，堀部在电话里泼了冷水："我不太建议您这样做。"问到理由，他的回答也很无情，"因为没有意义。必须直面案件的是被告达郎先生，而不是您。您更应该考虑的是怎样尽快从案件抽身，回归正常生活。"

"可我很想亲眼去看一次，父亲在什么地方做了些什么，我会铭刻于心。拜托了。"

他听到堀部叹了口气。"您说到这个份上，那就没办法了。不过先讲好，您就只是去看看，别想太多，看完立刻离开。"

"停下来也不行？"

"可以稍作停留，但不要晃荡太久。容我问一句，您不会打算带花和供品过去吧？"

"那倒是没想过……"

"那就好。绝对不要做那种事，谁知道会被什么人看见。加害人的家人在案发现场祭奠，万一传到网上就麻烦大了。社会上充满了冷漠和恶意，人们只会认定是为了争取酌情量刑而演的戏。从这层意义上，您去现场毫无益处。"堀部的语气很尖锐，仿佛在说审判前这么忙，可别添乱。

"明白了，我会牢记在心。"回味着律师的话，和真拿着手机走在隅田川露台上，不久停下脚步，因为找到了与照片一致的场景。环顾四周，他不由得摇头。看现在的状况，根本想不到在这里死过人。据说案发当时这里正在施工，步道阻塞，但现在工程结束，屏障也撤掉了，散步的人三五成群。

倘若当时是现在这种状况，达郎就不会选择这里作为杀人现场。那他会怎么做呢？另寻地方吗？考虑到那时已近晚上七点，可以隐蔽杀人的地方并不易得，若是找不到，至少那一天就不得不放弃作案。一念及此，和真不由得怨恨，这里为什么要施工？难道就没有想过这种地方如果无法通行、人迹罕至，很可能发生危险吗？不过和真很清楚，这种不满只是不讲道理的迁怒罢了。

话说回来，父亲还真是找了个好地方——一路看下来，和真再次想道。

据达郎的供述，他是在来到东京后、去见白石前找的地方，这也太漫无目的了，真的是偶然找到的吗？但的确，如果事先已经找好，当天就不会那样行动了。

案发当天，达郎称从东京站步行到大手町，再搭地铁到门前仲町站。如提前决定在这里动手，就应该坐到水天宫前站。从门前仲町站到这里约一点五公里，但从水天宫前站过来只有一半路程。今天和真就是从水天宫前站走过来的。

他不认为达郎在决定地点这件事上有所隐瞒。一个几乎全面供认、甚至做好被判死刑心理准备的人，唯独在这一点上不说真相，反而不自然。唯一的可能，就是达郎的确如供述所说，到了门前仲町站后一路寻找作案地点，发现这里因施工而成为大城市的死角，只是不幸的巧合。

可是——

凝视着隅田川静静流淌的水面，和真不禁侧头沉思。这里真的发生过命案吗？不论他如何努力，都想象不出达郎、他的父亲持刀刺向他人的情景。

一艘游船从眼前驶过。他没坐过船，但不禁好奇从船上望向这里会看到什么。傍晚将近七点，太阳已经西沉，幽暗的光线中多半看不清人影，但以杀人者的心态来说，倘若有游船经过，很可能会犹豫。达郎付诸行动说明当时隔田川上没有游船。和真觉得这也是不幸的巧合。

正要迈步走向台阶时，他发现有人靠近，是个穿灰色大衣的年轻女人。看到她手上拿的东西，和真不由得屏住了呼吸。是白色的百合花。他的心头掠过某种预感。

女人向和真投来一瞥，随即别开了视线，感觉她在说"不管你是谁，不要来打扰我"。

和真迈开步伐，心里却很在意。走上台阶前，他忍不住回头望去。只见她将花放在地面上，然后跪下，双手合十，闭上了眼睛。那无疑是祈祷的姿势。

和真怔怔地站在原地，明知道该尽快离去，却挪不开脚步。

她只祈祷了短短几十秒，和真却觉得漫长得可怕。尽管如此，他还是无法转移视线，当她结束祈祷抬起头时，他依然一动不动，注视着她。

两人间隔了约二十米，她却像感应到什么似的，突然望向和真。视线在空中交错、缠绕然后分开，双方几乎同时别过脸去，短短一瞬令和真慌乱不已。他匆忙离开，甚至不敢回头。

来到大路上后，他继续前行。他很后悔忘了堀部的忠告，在那里停留太久。不，不是忘了忠告，而是忍不住在意那女人。她是谁？会在那里献花祈祷的人不多，因为媒体并未公开白石健介遇害的地点。从年龄判断，也许是白石健介的女儿。堀部已经收到了遗属方利用被害人参加制度的通知，遗属代表处写着白石健介长女的名字。

她在祈祷什么呢？不可能只是希望亡父在天之灵安息，是在审判前，发誓一定要为父亲雪恨吗？被告已经认罪，犯罪事实上没有争议，对她来说，胜利是指什么？莫非是期望判处极刑，唯有这个心愿实现时，战斗才算结束？

纷繁的思绪让和真感到窒息。那个女人希望判处死刑的对象是自己的父亲，这一事实他无论如何都无法接受。

她认出他是被告的儿子了吗？如果认出了，她都想了些什么？又有什么感受？会像憎恨杀死父亲的凶手一样，憎恨凶手的家人吗？

和真停下脚步，环顾四周。上方是两条平行的高速公路，这究竟是哪里？一路只顾胡思乱想，不知不觉走到了陌生的地方。他拿出手机定位，原来是这里——他已经偏离隅田川，走向了深川。沿着高速公路继续向前，就是门前仲町。

他想起了前些天去翌桧的事。那时他不知道浅羽母女对案件的感想，也没敢自报姓名。但上次听堀部说，她们对达郎并无恶感，还很挂念对方的身体。不如去见个面吧，和真想。他想问问她们，达郎在那家店里如何度过。

这不过是一时兴起，他却自觉得了个好主意，脚步也轻快了许多。当然，他也意识到了，刚才那个女人已深印在脑海里挥之不去，哪怕只是一时半刻也好，他想尽快忘记在案发现场祈祷的她。

从这里到门前仲町还要走十多分钟，如果事先已决定了作案现场，应该从大手町站坐到水天宫前站才对。和真再次觉得这一推测很合理。

走在熙熙攘攘的永代大道人行道上，不久便到了与雨宫一同来过的那栋老旧建筑前。今天独自前来，和真终究有些不安，一到楼前就停下了脚步。一楼的拉面店在重新装修，暂停营业，他犹豫着要不要走上旁边的楼梯。

就在他下定决心迈出脚步时，从楼梯下来了一个年轻男人。不，与其说是男人，毋宁说是少年。看年龄至多十六七岁，头发微微翘起，脸孔却很稚嫩，连帽卫衣外套着夹克衫，体格也很纤细。

一个女人跟着少年出现了。看到她时，和真吃了一惊，那是浅羽织惠。织惠向少年说着什么，少年没有看她，一脸不耐烦地点了几下头，随即快步走开了。织惠目送着他的背影。

终于她转过身，正要上楼时向和真的方向瞥了一眼，顿时一惊似的顿住脚步，不自在地低下了头。

和真深吸了一口气走上前。"您就是……浅羽织惠小姐吧？"

织惠抬起头，小声说了声"是"。

"我是仓木和真，仓木达郎的儿子。"

"嗯……"

"百忙之中多有打扰，真是不好意思。我有些事想请教，可以占用您一些时间吗？"

织惠微微动了动嘴唇，却没发出声音，似乎流露出内心的迟疑。

"那，"她终于开口了，"就请移步店里吧……不过我们正准备开门营业，手忙脚乱的。"

"令堂也在吧？"

"是的。"

"不好意思，有劳您带路了。"和真低头致谢。

沿着楼梯上到二楼后，织惠说声"请稍等"就走进店里，应该是去向洋子说明情况。很快拉门打开了；织惠向他点点头。"请进。"

"打扰了。"和真迈步入内。

店里的桌椅摆得整整齐齐，仿佛随时可以迎客。浅羽洋子在吧台里侧。和真走到她面前，为准备营业时登门叨扰而道歉。

"前阵子你和朋友来过吧？"洋子说，"我没留意，但你离开后织惠和我说，刚才那位客人应该是仓木先生的儿子。"

和真看向织惠。"果然，我当时也隐隐感觉被认出来了。"

"你一进门我就在留意，因为你和仓木先生长得很像。多看了几眼，发现小动作也一模一样，我就知道没错了。"

"对不起，我没有勇气坦白身份。我想如果您知道家父做过什么，一定会怨恨他。"

浅羽母女对视了一眼，随后母亲开口了。"检察官找到我，我才得知旧案的真凶就是仓木先生，并且这次案件正是为了隐瞒。我自然大吃一惊，也很受打击。老实说，我的确想过，为什么那时候不自首呢？那样我们就不用受罪了。不会失去丈夫和父亲，也不会遭人冷眼、被人在背后指指点点。"

"真的很对不起，我替父亲向您道歉。"和真深深低下头去。

"请抬起头。我很清楚，这不是你的错。"

见洋子似乎要从吧台出来，和真直起了身。

"请坐。"织惠请他坐到椅子上，和真道了声谢后照做。洋子也在吧台的凳子上坐下。"我当然会想埋怨仓木先生几句，但也终于明白了一件事。"

和真眨了眨眼，望向洋子。"什么事？"

"仓木先生他啊，着实帮了我们很多。每次来店里，他总是不着痕迹地打听经营状况，要是我们透露出有点不景气，他就会点上好几道昂贵的菜。不仅如此，他还和我们说，有任何为难之处都可以帮忙想办法，所以不用客气，尽管告诉他。我只是一直很疑惑为什么他要特地来我们店，名古屋和三河的特色菜到处都有。听了检察官的话，我终于恍然大悟，原来是这么回事。"

"可是，您对家父并非全无怨恨吧？"

"问题就出在这里。我自己也觉得不可思议，但我并没有多少恨意。不知道该说是反应不过来，还是没有真实感。检察官也对我说过，您先生因为仓木而遭到怀疑，自杀身亡，您恨他也理所当然。可是人的感情不那么容易改变。这样说有点怪，但我觉得托仓木先生的福，我才终于得到了救赎。"

"救赎？"这个词太意外了，以至于和真怀疑自己听错了。

"这三十多年来，我一直很怨恨警察，到现在我也觉得我家那位是被警察害死的。明明不是凶手，却被抓起来拷问，不是吗？警察声称没有逼供，但肯定是在说谎。我丈夫性子有些急躁，但为人很固执，一向讨厌歪门邪道，他不可能杀人。总之，他会上吊自杀，一定是无法忍受刑讯，选择以死抗议。可是警察从来没有道歉，反而一味指责我丈夫，认定他自杀是因为畏罪。

舆论也是如此，明明到最后都没找到任何证据，却把我们当成杀人犯的家属。所以我们只能逃跑。偷偷摸摸地逃到这里，为了不引人注目而勉强度日。哪里都有坏心眼的人，到处打探过去，散布流言蜚语，想生生断送掉我们好不容易得到的幸福——"

洋子说到这里，织惠责怪了一声"妈妈"，一边摇了摇头，阻止她继续说下去。

洋子叹了口气。"总之，我一直抬不起头。知晓我们过去的人里，没有一个同情我们。很讽刺同时也很自然的是，只有真正的凶手仓木先生知道真相。不仅知道，他还了解我们的艰辛，暗中支持我们。之所以发生这次的案件，也是因为不愿破坏与我们的关系。我认为他有道歉的诚心。"

"您不觉得如果有心道歉，应该更早坦白一切吗？"

洋子苦笑着摆了摆手。"我当然这么想过，但这是一厢情愿而已。到了这个岁数，我早已明白人有多么脆弱。"

听了她干脆明确的回答，和真只能低着头保持沉默。

"仓木先生原本也可以隐瞒。"

洋子的话令和真侧头不解。"隐瞒？隐瞒什么？"

"隐瞒东冈崎案件。这次他原本也可以编造动机，譬如因为小事发生争执之类的，量刑会更轻。但他没有那样做，而是毫无保留地交代了一切。我丈夫的冤案这才终于得以昭雪。刚才报社打电话过来，询问可否采访我们这些年来的艰辛。类似求访的电话接连不断，甚至有人找到家里来。我嫌麻烦，全都回绝了，但确实洗刷了污名。所以我才说得到了救赎。"

"原来是这样……"

"不过，"洋子歪着头，手撑住侧颈，"我这种想法很奇怪吧？检察官表示无法理解。"

"呃，这我就不便……"

见和真支支吾吾，洋子露出笑意。"说得也是。不好意思，是我失言了。"

和真心想，堀部说得没错，这对母女很可能会支持达郎。

"那个……"织惠看向和真，"你之前说想向我们了解情况，这些够了吗？"

"足够了。"和真回答，"我想知道家父在店里是什么样的，听了两位刚才的话，我已经很清楚了，他确实有意赎罪。"

"还能有其他意图吗？"洋子说，"不过，检察官倒是问过我古怪的问题。"

"古怪的问题？"

"他问我，被告仓木有没有送过我女儿昂贵的礼物，或是邀她约会。刑警也问过同样的问题，似乎怀疑仓木先生是冲着这孩子来的。"洋子朝织惠扬了扬下巴，"我当然是断然否认了，这种事情一次也没有发生过。"

也就是说，检方怀疑达郎来这家店，是存了不可告人的心思。这样考虑令人殊觉不快，但也是他们的职业使然。

"我已经完全明白了。我原以为家父来见两位不为赎罪，而是为了自我满足，但听了刚才的话，总算松了口气。真的非常感谢。"说罢，和真站起身，再次深鞠一躬，"在营业前的忙碌时段来打扰，不好意思。"

"你见过仓木先生了吗？"织惠问。

"没有。"和真答道，"父亲说不想见我，他说无颜以对。"

"这样啊。"织惠皱起眉头，看上去很难过。

"请一定要保重身体。"洋子说。

"谢谢关心，我会托律师转告。"

洋子缓缓摇了摇头。"我不是说他，是说你。你遇到很多麻烦了吧？"

"啊，是啊，这个……"

"加害人的家属感受如何，我再清楚不过了。毕竟我是过来人。"

和真不知该如何回应，只得低着头。

"和真先生——是吧？"洋子唤着他的名字，"痛苦的时候逃避就好了，闭上眼睛、塞住耳朵就好了。不要勉强自己。"

"谢谢您，我会记在心里。"和真道声"告辞"，走向出口。下楼前，他回头望向织惠。"刚才您目送的男孩是……"

织惠略有迟疑，答道："那是我儿子。"

"啊，您结婚了？"不知为何，他总觉得织惠单身，所以颇感意外。

"我现在单身。儿子由前夫抚养……有时会来看我。"

"这样啊。"和真自觉多问了，"打扰了。"说着，他走下楼梯。

从楼里出来时，和真意识到自己岂止多嘴，恐怕还触及了最敏感的部分。他想起了洋子没说完的话："哪里都有坏心眼的人，到处打探过去，散布流言蜚语，想生生断送掉我们好不容易得到的幸福——"她说的就是织惠的遭遇吧。"好不容易得到的幸福"，应该是指她结婚生子、组建家庭。然而"父亲是杀人犯，在留置室上吊自杀"的流言传开，最终因此而离婚，这样说来，儿子归父亲抚养也可以理解了。

　　和真转过身，抬头望向那栋楼。招牌上"翌桧"的字样已有些模糊。

27

听说那家店临近地铁门前仲町站，在永代大道上。美令用手机一查，离清洲桥畔不到两公里，有些犹豫，但此时刚好有空车驶过。于是她扬手拦下，先说了声"不好意思，挺近的"，再报出目的地。幸好司机还算客气。

车开出去没多久，美令就后悔了。她发现沿途都是宽广的大路和十字路口，如果仓木达郎要避人耳目，就绝不会选择这样的路线。她暗想，下次还是走过去吧。

不出十分钟就到了门前仲町，车费还不足七百元。如果父亲健介在，此时应该会递上一张一千日元的钞票，不用找钱。美令却没这个想法。她直接用交通 IC 卡结算了。

下了出租车，她环顾着四周的风景，迈步前行。这是她第一次来这个街区，能够感受到江户情调。这里确实保留了传统的老街风情，但根据她查到的信息，二战时的大规模空袭曾将这一带烧得干干净净。

美令用手机确认着定位，不久就走到了要找的店门前。那是座两层楼高的咖啡馆。进店前，她朝路对面看了一眼，老旧的楼宇招牌上确实写着"翌桧"。看来就是这家店没错了。

她在一楼买了杯拿铁，沿着楼梯上到二楼。店里大半已坐满客人，好在临窗的吧台角落还空着，她便在那里落座。

检方提供的资料称健介来过这家咖啡馆两次，第二次足足停留了两小时。动机不明，但推测应该是来观察对面的翌桧，由一九八四年仓木犯下的命案中蒙冤自杀者的家人浅羽母女经营。健介从仓木那里了解到这对母女的事后，可能想来确认两人现在如何了。

的确，健介从仓木处得知了来龙去脉后，可能会上点心，但来了两次就说不通。是因为第一次一无所获，所以又来了一次吗？与其费事跑两趟，为什么不直接去翌桧呢？他用不着亮明身份，只要佯装客人走进店里，就能亲眼看到母女，在这里远观可得不到多少信息。

美令盯着对面那栋楼，思考着，突然看见一个人在楼前驻足，穿着蓝色的羽绒服。美令屏住了呼吸——是刚才那个男人。

今天是她第三次去遇害现场献花，每次都匆匆结束，尽量低调，但多少能感受到有人侧目。今天有些不同，是美令先留意到他的。

美令来到隅田川露台时，穿着蓝色羽绒服的男人已经在现场附近。他伫立在原地，若有所思的样子让美令不由得在意起来。美令一走近，他便像逃避什么一样迈步离开，这越发使她留心。还有一件决定性的事：美令供上鲜花并为健介默祷后，不经意地转过头，发现那男人依然在附近注视着她。两人确实对视了一瞬间，然后男人慌忙离去，但美令已经确信他与案件有关。至少，他知道白石健介被害的地点，这是媒体没有公开过、检方也告诫她们不可泄露的秘密。

现在他又出现在翌桧门前，究竟是什么目的？

这时，从楼里出来了一个少年和一个女人，两人说了几句话，少年旋即离开。

接着，令人意想不到的是，穿羽绒服的男人向女人说了什么，简短交谈后两人消失在楼里。美令转念一想，那女人莫非就是翌桧经营者中的女儿？来见她的男人又是谁呢？该不会——

是仓木达郎的儿子？美令在网上看到过相关信息，倒不是自己去搜，而是闲不住的好友们说的。网上说他就职于知名广告公司，煞有其事的，也不知道是真是假。好友们说他高中时期的证件照也被上传了，不过她没见过。

但美令见过仓木达郎的照片，在从佐久间梓那里借来的资料里。仓木达郎看上去很斯文，表情沉稳，很难和杀人犯的形象联系到一起。和穿羽绒服的男人对视的一瞬间，美令就觉得他长得很像仓木达郎。如果他是仓木的儿子，来翌桧是为了什么呢？

美令想起佐久间梓说过的话：浅羽母女对仓木并无恶感，有可能作为辩方的情状证人出庭。他是为此而来吗？可这原本是律师的工作，不是该由加害人的家属完成。

加害人的家属——想到这个词，美令不觉反复琢磨起来。

家属当然没有过错。若是子女作奸犯科，父母多少会背负责任，但父母犯罪，子女因此蒙受损失，客观来看的确不合情理。

不难想象因这次的案件，仓木达郎的儿子遭受了多少攻击。网上有无数"键盘侠"，就连指责被害人健介的留言都随处可见——"某种意义上被杀就是自作自受"，认为仓木达郎向白石健介坦白旧罪是因为相信他会保守秘密，逼迫公开真相反倒背叛了这种信赖，没考虑到身陷绝境会不择手段的潜在危险也实乃愚蠢。留言中夹杂着对美令她们的诽谤。有人说"遗属可不觉得这是在伸张正义，开庭后一定会以苦情戏女主角的姿态召开记者会"。美令稍微瞄了一下，只觉得愕然，这都是什么逻辑？为了避免受伤，她尽量不上网。

被害人一方备受责难，加害人一方自然更是被骂得狗血淋头。想象着那情形，她心头全无快意可言。一旦牵涉人命，加害人和被害人的家属都痛苦不堪。

美令一口饮尽冷掉的拿铁后起身离开。此行可说期待全盘落空，她也不打算再来了。

穿过咖啡馆的自动门，踏上人行道，从这里回家还是地铁方便。从门前仲町站出发，换乘一次就能到达离家最近的表参道站，几条路线都只用二十分钟左右。美令心想，健介如果不开车而是乘地铁，或许就不会遇害。然而事到如今，说什么都太迟了。

正准备迈步走向门前仲町站时，她下意识地瞥了一眼对面那栋楼，不由得吃了一惊。那个穿羽绒服的男人出来了，微低着头，看样子也要走去地铁站。美令不时确认着路对面那人的动向。男人似乎没注意到她，依旧低着头，步伐算不上轻快。

怎么办？美令暗自犹豫。就这样走到地铁站，说不定会在什么地方碰面，他一定会认出自己，该如何应对呢？到了地铁站入口，她也没想出结论，于是径直走下台阶。想来男人也从对面入口下来了吧。这样真的会迎面撞上。

下了台阶，美令沿长长的过道前进，拐过弯就是进站口，排列着自动检票机，再往前仍是过道。如果他从永代大道一侧进站，应该会出现在那里。

美令从包里掏出 IC 卡，慢慢走近检票口，刷卡前瞥了一眼过道尽头。他果然出现了，没有低头，直视着前方。两人的视线瞬间交会，他似有所察觉般停下脚步。

美令别过脸去，径直通过检票口，沿中野方向的指示文字走下台阶。电车已经到站了，跑两步说不定还赶得上，但她并没有这样做。她在隐隐期待他追上来，至于为什么，她自己也不明白。

下到站台时，电车刚好关门。美令往前走了一节车厢，然后站定，面向铁轨。余光中蓝色的羽绒服慢慢靠近，停在约两米开外。

"请问……"他的声音里带着拘谨，"是白石律师的家人吗？"

美令调整了一下呼吸，微微转过头但不看他。"是的。"

"果然……我是仓木达郎的儿子。"他低声说道。

美令又转过来一些，瞥了一眼他的脸，说了声"是吗"，随后别开视线。

"这次，那个……真不知道该如何赔罪……嗯……"

"别说了，也不看看场合。"她本想压低声音，语气却严厉到令自己惊讶。

"啊，对不起。"

他陷入沉默，但依旧留在原地，没打算离开。令人尴尬的寂静笼罩着二人，美令也纹丝不动。

"您去那家店了吧？"美令望着铁轨，"叫翌桧的那家。"

"您怎么知道？"

"我就在对面的咖啡馆，刚好看到……"

"这样啊。"

"为了准备庭审吗？"

"不，不是。我只是去打听家父的情况，因为我无论如何都难以相信……别人再怎么解释，我都不信他会出这种事。他会不会在说谎？这个想法在脑海里挥之不去，所以我打算亲自调查……"他像在倾诉什么，说到这里又慌忙道歉，"跟您说这些真不合适，不好意思，请忘了吧。"

美令不知该如何回答，只能保持沉默，但也并未感到不快。他说的应该是真心话。父亲突然成了命案的被告，普通人不可能没有疑问，怀疑什么地方弄错了也在情理之中。

广播通知下一趟电车即将进站。

电车随后抵达，在两人面前开门。等大批乘客下车后，美令挤进去，仓木的儿子也跟着上车，不知怎的就并排抓住吊环。车厢里人潮涌动，刻意拉开距离显得不太自然，美令于是决定维持现状。

"您回哪里？"美令问。

"高円寺。不过我想起了一件事，要在下一站茅场町站下车。"

"是吗？"美令打算在再下一站日本桥站换乘。如果他问起，该不该如实回答呢？她暗自思量着，然而他并没有问。

电车快到茅场町站了，可以感觉到正在减速。

很快，电车驶进站台。

"再见。"他小声说。

"那个……"美令开口了。两人对视着，她就这样继续说道："我也觉得令尊说了谎，我父亲不是那样的人。"

仓木的儿子瞪大双眼，张口结舌，能看出他在为必须说点什么而着急。但不等他想好，车门已经打开，他只能欲言又止地下了车。

车门关闭，电车缓缓启动。透过车窗望去，站台上的他仿佛迷路的小狗一般，投来不解的目光。自己的眼神也一样困惑吧，美令想。在世人眼里，凶手已经供认不讳，案件已经真相大白，且将基于这一事实进行审判。美令以为只有她们不认同这所谓的事实，原来加害人的家属也不认同。

她惦记着仓木的儿子，只是应该不会再见面了吧。也许庭审时可以，但按常理来说，今后不会再有交集了。或许就是像今天这样，去案发现场献花的时候？如果他常去那里，的确有可能再会。

美令不由得皱起眉头，因为发现自己已经开始计划下次献花的时间。这种微妙的心神不定是怎么回事呢？

28

从三河安城站搭上出租车，跟司机说去篠目时，和真心头掠过一抹不安。他担心这个地名会让司机想到那起案件。

司机看上去年纪很大了，操着三河口音问："篠目这地方也大得很啊，是去哪一带？"

"三丁目的十字路口。"

"噢，是那里。"司机没再多问，发动了引擎。

仓木家离三丁目还有点距离，但如果靠得太近，他怕司机产生不好的联想。也许是他多虑了。但一九八四年冈崎市命案嫌疑人在留置室含冤自杀，最近因另案被捕的人才是真凶，而且就住在篠目——这件事在当地传到什么程度，和真完全无法预判。

不知是幸运还是偶然，司机全程一言不发。有那么一瞬间，和真想问他最近这里有没有发生什么特别的事，但又怕自寻烦恼，于是沉默不语。

他眺望着车窗外的景色。这地方他已经两年没回来过了，上一次还是参加亲戚的法事。因为他一去东京不回，亲戚们责备了他一通，追问他想怎样给父亲养老。最后达郎本人顶了回去，说总会有办法的，不用管了。亲戚们面露不满，仿佛在说"我们可是关心你才问的"。

那些亲戚都没有联系他。据堀部说，达郎也给亲戚们写了信。和真不清楚内容，但大致能想象，不外乎这次给你们添了许多麻烦，深表歉意，可以断绝亲戚关系云云，跟和真收到的信不会有什么区别。

在爱知县三河地区，亲戚之间往来密切。仓木家也不例外，经常有莫名其妙的聚会，和真去东京前必须参加。既然达郎写了这种信，身为长子不可能当无事发生。本来他应该去向亲戚们致歉，但现在实在打不起精神。

这次返乡，他另有目的。他要进一步调查达郎，尤其是过往。

和真完全无法理解这次的案件。杀害住在东京的律师自不必说，动机是一九八四年的命案，这一点也如同晴天霹雳，老实说，他到现在都接受不了。儿时有关父亲的记忆，至今仍鲜明如在眼前。父亲诚实、温柔、待人亲切，在家人面前无比可靠。这样的外表下，竟隐藏着杀人犯的面孔吗？怎么可能，一定是哪里弄错了——这个想法在他脑海里挥之不去。

达郎确与"东冈崎站前金融从业者被害案"有关。《周刊世报》的报道里提到，达郎作为遗体发现者进行笔录。这是达郎的前同事告诉记者的，想必不假。

如果达郎真是凶手，当时为什么没有被捕？在推理小说、电视剧里，遗体发现者不是嫌疑最大吗？达郎自己说过，警察没找到他是嫌疑人的决定性证据，但和真觉得日本的警察才不会轻易排除嫌疑，那样悬案可就太多了。

果然还是哪里不对劲。他越想越觉得，达郎没有说出真相。

和真忽然想起刻在脑海里的一句话。

我也觉得令尊说了谎，我父亲不是那样的人——这是白石健介的女儿临别时说的话。"那样的人"是什么意思？听上去，她对达郎供述里白石健介的形象心存不满，然而其中并未过多贬低白石健介的品性。在和真看来，白石是个待人亲切、正义感很强的好人。她是无法认同笔录里白石健介的言行吗？她很可能想说，要求因时效逃脱罪责的杀人犯坦白从宽，父亲不是那样的人。

命案的被害人遗属很痛苦，和真现在才切身体会到这个常识。挚爱的家人被杀这一事实本身已足够荒谬，所以至少希望动机合理。凶手的供述中即使只有少许细节令人迷惑，也要设法弄清楚，这是顺理成章的事。庭审本是厘清案情的场合，可这样下去，一切将在达郎的供述为真的前提下裁决，然后结案，白石的女儿大概对此深感焦虑。

想起她的脸，和真心绪微妙。加害人的儿子和被害人的女儿立场截然不同，但他觉得他们在寻求同样的东西。当然，如果对方知道这种想法，肯定会勃然大怒。

这般东想西想着，已经到了目的地。下车前和真戴上了口罩，因为路上难免会遇到熟人，小学、初中的同学应该还有很多住在这附近。幸好是冬天，若在夏天戴口罩反而很惹眼。如今倒要感谢流感了。

和真小心谨慎地扫视着周围，向仓木家走去。回到念念不忘的故乡，却像潜入敌境的情报工作人员一样。

这里以开车为主要出行方式，和东京相比步行的人要少得多，但也不是完全没有，不能掉以轻心。每当有人迎面走来，和真就假装理理头发，遮住眼睛。

他打电话告知了堀部今天会来这里，说想看看父亲不在后家里的情况。和询问案发地点时一样，律师的反应并不正面。"那是您的家，我没有权利让您不要回。您关心无人照看的房子，也可以理解。不过您最好要有心理准备，不会太愉快，因为——"

据堀部说，警察搜查了那栋房子，为了印证达郎的供述，还扣押了书信、名册之类的。"检方似乎没找到庭审时可以作为证据的物件，对我方来说问题不大，但邻里无疑会因此知情。您如果回去，只怕会有人故意刁难，比如指责影响了当地声誉什么的。"

"我明白了。我会做好心理准备。"

"最好的情况莫过于不被发现。但愿无人留意，您悄悄地确认过家里的情形后就平安回到东京。"

"谢谢您。"和真道了谢，心情却很复杂。每次和律师商量什么，他的回答永远是：不要做多余的事，不要引人注目，不要发声。

终于回到家宅附近了，和真越发紧张。他窥探着周遭的动静，越走越近。就在快到家门前时，不知从哪里传来交谈声，他立刻径直走过，又在下一个拐弯处折回，再次靠近。确认路上没人后，他迅速跑到大门前，将钥匙插进锁孔。咔嚓一声，开锁的声音听起来格外响亮。门一开他便闪了进去，然后关门上锁，长出了一口气。回家回得这么紧张，还是有生以来第一次。

等剧烈的心跳平复后，他才脱鞋进屋。曾生活十余年的家，长大后细细打量，反比记忆中更小巧些。他好似现在才发现，走廊竟是这般狭窄。

和真走进客厅，巡视室内。家中萦绕着类似线香的味道，让他心头泛起哀伤。他曾在此度过幸福的童年，这个家如今却似已化为悲凉的废墟。

他来到餐边柜前。中层带玻璃门，上层是小拉门，下层则是大拉门和抽屉。玻璃门内，茶杯和茶碗码放整齐，自儿时起就不曾变过。他想起达郎说过，最近都喝瓶装的茶饮料，不再用茶壶泡茶。

拉开上层的拉门，茶叶罐、袋泡红茶、瓶装果酱等塞得满满当当。他拿起果酱瓶一看，没有开封，保质期已过了十多年了。日本茶和袋泡红茶想必也一样。

拉开下层的拉门，里面码放着笔记本和文件夹。他抽出笔记本来看，是老旧的家庭记账本，显然是母亲的笔迹。和真不知道她为何保留了好几年的记账本，可能对她来说相当于日记了吧。文件夹里是从杂志上剪贴的菜谱。

总之，这个餐边柜里收纳的不是达郎的过去，而是母亲的过去。负责搜查住宅的警察一定也很失望。

放回文件夹时，他看到最边上的厚册子，不由得吃了一惊。原来柜子里不只收藏了母亲的回忆。那是相册。封面华丽，不是简易的那种。他记得儿时翻开过，再长大点就没看过了，因为已不再拍全家人的纪念照。

他慢慢翻开相册，贴在第一页的是父母的结婚照。穿和服的达郎站着，梳新娘发型的母亲坐着。母亲名叫千里，父母结婚前是同事。照片里的两人很年轻，不过颜色已褪去不少。旁边写了日期，是和真出生的两年前。

第二页也贴了几张两人的合影，像是观光照，两人背后是粗大的注连绳。照片旁边注了一行小字"摄于出云大社"。他记得父母蜜月旅行时去参拜过，仓木家的历史就从这里开始吧。

下一页贴着婴儿的照片。被褥上光溜溜的小孩，不用说便是和真了。对仓木家来说，蜜月旅行之后的大事就是长子诞生。

再往后都是一家三口的合影。他们带着儿子去了很多地方，大海、山川、公园……有张圣诞节时拍的照片，和真打扮成圣诞老人的模样站在父母中间，对着镜头微笑。角落印有日期，是一九八四年十二月二十四日。

一九八四年——就是"东冈崎站前金融从业者被害案"发生的那一年。和真凝视照片。达郎戴着一顶驯鹿角造型的帽子，那愉悦的表情中丝毫不见杀人犯的影子。

他继续翻看，再次停下是因为一张奇妙的大合影。以这栋房子为背景，一家三口之外还有十来个男人。日期是一九八八年五月二十二日，旁边用力写了一行字："梦想成真！搬进了自己的家！"

啊，和久远的记忆重合了。很多男人从卡车上把行李搬进家里的情景，一直留在他的脑海里。原以为那些男人是搬家公司的工人，其实并非如此，应该都是达郎的同事。达郎退休前也曾在星期天出门，说是去帮年轻同事搬家，这种习惯似乎可以有效增强员工的归属感。

之后又是几张家庭合影，但从和真的小学开学典礼开始，父母就不怎么出现了，全是郊游、运动会、林间夏令营等和学校有关的照片。偶尔也有海水浴、新年参拜神社时的亲子合影，但和真身旁通常都是母亲千里，达郎负责拍照。

和真合上相册，放回餐边柜。照片令人怀念，看着看着却也泛起一阵空虚。而且现在不是沉浸在回忆中的时候，调查达郎的过去才是目的。可要调查达郎三十多年前的往事，应该找些什么呢？最方便的就是日记了，可他从未听说父亲记日记。就算有，只怕也早被警察拿走了。不管怎样，先找找旧物件吧，找到能看出达郎想了些什么、怎样生活的东西。或许还有些对警察来说毫无价值、家人却觉得有意义的记录遗留下来。

和真离开客厅，来到隔壁房间。这里本是客房，千里过世以后，主要是达郎在住。夫妻俩的卧室在二楼，但因为上下楼麻烦，又极少有客人留宿，千里离世后，达郎便将这里当作自己的房间了。和真的房间也在二楼，他不太清楚现在如何，也许偶尔通通风，但多半仍和上次离开时一样杂乱。

他打开房门和荧光灯，确认屋内的情况后走了进去。表面上这里不像被搜查过，反而收拾得很整洁。榻榻米上只有矮桌和坐垫，矮桌上只有一盏台灯。他望向书架，架上的书似乎并未减少。再打开旁边的衣柜看了看，衣服也都叠放得整整齐齐。

唯一异常的是一个抽屉，里面几乎空了。和真仔细回想，这里放的是书信和存折，应该都被警察没收了。没收书信是为了确认人际关系，存折则是为了查明可疑的款项进出。另外两个抽屉里的东西也明显少了，只是和真想不起原先都放了些什么。抽屉底部留了一个很大的茶色信封，颇有些厚度，装的都是旧文件。

和真在坐垫上坐下来，把信封里的东西摊到矮桌上。里面是不动产登记簿副件、不动产产权证等，这让他想起达郎在信里提过，可以随意处置这栋房产。

信封里还有公司内部存款的使用记录和贷款合同。他又想起达郎说过，为购置这栋房子向公司借了款，利率比银行低得多，在偿清贷款前绝对不会辞职。

和真倏地一惊，想起了"东冈崎站前金融从业者被害案"的细节。杀人动机是不想让公司知道发生了交通事故，离开公司就借不到房款了——拿起菜刀时，达郎脑海里掠过了这个念头吧。

阴郁的想象让他的心情越发沉重。就在他将存折放到矮桌上时，对讲机的铃声突然响起，惊得他忍不住跳了起来。这种时候会是谁呢——他走出房间时一头雾水。家里有好几个地方可以接听对讲机，最近的在走廊。他拿起话筒，问道："喂，哪位？"

"送快递的。"是一个男人的声音。

"咦……啊，是吗？"放回话筒，他想不通会是谁送什么东西过来。莫非不知道现在这里无人居住？

他来到门口，先看了看猫眼，是个穿快递员夹克的男人。和真开了锁，打开门。

"是仓木先生吗？"男人问。

"是的。"

"名字是？"

"和真……"

男人闻言点点头，摸了摸左耳，可以看到他戴着耳机。他从上衣口袋里掏出一样东西。"我是警察。我们接到报警说有可疑人物闯入，所以前来确认。"他拿着警察手册，旋即麻利地收回去，转身挥了挥手。

门外停着一辆商务车。两个男人从车后现身，一个是穿制服的警察，另一个是穿连帽防寒服的老人。和真不由得吃了一惊，那是他多年前就很熟悉的邻居吉山。

"仓木先生，"快递员打扮的警察唤道，"这个问题您可以不回答，不过如果方便，可否告诉我们您来这里做什么？"

"做什么啊……也没什么要紧事，就是来家里看看，因为父亲一直不在。"

"原来如此。"警察的视线在和真和玄关之间打了几个转，然后他挺直了身体，"既然没有异常情况，我们就先告辞了。"

"啊，好。"

"打扰了。"警察说罢，快步出门，坐上商务车。车子随即开动，穿制服的警察也骑自行车走了，只留下局促不安的吉山。

和真踩着达郎的拖鞋来到门外。"好久不见。"他向吉山打招呼。

"哎呀，这个……"吉山理了理稀疏的头发，"刚才我在院子里听到动静，像是啪嗒关门的声音从府上传来，就觉得很奇怪,因为府上应该没有人才对。于是我留意看了看,发现亮了灯,以为有可疑的人潜入就报了警。不好意思,实在没想到是你回来了。"

"您跟警察一起在车后面观察吗?"

"是啊,警察说如果从房子里出来的人我认识,就告诉他。我看到是你就告诉了警察。"应该是通过对讲机告知了登门的警察。

和真再次认识到自己的处境。对爱知县警方来说,仓木家是特例,所以稍有风吹草动就赶过来。特地乔装成快递员,也是为了防备亮出警察身份后可疑人员逃走。那辆商务车里多半还有警察。

"真抱歉啊,捅了大乱子。"吉山单手拜了拜。

"哪里,我才应该抱歉,我爸给邻居们添麻烦了。"

"麻烦说不上,不过倒真是大吃一惊。"

有车驶过,和真感觉开车的男人瞥了他俩一眼。

"在外面站着说不大好,到我家坐坐吧?喝杯茶?"

"可是……"

"不用担心,反正也没别人。"

在吉山连声催促下,和真走进邻居家。客厅的装修兼具和式和西式风格,和真和吉山在玻璃茶几前相对而坐。

"我到现在都不敢相信,仓木先生竟然杀了人……"吉山用茶壶泡着日本茶。

"您跟我爸近年有来往吗?"

"有啊。我老婆出去打零工,白天我也是一个人在家。碰到町内会，我们经常结伴去。"

"承蒙您关照，却发生了这种事，真是对不起。"和真双手扶着茶几，低头致歉。

"唔……"吉山低吟了一声，"你一定要道歉吗？不要这样，抬起头。来，喝茶。"

余光中茶杯递了过来，和真扬起脸。

"刚才我也说过了，真的难以置信。仓木先生怎么会做出这种事呢？三十多年前命案的真凶……像在说什么陌生人一样。"

和真蓦地想起一件事。"吉山先生，您跟我爸在同一家工厂上过班吧？"

"没错，我们部门不同，不过都在安城工厂。仓木先生在生产技术部，我在生产线，午休时常一起打扑克。"

"那时我爸有没有什么反常的表现？如果他真的杀了人，不太可能没有任何变化。"

"哎呀，这个嘛……"吉山皱起眉头，侧头思索，"实在过去太多年了，只能说不记得了，没办法。"

"这样啊……"

"不过，"吉山说，"完全想不起来说明没有留下深刻的印象，仓木先生的言行应该一如往常。"

"您听他提过东冈崎案吗？比如作为遗体发现者做笔录之类的。"

"隐约有点印象，不过是不是听仓木先生本人说的，就不记得了。总之，印象不深。"

吉山说的有道理，应该可以确定达郎在案件发生后没有明显变化，但和真也很清楚，这并不足以证明他不是凶手。

"喝茶吧，别放凉了。"

"谢谢，那我喝了。"和真端起茶杯，那种温暖正如吉山的关怀一样，令他感到愉悦，原本他已做好了被冷遇的思想准备。

"房子你打算怎么办？你不会住的吧？"

"是啊，我不可能在这里住，所以会处理掉的。还不确定要不要出售。"

"是吗，那可太冷清了啊，难得有缘做邻居。你可能听说过，当年是我告诉仓木先生，我家旁边的土地正在零散出售。"

"咦，是这样吗？"

"这附近的土地大都由公司所属的住宅销售企业零散出售，系统内部能以特价购入。我们公司很多人都买了。"

"这件事我听他说过。"

达郎曾说，町内会上能碰见好多同事。

"要处理掉吗……可惜了，不过也没办法。啊，你们搬来的时候我记得很清楚，因为我也去帮忙了。"

"这样吗？不好意思，我不记得了。"

和真心想，刚才看到的那张照片里可能就有吉山。

"也难怪，你那时还小。对了，当时仓木先生连着两周都请我吃了荞麦面。"吉山眼神放空。

"连着两周？荞麦面？"

"是啊，乔迁荞麦面。"

"为什么吃了两周呢？"

"这个啊，最初预定搬家的日子下雨了，搬不了，但下个星期天偏偏是个凶日，于是就走了个形式，仓木先生冒雨开车运了几个瓦楞纸箱过来。那天叫了荞麦面的外卖，我们两个人吃了。下个星期天正式搬家，送给左邻右舍正式的乔迁荞麦面，我也收到了一份，所以就是连着两周都请吃荞麦面了。"

"啊，原来是这样……"和真再次想起搬家那天的合影。原本预定搬家的日子，是在那一周前。

咦，难道——

和真突然心跳得厉害，不由得捂住了胸口。他发现了一件匪夷所思的事。还是说，他记错了？

"怎么了？"吉山讶然。

"不，没什么。那我就告辞了，谢谢您的茶。"

"这样啊。那个，我不知道该怎么说，不过你要打起精神啊。保重身体，不要自暴自弃。"

"谢谢，我没事的。"

和真站起身，行了个礼就走向门口。他很感激吉山的关心，但现在有件事他要尽快确认。

回到家里，他跑进客厅，打开餐边柜，拽出相册，翻到那张搬家的照片。果然——

日期是五月二十二日。然而当初原计划是在一周前搬家，也就是五月十五日——一九八四年的这一天，旧案案发。

也就是说，达郎特地将搬家的日子，选在了自己杀人的那一天？

29

下班后回到家中，客厅和厨房都不见绫子的身影。美令走上二楼，听到健介的书房传来响动。书房的门开着。她过去往里一看，绫子正坐在地板上，把书架上的书塞进瓦楞纸箱。

"我回来了。"美令向她打招呼。

"哦，回来啦。"绫子转过头，但并不显得惊讶，"再等会儿，我马上准备晚饭。炖菜已经做好了。"

"好呀……这是在整理遗物？"

"嗯，算是吧。"绫子摸着额头，"这么放着也行，但我又怕触景生情……"

"不可能一直留着。"美令走进书房，坐到床上。她已经不记得父母是什么时候开始分房睡的了。"总有一天要处理，既然如此，不如尽早。"

"是啊，也不知道能再住多久。"绫子抬头望着天花板。

她的话让美令感到意外。"什么意思？"美令问，"我们要搬走吗？"

"我说，"绫子站起身，"你总有一天会离开，到那时我一个人住就太大了，也很难收拾。"

"这个……也许吧。"美令含糊地应道。她不知道该怎么接这个话题。她现在没想着结婚，但也不打算一辈子单身。

"而且也得考虑以后的事。"听她的语气，应该已经翻来覆去想了很多遍。

"以后的事？"

"说白了，就是经济问题，因为失去了你爸爸的收入。"

"啊，说得也是。"美令放低了声音。这阵子她也一直在考虑。健介的事务所已经关闭，几个律师朋友接手承办案件。

"多少还有些积蓄，但也不能再大手大脚。为了今后着想，视情况处理掉这栋房子，过更加简约的生活也不错。"

没想到绫子会说出如此务实的想法，美令吃了一惊。妈妈一直是全职家庭主妇，美令有时不免轻视，觉得她未必懂得社会残酷。然而妈妈以她的方式，精准地着眼当下并展望未来。

"晚饭好了我叫你。"说完，绫子离开了书房。

美令又坐在床上环顾室内。简而言之，这是个很无趣的房间，几乎没有任何装饰，只在书桌上摆了多年前的全家福，美令穿着成人礼上的振袖和服。

她从床上起身，坐到椅子上，拉开书桌的抽屉。里面文具、印章、药品等整理得一丝不苟。也有很多卡片，会员卡中夹杂着平常不用的信用卡，还有挂号证。

其中有张牙科医院的挂号证，背面印着信息，用于填写预约的日期和时间。看到其中一栏，美令顿时屏住了呼吸。那一栏写着"3/31　16:00"。

三月三十一日——

这个日期意义非凡，是巨人队和中日龙队在东京巨蛋正式比赛的日子。仓木达郎供称，那天晚上，他去东京巨蛋看比赛，由此结识了邻座的健介。

健介在看棒球比赛前约了牙医？美令侧头沉思。

晚饭时，她问起绫子。"那天他应该去拔牙了。"绫子不假思索，"你爸爸不是种了好几颗牙吗？那就是其中一颗。你一说我想起来了，他提过这件事。"

"比赛六点开始，两小时前去拔牙？"

"这也不奇怪。你爸爸说过，拔牙没什么了不得的，痛归痛，吃了药就没事了。"

"可是也不用特地挑这一天去看棒球赛吧？"

"正好借比赛忘记疼痛嘛，心情也好些。"

"这样啊。"美令凝视着餐桌上的挂号证，难以释怀。

第二天下班后，她决定去一趟牙科医院。她想详细询问三月三十一日诊疗的情况，如果打电话去问，对方只会觉得莫名其妙。

牙科医院在神宫前大楼的二楼，入口处是玻璃自动门。美令查到的诊疗时间到下午六点半，抵达时距离下班还有约十分钟。她在走廊上等着，六点半一到就穿过自动门。

前台的年轻女人抬起头，手头像是正在写着什么。"抱歉，今天的诊疗已经结束，而且我们原则上需要预约。"她语速很快地致歉。

美令点了点头。"我不是来看牙的。关于我父亲，我有事想请教。"说着，她从口袋里取出健介的挂号证，放在前台。

"啊，您是白石先生的……"女人神情紧张。

"是的。"美令回答，"我是他女儿。"

女人犹豫片刻，说声"请稍候"，消失在走廊深处。

很快，一个穿白袍的男人出现了，看上去比健介年轻。"关于白石先生，您想了解些什么呢？"

"诊疗的内容吧，特别是三月三十一日的。"美令给他看了挂号证上记载的日期。

"是为了什么目的呢？"

美令抬眼看着他。"一定要说明目的吗？"

"唔……"牙科医生陷入思考，"与患者有关的情况，未经本人许可不得泄露，即使是家人也不可以。"

"可是患者本人已经过世了。您不知道吗？"

牙科医生倒没有露出惊讶的表情，应该知道那起案件。"明白了，那这边请。"他下定决心似的说道，将美令引到一个门上挂着"咨询室"牌子的小房间里，桌上放着巨大的显示器。

牙科医生说自己姓水口，然后在显示器上展示健介的口腔X光片。他指着右下方最内侧的牙齿。"您知道这颗牙齿是种植的吧？"

"知道，里面埋了类似螺丝的东西。"

"没错。拔牙后，将钛制牙钉埋入牙槽骨，安上基台，再在基台上安装人工牙冠。白石先生因为牙周病的缘故，牙槽骨受损，所以我建议他种牙。"

"不能一次性完成吧？"

"不行，要分时间分阶段进行。这颗牙处理完毕，是在八月份。"

"三月三十一日做了什么治疗呢？"

"那天只拔了牙。多数情况下会直接埋入牙钉，但白石先生拔牙后牙洞太大，所以先观察。"

"拔牙用了多久？"

"只拔牙用不了多少时间，最多二十分钟左右。"

挂号证上的就诊时间是"3/31 16:00"，也就是在下午四点半结束。

"拔牙后什么感觉？会不会很痛？"

"因人而异。有人觉得很痛，但只要不是拔智齿，通常吃点止痛药就没事了。"

"当天晚上能出门吗？比如去看职业棒球赛？"

"……职业棒球吗？我觉得可以，应该没问题，多少会有点肿胀就是了。"水口回答时面露困惑，显然不理解她提问的意图。

"没有不能剧烈运动之类的要求吧？"

"不要做剧烈的运动。还有要注意的就是酒精。"

"酒精？"

"拔牙后伤口需要尽快愈合。如果摄入酒精，会加快血液循环，容易出血，所以当天晚上不要喝酒。"

听了水口的话，美令想到了一件重要的事。"这么说来，啤酒也不行？"

"是的，尽量不要喝酒。"

"这一点您告知家父了吗？"

"告知了。不仅口头说过——"水口拉开抽屉，取出一份资料，"还给了他这个。"

美令接过资料，上面写着拔牙后的注意事项。与不要过度漱口、不要用力擤鼻子并列的，是明确要求"当天请勿饮酒"。

"这个可以给我吗？"

"可以，您拿走吧。"

"非常感谢，这对我很有参考价值。"美令站起身，深深鞠了一躬。

30

堀部孝弘的事务所位于西新宿一栋老旧商住楼的二楼，一进门就是前台，坐着一个负责事务工作的中年女人。因为和真以前来过，她似乎还记得他，露出笑意向他打招呼。"堀部律师正在接待其他委托人，请您稍等。"

"好的。"

靠墙摆放着皮面沙发，和真便在那里坐下。

正面的墙上挂着液晶电视，正在播放午间娱乐节目。某颇受欢迎的知名女演员因吸毒被捕，作家和记者们正就此展开讨论。和真最近尽量不上网，但不得已点开时也没少看到相关新闻。

和真想起数年前，他曾经策划过这位女演员的脱口秀。洽谈中和真发现，与包装出来的花瓶人设不同，她其实是个自我意志坚定的女人。从那以后他一直支持着她，然而现在看来，她还有另外一副面孔。他忽然没了信心，觉得自己没有识人的眼力。连父亲都一无所知，又怎能看透第一次见面的人品性如何？

门开了又合，和真循声望去，一个上了年纪的男人正从里面走出来。他朝前台的女人点头致意后就离开了。

桌上的电话响了。前台的女人拿起话筒，说了几句后看向和真。"仓木先生，请进。"

和真沿狭长的过道往里走，尽头的小房间敞着门。这里是咨询室。他道声"打扰了"，走进房间。堀部穿着衬衫，正站着汇总文件。

"请坐。"他请和真坐到椅子上。

和真应了声"是"落座，堀部也坐了下来。

"我见过令尊了。"说着，堀部在桌上交握十指，"也问了他那件事。"

"家父怎么说？"

堀部踌躇似的短暂移开视线，然后又望向和真。"他说，他什么都没想。"

"什么都没想？等等，您是怎么问的？"

"就是您的原话。我直接抛出您的疑问：案件发生在一九八四年五月十五日，为什么四年后搬家的日子选在同一天？不会心里别扭吗？"

"然后他说……他什么都没想？"

"是的。"堀部点头，"我倒没有忘记案件，但也没特意记住日期，搬家时很忙，就只选了个不会影响工作的方便日子。达郎先生是这么说的。"

和真连连摇头。"这不合理，怎么可能！堀部律师，您也在怀疑吧？因此之前才说要向本人确认，对吧？"

堀部不情愿地点了点头。"的确说不过去，所以我认为有确认的必要，其背后也许含义特殊。"

"含义？"

"比如说作为祭奠的借口。"

和真不解地侧着头。"什么意思？"

"五月十五日搬家，这一天就成了仓木家的乔迁日，在这一天扫墓也好，去神社或寺庙也好，旁人只会认为在庆祝纪念日，谁也想不到是在祭奠手下的亡魂。换句话说，就是障眼法。倘若有这种用意，就可以证明他对旧罪感到悔恨，也许庭审时用得到这份证据。"

和真凝视着戴金边眼镜、四方脸的律师。"您原来是这种考虑啊……"

"哪种考虑？"

"对庭审有没有用。"

"当然。"堀部挺直身体，认真了起来，"我是辩护人，寻找对庭审有利的证据是我的职责，只是很遗憾期待一再落空。在我这里，他不能'什么都没想'，否则一不小心会成为不曾反省旧案的证据。"说到这里，他做了个摊手的姿势。

"可我并不这样认为。"

堀部皱眉。"您是什么意思？"

"如果父亲真的在五月十五日杀了人，就不会将搬家的日子定在同一天。拥有一个属于自己的家，是他年轻时最大的梦想。他至今仍保留还款记录和住房储蓄金的存根，这就是证据。期待那么久的房子，不可能偏偏在那种日子搬过去。"

"他说他只是忘了。"

"那很反常。父亲没有自首，一直等待时效届满，我无法想象他竟会忘记日期。他说了谎，绝对——"

"够了！"堀部伸出右手制止。他叹了口气，开口道："我明白您想说什么，但现在争论犯罪事实并非上策。最重要的是，本人已经认罪，其他人说什么都没有意义。"

"可是——"

"这件事——"堀部打断了他，"就到此为止。请忘了它，不要再纠结。"

和真感到全身逐渐失去力气。回到老家，听了吉山的话，仿佛在黑暗中终于窥见一束光，结果却毫无意义吗？

"如果，"堀部说，"您无论如何都无法接受令尊口中的事实，请找出说谎的理由吧。如果足够说服我，我也会重新考量。"

"……说谎的理由吗？"

不知为何，她——白石健介女儿的脸，忽然又浮现在他的脑海。

31

"确定吗？提出去热海的是石井女士？"

五代倾身确认，坐在茶几对面的女人表情有些畏怯，但还是点了点头。"没错。我们打算各自排期后，由良子决定日程和住宿。"

"是当面商量还是邮件定的？"

"聊天软件。"

"还留着记录吗？"

"留着的。"她调出画面给五代，"就是这个。"

五代凑近细看，聊天记录完全证实了她的话。"这些绝对不要删除，是非常重要的证据。"

"好的。"她神色紧张。

"那个，杀死良子的凶手被捕了吧？还有事要调查吗？"女人收起手机。

"还有很多信息需要核实，不过今天就先到这里，有劳您的配合。"五代拿着餐桌上的账单起身。

从咖啡馆出来并道别后，他打电话给搜查本部的筒井，报告了向女人了解到的情况。"算是稍有眉目了。"筒井回答，"刚才检察官来过。掌握了这个证据，组长脸上也有光。辛苦了，你可以回来了。"

"明白。"五代说罢挂断电话。许久不曾有过的收获让他心情轻松。

上个月在奥多摩的山里发现碎尸，大约一周后死者身份被查明。此人名叫石井良子，住在调布市，身家丰厚。死亡时六十二岁，丈夫早逝，她和二十六岁的独生女共同生活。警方按弃尸立案并成立搜查本部，五代所在的组从警视厅赴当地办案。

调查困难重重，因为石井良子的失踪时间不详。过去一年里女儿在英国留学，两个月前回国后才发现母亲下落不明。她说出国后一直互通邮件，丝毫没有察觉到异常。

经搜查认定，石井良子的家有明显的失窃迹象，现金和信用卡不见了。信用卡的使用记录显示，从八月底开始有人工提现和异常消费的情况。监控录像指向一个男人——被害人女儿的前男友沼田，现年二十八岁，自称音乐家。决定性的证据也找到了。现场遗留的提包里装有存折等物，上面检出了沼田的指纹。

一经侦讯，沼田爽快承认弃尸，于是被捕。五代他们松了口气，以为该案就此解决，这项工作也告一段落，然而他们高兴得太早了。

沼田坚决否认杀人。

他承认使用了现金和信用卡，但声称"因为没有收入而伤脑筋，咨询石井女士后，对方说随意使用"，还把密码也告诉了他。而关于弃尸，沼田则这样解释：他去感谢石井女士资助时，发现对方已经上吊自杀。他担心遗体曝光会引起轩然大波，导致她正在留学的女儿无法专注学业，便决定藏尸。用石井女士的手机，模仿她的语气和女儿邮件往来，也出于同样的目的。

五代他们都觉得这种辩解过于荒唐，然而形势渐渐不妙。检方提出，目前无法以杀人罪提起公诉的症结在于死因。遗体损伤严重，死因无法确定，也没有找到凶器。换句话说，没有他杀的物证。

因此检方的思路是，否定沼田声称的石井良子自杀身亡这件事。只要能证明自杀是谎言，就可以推翻其他供述，但这并非易事。说什么没有自杀的动机，庭审时可未必采纳。毕竟一个人隐秘的烦恼，旁人无从知晓。

警方决定彻查石井良子生前的动向，尽最大可能收集她不会自杀的证据。

很快有了一些进展。其一，石井良子在一年多以前投保人寿，受益人是女儿。但保险有附加条件：两年内自杀身亡，保险金不予给付。即使她决心自杀，考虑到女儿也应该等两年期满吧。此外，石井良子屡次提及想翻修房子，不像是自杀前该有的想法。五代这次又查到石井良子和朋友们计划去热海旅行，提议者怎么可能在临行前自杀呢？

今天可以底气十足地回搜查本部了。五代这么想着，正要迈步走向车站时，手机响了。一看屏幕，他不由得瞪大了双眼。来电的是白石美令，此前"港区海岸律师被害及弃尸案"被害人的遗属。

"您好，我是五代。"

"啊……我是白石，秋天遇害的白石健介的女儿——"

"我知道。谢谢您配合调查，什么事？"

"是的，我无论如何都想找您聊聊，关于那起案件。"

"这样啊，是什么内容呢？如果是事务性的，由辖区警察局负责——"

"关于侦查，"美令语气坚决，"我认为侦查有误。"

五代握紧了手机。"那我必须听听了。"

"所以能占用您一些时间吗？哪里都行，我去找您。"

五代叹了口气，看看手表。对他们来说案件已经收工，可遗属的战斗才刚刚开始。对方说侦查有误，他不能不加理会。

"您定地方吧，随叫随到的应该是我。"五代说。

约半小时后，两人在六本木的咖啡馆里相对而坐。再次见面，美令仍气质非凡，只是似乎更清瘦了些。

"不好意思，百忙之中多有打扰。"美令低头致歉。

"没关系，您要说什么？"

"这个……"美令将牙科医院的挂号证放在餐桌上，给五代看日期和时间，并说出令人震惊的事实。

仓木供称三月三十一日在东京巨蛋与白石相遇。白石买啤酒时，一张千元钞票刚好飞进旁边仓木的杯子里。然而美令指出，当天傍晚，白石在牙科医院拔了牙，理应不能喝酒。

"我爸爸不会不遵医嘱。医生说不能喝，他绝对不会喝。"美令出示了牙科医院的注意事项。

五代哑口无言。美令的话说服力极强。拔完牙之后，不仅当天，一段时间内最好都不要喝酒，这是常识。"您的意思是，仓木说了谎？"

"您不觉得这是唯一的可能吗？"

"可是，您现在说这些……"

"过去的都过去了，就当不知情吧。您是要这么说吗？"美令瞪着他。

五代叹了口气。"这件事您向谁提起过吗？"

"我和律师说过。她会协助我们利用被害人参加制度。"

"律师怎么说？"

"她说她会上报，但检方恐怕不会理睬。"

五代也有同感。犯罪事实如无争议，庭审时上呈冗余信息纯属多此一举。"凶手被捕且供述了动机，您仍然不满意吗？"

"真相并没有大白，我只想知道真相。您身为刑警，难道不想知道吗？倾尽全力调查，最后以谎言结案也无所谓吗？"

"不一定是谎言——"

"就是谎言。"美令语气尖锐，指着放在桌上的资料，"否则，请您给出一个合理的解释。"

五代解释不了，只能陷入沉默。

"对不起……"美令说。她的声音忽然变得柔和。"我也知道这很棘手，一定让您很为难，但我没有别人可以商量了……"

"谈不上为难。遗属有疑问，刑警理应设法解决。"五代再次凝视美令，"这份资料可否由我保管？我再调查看看。"

"有劳了。"

"不知能否回应您的期待。"

"非常感谢，一切就拜托您了。"美令低头道谢，像是终于得救一般。

五代点了点头，腋下却在冒汗。他完全没把握解决这个问题。

晚上八点，五代来到店里时，中町已坐在靠里的一桌。

熟悉的门前仲町烧烤店。落座后，五代点了生啤。

"又在这家店和您一起喝酒了，没想到这么快。"中町边松开领带边说。

"不好意思啊，总叫你来讨论怪事。"

"哪里哪里，接到电话我也吓了一跳。"

和白石美令道别后，五代立刻打电话给中町转述。

店员送上生啤。两人碰杯后，五代问："怎么样？"

"您指白石健介三月三十一日的行动轨迹吧？侦查资料里有。"中町拿出记事本，"白石律师的事务所里，不是有位姓长井的女助理吗？我向她了解过，根据当天的日程表，白石律师下午三点半离开事务所后再也没回来。这份日程表上都是私事，没有会见委托人的行程。"

"三点半离开，应该就是去牙科医院。没有写之后去东京巨蛋，是吧？"

"如果是工作用日程表，没有记录倒很正常，再说长井助理也没听他说过要去东京巨蛋。"

"那位女助理是老员工了，假如难得看一场棒球赛，应该闲聊时会说起。"

"是刚好没说，还是刻意没说——"

"还是本来就没去？"

听了五代的话，中町深吸了一口气。"那可就不妙了，从根本上推翻了案件框架。"

"这件事你没和别人说吧？"

"当然。"

"好，那暂时是我们两个人的秘密。"

"明白。不过——"中町压低了声音，"您打算怎么做？"

"还不知道，我正在琢磨。"刚好店员经过，五代就点了几道菜。

"五代先生，您最近忙吗？现在在办什么案子？"中町换了话题。

"一个稍微麻烦些的案子，不过凶手已经抓到了。"五代简短地说明了手头的案件。

"调布市的富豪遗孀被害案啊。都传来我们这里了，嫌疑人可真能抵赖。"

"是啊，亏他编出那种鬼话，倒也叫人佩服。不过想想，也是人之常情吧。"

"怎么说？"

"凶手都希望尽可能逃避刑罚，并为此编造种种谎言。这样说来，仓木算什么？如果说了谎，是为了什么？显然与减刑无关就是了。"

"不清楚……"中町歪着头。

五代将生啤一口气饮尽，打量着店里。他想起了逮捕仓木后，来这家店时的情形。那天晚上，他的心头掠过不祥的预感。我们该不会被带进了新的迷宫吧？

现在，这个念头丝毫没有消失，反而更加强烈。

32

年轻情侣面带幸福的笑容，走出知名品牌的珠宝店。女方脸上尤其洋溢着满足感，或许是挑选到了合心意的婚戒吧。这样的日常生活，还能降临在自己身上吗？和真暗想。结婚也好，婚戒也好，都不重要了。他怀念的是可以无忧无虑欢笑的时光。

和真正在面向银座中央大道的咖啡馆里。咖啡馆位于大厦二楼，可以俯瞰街景。要见的人指定了这家店。他提前五分钟到店时，一报上名字，服务生就将他带到了这桌。看来对方不仅预约了，还指定了位置。这里最靠角落，很不起眼。他并未告知来意，但对方显然已判断出密谈的必要性。

约定的时间是下午三点。就在他望向楼梯时，要见的人也上来了。那人向服务生说了什么，然后毫不迟疑地走向和真。他穿深棕色夹克，挎着包，胡子拉碴的脸晒得黝黑。或许是有成见在先吧，和真只觉得他比上次见面时看着更狡诈了。

"好久不见啊。"南原微露笑意，坐在和真对面。

"不好意思，突然联系您。"和真低头致歉。

"没关系，只是有点吃惊。"

"我想也是。"

和真主动约南原见面。他原以为行不通，但南原答应了，还指定了地点和时间。

服务生过来点单，南原要了咖啡，和真也照做。

"我先说清楚，"南原拔出胸前口袋里的圆珠笔，"这是录音笔。对话将全程音频记录，您不介意吧？"

"请便。"

"那我不多废话了。"南原操作了一番，然后把笔放到桌上。

"上次也录音了吧？"和真看着圆珠笔，"来我家，对我狂轰滥炸的那次。"

"录音是采访的铁则。"南原不以为意，"我听《周刊世报》的编辑说了，您借律师之口来抗议。"

"那篇报道的措辞令我感到不适。"

"解读方式因人而异嘛。报道里您说的话，都是对您发言的概括，不是吗？"

"那也是被巧妙诱导出来的。"

"所以您叫我来是为了抗议？"

"不是。那件事我不想再多说了，说了也于事无补。"

这时服务生过来，在两人面前分别放上咖啡。其间南原向他投来审视的眼神，显然在思考他的动机。

"那篇报道没写好。"服务生离开后，南原说，"本来可以更刺激的，但没我想象中顺畅。命案时效届满，都是几十年前的旧事了，连采访遗属都挖不出有临场感的素材。当然，扑空也是常有的事。"他苦笑着将牛奶倾入咖啡，用汤匙搅拌均匀，"既然您不是来抗议那篇写砸了的报道，那今天有何贵干？您在电话里说有事想问。"

和真抿了口黑咖啡，顿了一下，开口说道："我想问的是我父亲牵涉的案子，不是这起，是一九八四年的那起地方案件。"

"'东冈崎站前金融从业者被害案'，是吧？"南原似乎很在意表述是否严谨，"怎么？"

"您是怎么调查的？在警方没有公开的前提下。"

"您就想问这个？"南原面露失望，"听您说完，我推测仓木达郎先生的旧案应该事关人命，于是逐一向熟人打听。当时，上班族的社交范围基本仅限同事，拿到一本公司职员名册立刻就能查到联络方式。当地人大多住在独栋住宅，搬离的不多。"

"报道称我父亲的前同事当中，有人记得他做过笔录。"

"是的，而且是作为杀人案的遗体发现者。吓我一跳，您就想问这个，对吧？当然了，毕竟是过期的案子，我并不能确认仓木达郎先生就是凶手，但还是在报道里如此断言。如果我错了，达郎先生本人和警察都可能提出抗议，但我和编辑部说届时我负全责。当然了，我确信绝对不会有抗议。"南原说得还算客气，脸上却扬扬自得。

"还有其他人记得那起案件吗？"

"有几个，但没问出什么关键信息，所以我想到了被害人的遗属。被杀的灰谷有过婚史，但遇害时已是单身，也没有子女。这是我最大的失算，也是那篇报道不尽如人意的主要原因。过期旧案中被害人的遗属得知凶手再次杀人时做何感想，原本是我策划的核心。"南原单手端起咖啡杯，耸了耸肩。

"没找到遗属吗？"

"我说了，灰谷没有妻儿。但多方调查后我找到了一个有点意思的人。灰谷有个妹妹，她儿子在灰谷的事务所上班。"

"也就是灰谷的外甥？"

"是的。我调查后发现灰谷妹妹已经过世，但外甥健在。一个人住在丰桥的公寓，五十六七岁，案发当时二十岁出头。他姓坂野，坂道的坂，原野的野。"

"见到了吗？"

"见了。我特地跑去爱知县，土特产当然越多越好。不过，这次我又没猜中，可以说是白跑了。"南原放下杯子，自嘲似的微微摊开双手。

"怎么说？"

"坂野不知道这次的案件，我提起东京律师被害，他只问我'那是什么？'我详细说明并告知与八四年旧案有关后，他才终于表现出关心。旧案他记得很清楚，也知道仓木达郎先生，只是名字记不清了。他说和仓木先生一起发现遗体，是他报的警。"

"原来是案件相关人员。是哪点没猜中？"

"坂野完全不情绪化。"南原神情苦涩，耷拉着眉毛，"我说过了，杀死舅舅的凶手靠时效逍遥法外，而且再次杀人，我希望他听到这些时异常激动，愤恨的话直接罗列就是篇好文章了。然而坂野的反应只有'哦，这样'，完全无动于衷。我问他不觉得愤怒吗，您猜他怎么回答？他说，无所谓，凶手是谁都与他无关。"

"所以，他对被害人感情不深。"

"岂止感情不深，简直怀有憎恶。他说因为失业，不得已给灰谷当接线员，但实在无法忍受在那种男人手下工作。灰谷骗老年人的手段形同欺诈，却整天若无其事，根本就是人渣。他说灰谷被杀理所当然，凶手是谁都不奇怪。"

"确实相当厌恶了。"

"您听着可能觉得像是什么安慰，不过坂野说十分理解仓木达郎先生对灰谷的杀心。本来不是什么严重事故，灰谷却装成受害者使唤仓木先生，还死乞白赖要讹钱，难怪对方勃然大怒。坂野说了很多类似的，但没有一句适合登报。"

"这样啊。"

或许如南原所说，这只是一种安慰，但听到连身边的人都不为死者感到悲伤，和真仿佛得救一般。不幸的锁链自然越短越好。

"还有什么其他事想问吗？"南原问。

"我最想知道为什么警察没看破我父亲？遗体的第一发现者，某种意义上最容易被怀疑。"

"的确，我也很好奇，所以通过熟识的警察调查了，原因不明。毕竟已过去三十多年，没人知情，资料也没保存下来。"

"这样啊……"

"不过，"南原侧着头，"坂野说了句很奇怪的话。他说，仓木先生是凶手也不足为奇，但他认为仓木先生有不在场证明。"

"不在场证明？"和真倏地一惊，探身向前，"真的吗？"

"是不是真的我不知道，据坂野说，他和仓木达郎先生一起在现场向刑警详细说明发现遗体的经过，模糊记得此人有不在场证明，但是否得到证实就不知道了。很可能坂野只是擅自认定。"

"如果是假的，警察应该一查就会知道。会不会是证实了才没被怀疑？就是这样吧？"

"呃，那个，仓木先生，声音太大了吧。"

听南原这么说，和真迅速扫了眼四周，幸好附近没人。他喝了口玻璃杯里的水，压低声音："警察一旦发现不在场证明有纰漏，直到另一个人被捕前都会怀疑他，可他们始终没来监视，这绝对不正常。"

"等等。"南原伸出右手示意暂停，"我明白您想说什么，可这话说给我，我也很难办。我只负责转告我向坂野了解到的情况。您希望父亲没杀过人，这我可以理解，但当事人都已经认罪了。您无法接受也罢，这是事实，没有质疑的余地。"

和真默然。南原的话不无道理。

"还有什么想问的事吗？没有的话，我就告辞了。"南原拿起桌上的圆珠笔。

"能不能告诉我坂野的联系方式？"

南原困惑地望向他。"您想直接找他当面核实？"

"我不知道，也许吧。"

"就算去了，我想也是徒劳。"

"但还是姑且试试……拜托了。"和真低下头。

南原叹了口气，在手机上查好，抽出桌角的一张餐巾纸，用圆珠笔写了什么。"这是坂野的住址和手机号码。"说完，他把餐巾纸推到和真面前。

"多谢了。"和真小心地将餐巾纸叠好，收进口袋。

"坂野不太能喝，"南原忽然说道，"但爱吃甜食。如果带礼物给他，不用送酒，甜点就好。我们见面时，坂野吃了水果冰激凌杯。"

这出乎意料的建议让和真有些困惑，他点了点头。"我会参考的。"

"不过我觉得是徒劳。"南原小声重复道。

和真没有回答，问道："对了，还会有后续报道吗？"

南原神色冷淡地摇了摇头。"目前没计划，除非有什么惊人的进展。"

"这样啊。"

南原将圆珠笔插回胸前口袋，看着账单拿出钱包。

"不，让我来——"

不等和真说出"买单"，南原已经伸出空着的那只手制止。"没理由要您请客。再说，就算是小钱，也该省着点花，毕竟今后会很艰难。"

和真不知道该如何回答，沉默地低着头。

南原把自己那份咖啡钱放在桌上，说了声"再见"就起身离去。和真不想目送他的背影，便将视线投向窗外。外面似乎在下小雨，行人们纷纷撑起了伞。和真缓缓摇头，他连伞都没带。

33

手机上显示白石美令来电时，五代正在工位上整理报告。富豪遗孀遇害，奥多摩山中发现碎尸，此案很快就要结案了。一直否认犯罪但供述不切实际的嫌疑人终于招供，负责侦讯的警部补说，并没有强迫他认罪。

"看了警方提供的间接证据，裁判员会怎么想？如果判定有罪，接下来就看刑期了。重要的是被告有没有反省。不承认犯罪事实会给裁判员留下恶劣印象，极可能因态度不端正而遭重判。我很平和地给他都讲清楚了。"

这番话应该可信。随着侦讯可视化的推进，已不必过于担心暴力逼供的问题。嫌疑人在警察局的留置室里蒙冤自杀，这样的事现在已难以想象。

就在他出神时，白石美令打来了电话，那一瞬间五代想到了心灵感应这类超自然现象。当然他立刻转念，怎么可能呢？

"您好，我是五代。"他压低声音扫视一周，幸好附近没人。

"我是白石。不好意思，总是在您很忙的时候打扰。您现在方便接电话吗？"

"嗯，可以。"

五代把手机贴在耳边，起身快步来到走廊。与已结案的被害人遗属沟通，给谁听到了都不合适。

"您想问的事我知道，"五代低声说，"东京巨蛋，对吧？很抱歉，我手头忙得不可开交，抽不出时间，所以没什么进展。"他很坦率地说出实情，含糊其辞的地方也是不得已。

"我想也是。所以我打电话不为催促，是想请教一件事。"

"什么事？"

"五代先生，那个人的儿子……被告的儿子，您认识吧？"

五代吸了口气，他完全没料到是问这个。"您是说被告仓木达郎的儿子，对吧？我去拜访过。"

"是的。"

"当然，您怎么会问起被告仓木的儿子？"

"能不能告诉我联系方式？"

"啊？"五代不禁愕然，太出乎意料了。

"无论如何，希望您能告诉我。"白石美令听上去十分认真。

"为什么？"

"需要解决想不通的问题。我坚信被告仓木没有说出真相，想找他儿子弄清楚。"

"白石小姐，我建议最好别这么做。因对方来道歉而见面自然另当别论，但遗属主动接触加害人的家人不太妥当，有可能被视作威胁行为。"

"我绝对没想要威胁。"

"即使您无意，也难保对方不会误解。"

"不，我觉得他不会。"

"他？你们见过吗？"

"一次而已……偶然遇到的。"

"什么时候？在哪里？"

白石美令略一沉默，问道："我一定要回答吗？"

"不、不用……我是太吃惊了，脱口问了出来。不想回答也无妨。"

"不是不想回答，但有点不好解释。简单来说，我们在那里……清洲桥畔的案发现场偶然遇到了。我去献花时，他也来了……"

"噢，原来如此。"的确有这种可能，五代明白了。

"寒暄了几句，但我没想着问他的联系方式就道别了。我以为不会再见面了，然而之后又发生了很多事，我想找他了解情况。"

"这样啊。"五代留意着周围是否有人在听自己讲电话，一边思索该怎样应对，"我理解您的感受，但还是不能说。这是个人隐私，也是侦查机密。"

"我不会向任何人透露是您告诉我的。"

"我相信，但万一惹出纠纷，联系方式从何得知就会成为问题。"

"我会小心的，绝对不惹麻烦。"

"大家都这么说，可这世上哪有绝对呢？"

他听到对方呼出一口气。"无论如何都不行吗？"

"对不起，请理解。本案中，被告仓木和白石律师认识的地方是否真的在东京巨蛋，这一点我会尝试确认。"

"好的，拜托了。抱歉在这么忙的时候打扰您。"白石美令的声音明显很沮丧。

"不客气。有事请随时联系。"

"谢谢，那再见。"说完，白石美令挂了电话。

五代握着手机，交叉双臂，靠在旁边的墙上。

有了被害人参加制度，白石美令应该从检方那里获得了相当详细的案情信息。她难以理解的太多了，不只是东京巨蛋，一定还有其他很多想不通的问题，否则她不会想见凶手的儿子。

但愿别出事吧，五代不禁担心。这个女人生性要强，就算有些任性，她也会毫不犹豫地付诸行动。

五代垂下双臂，又开始拨号。电话立刻通了，只听对方压低声音说道："我是中町。"

"我是五代，现在方便吗？"

"稍等。"随后是短暂的沉默，他应该换了个不引人注目的地方。很快，他用正常的音量说："可以了。"

"不好意思，工作时给你打电话。"

"哪里，我正在听科长无聊的训话，正好借机溜了。是要问东京巨蛋那件事吗？"

"没错，有什么发现吗？"

"唔……"中町沉思片刻，"我调查了白石律师三月三十一日的行动，没找到新线索。老实说，恐怕查下去也不会有了。"

"果然，现在再核实已经很难了。"

"不过五代先生，说因祸得福也许不准确，侦查资料里新发现了有意思的东西。"中町压低了声音，"我正想联系您。"

"哦？是什么？"

"见面说吧，最近有空吗？"

"你这不是卖关子吗？我这边有个麻烦的案子总算要结了，今晚我就有空。"

"那就今晚。还去那家？"

"可以。"

约好晚上七点见，五代挂了电话。

门前仲町烧烤店的年轻女店员似乎记得五代，立刻带他到里头的一桌。中町正坐在那里操作平板电脑，看到五代进来后打了声招呼："您来啦。"声音比平时有活力。

"我们好像已经成了熟客了。"落座后，五代点了生啤和几样下酒菜。不仔细看菜单就能点，说是熟客也没问题。

"不过奇怪的是，我不想约其他人来，只有见您的时候才来。"

"我也是。对了，你在查什么，要不等你忙完了再说吧。"

"这个吗？"中町指着平板电脑，"算不上查，只是搜索一些关注的话题。我在看这个。"中町将屏幕转向五代，电视节目预告栏全屏显示，效果与印刷出来的报纸无异。

生啤送上来，两人互相道声"辛苦了"，用中号啤酒杯干了杯。

"电视节目预告栏怎么了？"五代问。

"请看日期。"

"日期？"五代视线上移。

"就是'敬老节'。"中町说，"仓木的供述里提到，他在敬老节那天看到一期关于遗产与遗嘱的特辑，于是想到死后将所有财产留给浅羽母女，作为补偿。"

"我想起来了，是有这么回事，你不说我完全忘了。"

"侦讯时，审讯人员问过是什么节目，仓木答说名字不记得了，像是娱乐节目。可是没人查过细节。我很好奇仓木看的究竟是什么，于是托熟识的记者传送报纸的文档给我。这是中部地区的报纸，因为电视节目预告栏因地区而异。"

"的确如此，干得不错嘛。"五代最初的判断没错，这位年轻刑警做事很精细，"找到了吗？"

"这个就……"中町郁闷地侧着头，"就我所见没有类似的简介。几个节目制作了敬老节特辑，基本都在鼓励老人和讲故事，没发现遗产、继承之类的词。毕竟是过节，与死亡相关的主题不合宗旨，甚至在刻意回避。"

"我看看。"五代接过平板电脑。简单浏览，映入眼帘的都是如何养生，或许就如中町所说，制作方觉得敬老节不宜提及遗产、继承等让人联想到死亡的词吧。

几样下酒菜送了上来，五代边吃边喝，反复思索着。预告栏里没有，并不能断言节目里丝毫没涉及。娱乐节目里老年人分享经验之谈，可能提及遗产继承。"这就是你要说的？"

"不，这是小礼物。再怎么说，我也不能拿这种细枝末节浪费您宝贵的时间。刚才的话只是铺垫，现在开始才是正题。我在电话里说过，从侦查资料里发现了有意思的东西，其实是一张名片，在从仓木家扣押的名片夹里。"中町一番操作，然后说声"就是这个"，将屏幕转向五代。上面显示了一张名片，因为带不出来就拍了照。

五代凑近细看，此人名叫天野良三，头衔令他吃了一惊——

　　天野律师事务所　律师　天野良三

　　"又是律师……"
　　"再看看地址。"
　　五代依言望向地址栏，那里写着名古屋。"原来仓木认识名古屋的律师……"
　　"您不觉得奇怪吗？"
　　五代一口气干了啤酒，擦了擦嘴，然后看着中町。他知道年轻刑警想说什么。
　　"仓木说，打算将所有财产留给浅羽母女来赎罪，但不知道怎么做，所以决定找白石律师商量。可他身边就有相识的律师，一般来说，不是该找这位才对吗？为什么要找刚认识的白石律师，还为此特地来东京？"中町眼中有光。
　　"原来如此，的确令人在意。这张照片可以发给我吗？"
　　"好的。"中町依言照做。
　　五代拿起烤洋葱串。"话说回来，这位天野律师和仓木关系如何，还是未知数。也有可能只在某个场合交换了名片而无深交。仓木觉得刚认识、但因棒球赛而熟悉的白石律师更方便，这也就不稀奇了。"说完，五代嚼起了洋葱，独特的香气刺激着鼻孔。
　　"说得没错。"中町收起手机，表示赞同，"可如果关系不深，会留着律师的名片吗？如果仓木是政治家、企业家，长袖善舞也罢，但他只是个退了休的普通人。"

"也对。"五代拿出手机，确认接收照片，"最简捷的做法就是去见这位天野律师，询问他和仓木的关系。"

"我去吧，休息日我跑一趟名古屋。"

"感谢，不过……"五代说到这里，含糊了起来。

"怎么了？"

"对方毕竟是律师，有义务为客户保密，应该不会轻易透露隐私，除非下了搜查令。他可能会告诉我们有这么个人来咨询过，但绝对不会透露内容。"

"也许吧……"中町的声音沉了下来。

"难得休息，我不想让你白跑一趟。"

"那倒没什么，不过，该怎么办？"

"是啊……"五代脑海里浮现出一个主意，却没有说出来。那个主意很刺激、很有吸引力，但对于可能引发的事态，他还完全没做好思想准备。

两人默默吃了一会儿。"对了，"中町打破了沉默，"案子开庭前，检方提了很麻烦的要求。"

"怎么回事？"

"检方指示，希望警方再核实仓木的供述，似乎觉得物证太少。"

"都这时候了还指示？口供是证据之王，难道他们担心仓木在庭审时翻供？没可能的吧。"

"我也这么觉得，不过检方大概是考虑到最坏的情况。目前搜集到的都是间接证据，唯一像样的是仓木了解媒体没报道的案发现场。"

"所谓保密信息嘛。这就够了。"

"可网上最近有点棘手。"

"什么情况？"

"社交平台。有人目击了案发现场的鉴定工作，发布'清洲桥畔或许发生命案'的帖子，时间在仓木被捕前。案发现场未经公开报道，但既然存在这种留言，案发现场是否等同于保密信息，就很微妙了。"

五代灌了一大口酒，摇了摇头。"社交平台上竟然有这些，真是个让人烦透了的时代。"

"仓木用的不是智能手机，是老款普通手机，没有定位记录。负责核实的同事都在嘀咕，这是要他们搜查出不存在的东西来，简直是无中生有。"

"到最后也没发现指纹或 DNA 吗？"

"没有，没找到案发当天仓木来东京的痕迹，东京站周边的监控摄像头都逐一查看过了。还有一件事，没查到已拨电话记录。"

"电话？什么时候的电话？"

"据仓木供述，当天他给白石律师打了两次电话。一次说自己已来到东京，问他有没有空见面，一次说自己迷了路，让他来清洲桥。但在仓木手机的已拨电话记录里没有查到。"

"很奇怪，仓木怎么说？"

"他说用了预付费手机。"

"预付费？"五代皱起眉头。

"而且是机主身份不明的那种。他说当天用预付费手机打过去，作案后就丢掉了。"

"这种手机他从哪里搞到的？"

"五代先生,您知道名古屋的大须吗?以大须观音出名的那个。"

"大须……听说过。"

"那里有爱知县最大的电器街。仓木说,以前去那条街看二手手机,有个陌生男人跟他搭话,问他要不要买预付费手机。他觉得虽然要三万日元,但或许能派上什么用场,就买了下来。"

"然后这次就用上了?有这么巧的事?"

"但是说得通。如果用自己的手机,会在白石律师手机上留下来电记录。"

"丢掉手机不就行了吗?事实上他也这么做了。"

"仓木说,他还考虑到电信公司留底的可能性。如果他说的是真话,那部手机就是足以证明预谋犯罪的重要证据……"

实际上,警察只能要求电信公司提供已拨电话记录。

"那部预付费手机,仓木说丢在哪里了吗?"

"他说带回家里,用锤子砸坏后丢进了三河湾。"

五代摇摇头,不禁苦笑。"那就没办法了。"

"一切都仰赖仓木的口供。检方担心仓木如果快开庭时突然翻供,声称全是谎话,自己一时糊涂,那么只凭间接证据不能认定有罪。"

中町显得有些局促。五代他们这些搜查一科的刑警都认定案件已经解决,然而看来并非如此。

"怪不得总觉得哪里不对劲。这个案子果然还有惊人的内情。"

五代将杯中剩下的啤酒一饮而尽,大声让店员续杯。

34

景色多姿多彩，依次出现又向后方退去。以略微隆起的山丘为背景，住宅鳞次栉比，随后工业区绵延不断，间或出现开阔的田园风光，时而又被隧道隔绝了视野。离开东京时天空湛蓝，此时渐渐被灰云侵蚀。西边的天空更加暗淡，宛如在暗示什么。

上一次从东京站搭乘下行的新干线回声号是什么时候呢？应该是几年前去热海出差吧。和客户开完会，泡着温泉，边大口吃海鲜边喝酒，因为工作进展顺利，心情畅快极了。那时他毫不怀疑生活将一直顺风顺水，然而恐怕再也回不去了。公司指示他在家待命，无疑也为如何处置伤透脑筋：想让他辞职，但犯罪的并非他本人，又不能强行解雇。

列车抵达了浜松，下一站就是丰桥。

一番挣扎后，昨晚他给坂野打了电话。本来害怕对方不接陌生来电，没想到很顺利就打通了。和真自我介绍后，坂野依然警惕地说："啊？谁的儿子，再说一遍？不会是打错了吧？"

"仓木达郎的儿子。一个姓南原的记者告诉我这个号码，您接受过他的采访。"

听了和真的话，坂野沉默片刻，大声叫了起来："噢！那个人啊。我记得，我记得。是有个南原什么的记者来过。"

"您提到了家父……"

"你父亲……就是仓木先生？你是那个人的儿子啊。"

"是的。"

"我听南原先生说啊，你父亲是杀死灰谷的凶手。真吓人，而且好像又杀人了是吧？"

"嗯，是……"这人说话也太随便了，和真开始后悔打这通电话。

"你找我什么事？"

"啊，其实是有事想请教。"

"什么事啊？"

"就是之前那个案子，听说您和我父亲一起发现了遗体。"

"噢，可以啊，不过你打听这个干什么？"

"我想了解细节，是什么案子，和我父亲有什么关系。坦白说，我接受不了。"

"你不相信也没法子，当事人不是都说了，是他干的。"

"没错，但我无法接受。"

"那你听了我的话，结果也一样。"

"有可能，不过……"

"好吧，反正只是聊聊。我白天有空，什么时候见？明天？"

对方意外痛快，反而让和真不知所措。"明天可以的话，我当然希望尽早。”

“那就明天。再往后我就忘了。”

就这样仓促约好了见面。

回声号抵达丰桥站。宽广的道路从车站延伸向远方，路旁排列着大大小小的建筑。和真老家的三河安城站曾被人质疑为何能设新干线车站；这里则令人生疑，为什么希望号不停靠？

主干道叫大桥大道，和真向北而行。网上介绍说，坂野指定的店距车站约三百米。坂野说是咖啡馆，网站却写是点心店，看来南原说得没错，坂野爱吃甜食。

步行几分钟后，周边建筑陡然矮小，天空变得开阔。看到天上灰色渐浓，和真虽然带了折叠伞，还是祈祷不要下雨。

从主干道一拐进岔道，小店、民宅明显增多。和真边走边用手机确认位置，很快看到了要找的店。那是栋让人联想起昭和时代的老旧建筑，挂着有年头的硕大招牌。店头展示柜里整齐码放着各式各样的和式点心，和真边看边走进店里。

里面有两组客人，分别是两个女人和一个穿夹克衫的男人。男人正在看周刊杂志，抬头看到和真手上的纸袋后，揉了揉鼻子下方。这是接头的暗号。

和真走到男人面前，问道："您是坂野先生吗？"

"嗯。"对方点了点头。男人圆脸，微胖，胡子拉碴。

"敝姓仓木。突然提出不情之请，实在抱歉。"和真递上名片。

坂野接过名片，兴致索然地看了看，说道："来，坐吧。"

"打扰了。"说罢，和真在对面的座位坐下。坂野面前放着空杯子和勺子，像是已经吃过什么了。

穿围裙的中年女人过来点餐。见墙上贴的菜单里有咖啡，和真便点了咖啡。

"我要红豆圆子汤，再续杯茶。"坂野说。

和真猜想，他应该是特地早早就来到店里，这样有机会享受甜点，还能让别人买单。痛快答应见面也就可以理解了，他说过"白天有空"。

"这是我在东京站买的，不嫌弃的话请收下吧。"和真将纸袋放到桌上，里面是香蕉奶油味的点心。

坂野瞄了眼纸袋，露出笑意。"不好意思，那我就不客气了。"

和真挺直脊背，望向对方。"那么就切入正题吧，我有事想请教您。"

"行啊，你想问什么？"坂野将纸袋放在膝头，拿出里面的盒子端详着。

"听说八四年案发时，您在被害人手下工作。"

坂野把盒子放回纸袋，点了点头，面露厌倦。"没办法。之前的公司倒闭了，我丢了工作。我妈说赋闲在家，不如去舅舅那里，他正在找接线员。此前我并不了解灰谷，共事后很吃惊，没想到他烂透了。"

"我听南原先生说，您得知家父是真正的凶手时，表示无所谓。"

"就是无所谓啊。"坂野晃了晃身体，"都过去三十多年了，再说那家伙本来就该死。案发时我只觉得，啊，活该。"

穿围裙的女人送上咖啡、红豆圆子汤和续的茶。坂野拿起勺子，将红豆圆子汤挪到跟前。开始吃之前，他说："要说听了南原先生的话不吃惊，那是假的。你父亲是凶手我不惊讶，我惊讶的是当时自杀的电器店店主不是凶手，因为我确信那个大叔就是凶手。"

"为什么？"

坂野舀了粒糯米圆子送到嘴里，然后偏头作沉思状。"要问为什么啊，怎么想那个电器店的都可疑，所以警察才马上逮捕了他。"

"可疑……您知道他被捕的原因吗？"

坂野摆了摆拿着勺子的手。"证据我不晓得啊，不过我要是刑警，也会把那个电器店的抓起来。"

"能说说理由吗？"

"可以，不过也不怎么重要。电器店的经常来事务所发牢骚，说被灰谷骗了，那天也是。当时灰谷出门了，事务所里只有我，他就说要一直等到灰谷回来。我很烦他，可也没法说别等了。两个人大眼瞪小眼实在难受，我才去灰谷可能在的地方找人。将近一个小时，我找遍各处也没找到，才折回事务所，在楼前面遇到了仓木先生——也就是你父亲。啊，对了，那天仓木先生来了两次。"

"两次？"

"我和电器店大叔待着的时候，仓木先生来过，得知灰谷不在就直接走了，所以是两次。我们走进事务所，发现了遗体，电器店的也不见了。喏，再怎么想都会觉得是电器店的下了手吧？"

和真依言想象当时的状况，电器店老板福间淳二受到怀疑，确实也在情理之中。"家父说他刺死了灰谷，刚坐上汽车打算逃走时看到了您，于是装作刚刚到达的模样下了车。"

"是吗？本人这么说了就是吧。不过当时我没料到。"

"您告诉南原先生，觉得家父有不在场证明。"

坂野放下勺子，端起茶杯。"有那么点印象。警方抵达后，刑警问了我们很多问题，包括发现遗体前去了哪里。我答说去附近的咖啡馆和酒吧找灰谷，仓木先生也答了什么，当时听了以后我就想，啊，这个人也有不在场证明，果然是电器店的动了手。"

"家父回答了什么？是去哪里了吧，您还记得吗？"

坂野抿了口茶，皱起眉头。"别出这种难题，都三十多年前的事了。"

"对不起……"

坂野拿起勺子，开始吃剩下的红豆汤。"我刚才说了，本人说的都是事实。我能说的就这么多，在电话里我提醒过，没什么了不得的东西要讲。"

"我明白。"和真端起杯子，咖啡已经凉透了。

返程的新干线比去程更令人心情沉重。和真并未对此行寄予厚望，但也曾期待微光。

一九八四年案发时，达郎未被警方追查这一点，他还是不能释然。听了坂野的话，可以理解为什么福间淳二嫌疑最大，但同理，警方对达郎抱有疑心也不足为奇。不，岂止不足为奇，警方根本不可能放过他。

达郎有不在场证明吗？警方通过调查取证，确认了这一点，才早早打消对达郎的怀疑。如果从这个角度来看，一切都有了合理的解释。

抵达东京站时天色已晚，和真看了眼手表，快七点了。他忽然想去清洲桥看看。案发时间正是现在这时候，上次去早了些。想着乘电车或步行都会晚到，于是他搭了出租车。好在路上空旷，十分钟就到了。

正沿着上次走过的台阶下到隅田川露台时，看着清洲桥，他停下了脚步。桥身被璀璨的灯光点亮，周围的风景则没入幽暗之中。桥的正下方黑沉沉的。

他缓缓走下台阶。隅田川露台有些昏暗，但还不至于看不清周遭。在这片黑暗中，从河对面或游船上应该都看不见这里。案发当时，这里又因施工而阻塞，他再次理解了选择这里作案的原因。

这个时间段，依然有零星的人影，也有人跑步。

一个女人临河而立，大衣的衣摆随风翻飞。看到她的侧脸，和真吃了一惊。正是前几天见过的白石健介的女儿。他不由得收住脚步，"啊"地轻呼一声。声音不大，但她还是听到了，转头望向和真，旋即似乎认出了他，惊异地瞪大了双眼。

和真不便沉默离开，只能低着头向她走去。"上次承蒙关照……"

她略迟疑后说道："哪里，我才是。"

"您每天都来这里吗？"和真问。

"不是每天，不过常来。"对方的语气很生硬。

"是来献花吗？"

"偶尔，那天是的。"

"哦……原来如此。"

"您也常来吗？"

"不，这是第二次，那天和今天……"

"这样啊。"

和真深吸了一口气，说道："如果您觉得不愉快，想让我别再来这里，我就不再来了。"

她垂下眼，又看着和真，微微摇了摇头。"我没有权利说这种话。"说着，她转头望向河边，"我来这里，是想了解父亲的心情。三十多年前的杀人案时效届满，凶手坦白罪行，他指责对方应当公开真相时……在想什么？"

"您的意思是……您所了解的父亲不会这么做？"

"不会，"说完，她转向和真，"绝对不会。您的父亲——被告仓木是在说谎，太荒唐了。"

"我也……"和真的声音嘶哑了，"希望是谎言。包括杀死令尊这件事在内，如果这一切都是假话该多好，我真心这么想。"

她闻言直视着和真，目光锐利。"我找到了一份证据，证明被告仓木在说谎。"

这就不能不关心了。"说了什么谎？"

"关于两人相识的经过，他说在东京巨蛋遇到我父亲，那是谎言。"她随后讲述的事实令人意外：当天白石健介拔了牙，不能喝酒。

"那天家父确实去了东京巨蛋。"和真说，"我给了他比赛的门票，这件事我记得很清楚。"

"但我父亲没去，所以也没遇到被告仓木。"

"那他们是在什么地方遇到的？"

"我不知道，也不知道被告仓木为什么要在这一点上说谎。但既然这是谎言，他杀死我父亲的动机可能也是。"她听上去很情绪化，但所说的内容又很合理。和真觉得这个女人很聪明。

"您和谁说过吗？"

"我告知检方，但被无视了。跟刑警也说了，是一个姓五代的人，您认识吗？"

"啊……这个人案发后不久来找过我，他怎么说？"

"他说，会自己调查看看，但肯定指望不上，他要忙别的案子。我问过您的联系方式，想联系您，但他拒绝了。"

出乎意料的发言令和真困惑。"……联系我？"

"上次见面时您说过，父亲可能说了谎，您在多方调查。所以我就想，说不定您跟我一样有所发现。"

"是的，有一些，但都不是决定性的证据。"

"能告诉我吗？还是打算庭审时再说？"

"没这个打算，律师也放任不管。"

"那我听听应该没问题。"

"或许吧，好，我告诉您。"

"在这之前，"她说着，伸出右手，"可以请教您的名字吗？"

"啊，不好意思。"和真从怀里取出名片，"我叫仓木和真。"

女人接过名片，凑到眼前。想必是天色已暗，看不清楚。

"我叫美令，美丽的美，命令的令。"

"白石美令小姐。"

"您的名片上有手机号，我就不告诉您我的了，因为我不想后悔。如果您觉得不公平，我就把名片还给您。"

"没关系。如果不需要，您丢掉就好了。"

"好。"说完，白石美令把名片收进大衣口袋。

"我的疑问与一九八四年的案件有关。五月十五日案发，但是——"和真说案发四年后，达郎计划在五月十五日乔迁新居，"天气原因，搬家时间实际上推迟一周，但那天是凶日，所以十五日象征性地搬了点东西。您不觉得匪夷所思吗？我父亲说他没多想，这话我做儿子的说可能不合适，但他绝不至于这么粗线条。"

白石美令神色肃然地点头。"的确奇怪。"

"还有，从写《周刊世报》那篇报道的记者那里，我得知了一件令人在意的事。"和真解释说，一起发现遗体的人认为达郎有不在场证明，于是今天他去了丰桥，向此人了解情况，"我父亲可能有不在场证明，所以警察没有怀疑他。"

"也就是说，您认为被告仓木是八四年命案凶手这件事，本身就是谎言。"

"是的。我是家属，所以往好处想，如果您这样认为，我也无话可说。"

"如果是这样，向我父亲坦白也是谎言。"

"是的。白石律师催逼家父说出真相也是谎言。"和真凝视着白石美令，她也不避开。时间在沉默中流逝。和真感到两人之间产生了某种共鸣，想来是错觉吧。

"假设您的猜想正确，您父亲为什么要揽下罪责呢？"白石美令顺理成章地问道。

"那我就不清楚了，也许……"和真突然想到一种可能性。

"什么？"

"是为了保护什么人。"

"时效届满，现在还有必要顶罪吗？"这个疑问也很合理。

"也是啊……"和真的耳边蓦然回响起一句话。救赎——

"怎么了？您想到了什么？"似乎感应到了他的异常，白石美令表情严肃。

"也许您会觉得牵强附会。"

"说说看，不听怎么知道。"

"我父亲承认是八四年命案凶手，的确有人因此得到救赎，就是经营翌桧的浅羽母女。之前她们很高兴地说，冤情终于得以昭雪。我一问才知道，这三十年来她们被冷眼相待，过得着实辛苦。"

"实际上并非冤案，自杀的男人就是真凶。您父亲同情她们，想通过自己认罪，让社会认为凶手无罪。"

"我是这么怀疑的，不过……对不起，还是太牵强了。"

"不会。"白石美令用力摇头，语气坚定，"时效届满就不会被追究责任。反正都会被捕，至少要救赎重要的人，我觉得完全有这种可能。"

"如果这样，家父杀害白石律师就另有动机了。"

"是啊……"白石美令脸上一僵。两人聊得投机，但她显然又想起来，和真是加害人的儿子。

"倘若不采取任何行动，就会照目前认定的犯罪事实进行审判。"和真别开视线，"不过，如果家父真的杀害了令尊，真正的动机是什么恐怕也不重要了——"

"怎么会不重要？"白石美令再次激动，"我想知道真相，审判就是为了厘清真相。不清楚真正的动机，我无论如何都不能信服。"

"我也一样，但该怎么做……"

"让我想想，我会好好想想，如果有事告知再联系您。"

和真被她的决心所震撼。这个女人不只聪明，还很坚强。"好的，我也会继续想办法。"

白石美令稍微犹豫了一下，从大衣口袋里取出手机和刚才的名片。和真的手机响起来电铃声，屏幕上显示的看来就是她的手机号。

铃声停歇，白石美令将手机和名片放回口袋。"我相信您。"

"谢谢。我如果有什么发现，就联系……可以联系您吗？"

"可以，请联系我。"白石美令浅浅一笑，"那我告辞了，很高兴能和您聊这些。"

"我也是。"

白石美令利落地转过身，迈开脚步。和真凝视着她那飒爽的背影。

35

设计考究的公寓楼在阳光下闪闪发亮，五代轻轻摇了摇头。果然是广告公司的精英会住的地方，一室一厅的租金都将近十五万日元。

他在公共自动门前按下对讲机。"喂？"立刻响起一个干巴巴的声音。五代对着麦克风报上名字，随着一声"请进"，旁边的门打开了。

五代搭电梯上到六楼，按响六〇五室的门铃。

门开了。仓木和真穿着运动衫和连帽卫衣，一看就知道不便宜。他比上次见面时更清瘦了，或许是五代先入为主吧，觉得他过于疲惫。

"突然来访很抱歉。"五代寒暄道。

"哪里，我在电话里也说过，正好有事想跟您说。"

他请五代进门。虽是一室一厅，还是很宽敞的。会客区摆放着矮沙发，但仓木和真请他坐餐椅，确实更方便谈话。

"那么，您先请。"落座后五代说道。

仓木和真点了点头，缓缓开口。"白石律师的女儿向您询问过我的联系方式吧？"

太突然了，五代不由得直视对方。"您怎么知道？"

"是她本人跟我说的。"

"本人？白石美令小姐吗？"

"是的。"

"她联系过您？"如果是这样，她从何得知联系方式？

"我们偶然遇到，在清洲桥畔。"

"我听白石小姐说过，但是没有交换联系方式吧？"

"后来又碰巧遇见了。"

"在同样的地方？"

"是的。"仓木和真答道。

偶遇了两次，恐怕不是纯粹的巧合，五代心想。"您常去那里？"

"我不常去，那天是第二次。不过白石小姐说她时常过去。"

"是吗？她常去啊……"说不定她期待见到和真，所以一有空就去。她是这种主动的性格，不过在这里五代不便多说。"你们聊了什么？"

"聊了很多彼此的疑问。她说我父亲声称在东京巨蛋相遇的那天，白石健介先生拔了牙，这件事您也知道。"

"是的。那天拔牙，所以不可能在球场喝啤酒。"

"这是很有说服力的尖锐质疑。"

"我有同感。"

"关于一九八四年的命案，我将调查中发现的矛盾之处都告诉她了。"

仓木和真说得很干脆，五代不禁瞪大双眼。"调查？您自己吗？"

"反正我现在在家待命，有的是时间。"仓木和真自嘲般笑了笑，说出意想不到的内容：东冈崎案四年后，仓木达郎选择在案发日搬家。

"如果这是事实，的确令人在意。"

"是事实。我是他儿子，不会说错。还有……"仓木和真眼里闪着光亮，显得越发认真，"我怀疑家父有不在场证明。"

"不在场证明？"五代吃了一惊，"什么意思？"

"我去见了案件的相关人员。"

仓木和真说，他从写《周刊世报》那篇报道的记者那里问到了相关人员的联系方式，此人和仓木达郎一起发现遗体。交谈过后，他推断当时仓木达郎未被警察怀疑，是因为不在场证明得到了证实。

"等一下。您是说，达郎先生坦白的这起命案，根本不是他干的？"

"我认为有这种可能。"

"为了什么？"

"为了救赎。"

"救赎？"

"从这里开始可能有些牵强。"仓木和真随后的发言令人大吃一惊。他认为仓木达郎为了帮助浅羽母女，将一九八四年命案伪装为冤案。

五代凝视着仓木和真的脸。"这个想法不一般。"

"我也知道异想天开，但总是挥之不去……"

五代手撑着额头，梳理刚才听到的内容。他有些混乱。

"很吃惊？"仓木和真眼神拘谨。

五代放下撑额头的手，挺直身体望向他。"谁听到都会觉得匪夷所思吧。"

"是啊。"

"不过，"五代续道，"令人惊讶的是完全合乎情理。我想找漏洞但没找到。这样就生出了新的疑问：达郎先生为什么杀死白石律师？为什么不说出真正的动机？"

"您说得没错，推理遇到了瓶颈。"

"于是决定告诉办案的刑警，看看什么反应？"

"我想听听您的感想。"

"我说过了，眼光很毒辣。这绝不是讽刺。"

"听您这么说，我就稍微放心了。万一我自以为是，耽误了宝贵的时间，那可过意不去。我要说的就是这些。希望尽可能考虑这一推理，重新调查……"

"很遗憾，现阶段很难做到。没有具体证据，即使提议再次调查，也只会被上级驳回。"

"果然……"仓木和真沮丧地垮下肩膀。

"还不确定会有什么新的发现，总之我先记下了。"

五代开口安慰，但仓木和真郑重地低下头："拜托了。"

"对了，我想问个问题，达郎先生有预付费手机吗？"

"预付费手机？"仓木和真吃了一惊，"我不知道。"

"那他常去大须的电器街吗？"

"大须？以前好像常去，换家电的时候。最近就不清楚了。"

"那里跟东京的秋叶原一样，也有改造过的通讯器材、未经实名认证的手机等违法商品，达郎先生对那些玩意感兴趣吗？"

"父亲吗？他应该没买过那种东西。为什么这么问？"

"他供述说在大须的电器街，从陌生人手里买了预付费手机。"

"真的吗？"仓木和真偏着头思忖，"没听他说过，不过他不像会买可疑物品的人。"那无法释然的样子不像在演戏。

"换个话题吧。您去了一趟丰桥，最近还打算再去那边吗，回老家之类的。"

"目前没有……"

"我给您看样东西。"五代把手机放到仓木和真面前，屏幕上显示的是那位律师的名片。

"这是什么？"

"从达郎先生的名片夹里找到的，您有印象吗？"

"没有。"仓木和真断然摇头，然后想到什么似的抬起头，"这张名片说明家父和这家律师事务所有关系？"

"还很难说，不过可以这么认为。"

"那不是很奇怪吗？他说无法咨询赠予遗产的方法，所以联系了白石律师。但既然通过这张名片可以联系上名古屋的律师事务所，一般来说，应该找这位律师才对。"不愧是广告行业的精英，脑子反应很快，立刻察觉到五代想说什么。

"所以我来问您。"

"这是很重要的疑点，请务必深入调查。"仓木和真向五代投来恳求的眼神。

然而五代无法给出令他满意的答复。"很抱歉，我没有接到上司的调查指示。这张名片并未成为疑点，只是辖区警察局的年轻刑警偶然发现的。"

"很奇怪。"仓木和真看看手机上的照片，又看看五代，"的确很奇怪。为什么不调查呢？"

"上级判断侦查已经结束。被告仓木供述完整，没有明显矛盾。即使给上司看这张名片，他们也不会改变心意，只会叫我别多管闲事。"

"怎么会这样……"仓木和真的表情扭曲了，似乎因不合情理感到痛苦，"怎么办？没有上级许可就无法行动，太奇怪了。"

"且不说别的，这次肯定没法擅自行动。没有搜查令，东京的刑警突然造访律师事务所，问认不认识一个叫仓木达郎的人，也不会得到任何回答。对方有保密义务。不过——"五代定定地看着仓木和真，接着说道，"家属不一样。"

"啊？"仓木和真很困惑。

"如果委托人的儿子过去，对方的态度也许不同。"

"什么意思？我去问，对方就会说出父亲为什么有这张名片吗？"

"常规问法恐怕不行，就算是父子关系也必须保护个人隐私。但换个提问方式，对方有可能和盘托出。"

"提问方式？"

"从现在开始，就当我在自言自语吧，听不听是您的自由。"

说着，五代舔了舔嘴唇。

这么做是对是错，离开仓木和真的公寓后五代依然迷惑。作为警察，恐怕是犯规的。他勉强说服自己一切是为了真相，但平白扰乱一个想力证父亲清白的年轻人的心，这份内疚挥之不去。今晚仓木和真会辗转难眠吧。

不过，他的推理真令人感到意外：仓木达郎为了帮浅羽母女走出蒙冤的痛苦，假意坦白认罪。时效届满，担下罪名没有损失。既然那对母女如此重要，他甚至打算赠予遗产，这种想法并不稀奇。

为什么浅羽母女对他如此重要？如果仓木达郎当真是一九八四年命案的凶手，可以理解成是对蒙冤者的赎罪，但倘若不是呢？

五代看了眼手表，现在是下午五点出头。刚好有辆出租车驶过，他扬手拦了下来，坐进后排，然后吩咐"去门前仲町"。

抵达翌桧门前时正好五点半，营业中，但还没有客人。五代想再确认一下她们和仓木的关系。尤其是织惠，她与仓木达郎真的不是恋爱关系吗？

五代沿着楼梯上二楼时，一个穿米色大衣的男人恰好下来，和他擦肩而过，走向人行道。五代觉得眼熟，随即想起是之前来翌桧时，在打烊前进来的那个男人。

五代冲下楼梯，一眼看到了米色大衣男人的背影。他急忙追上去，喊声"请留步"。

男人停下脚步，疑惑地望向他。

"突然打扰很抱歉，"五代尽量露出温和的表情，放低声音说，"我是警视厅的人。"

听到这样的话，没有人会不困惑。男人意外地眨了眨眼。"找我有什么……"

"您刚才是从翠桧出来吧？"

"是的。"

"请问您是不是浅羽织惠小姐的前夫？如果我猜错了，十分抱歉……"

男人流露出些许惊讶。"嗯，是啊……"

"果然……不好意思，能占用您一些时间吗？"五代客气地问道。

"是说那起命案？"

"没错。"

男人微微闭上眼，摇了摇头。"找我也没用，我一无所知。"

"我知道。我正在走访案件的相关人员，希望您能配合，不会耽误太长时间。"

男人为难地看了看手表。"好吧。"

"非常感谢。"五代低头致谢。

几分钟后，在翠桧对面的咖啡馆里，五代和男人面对面坐下。

两人重新自我介绍。五代小心避开其他客人的眼光，出示了警察手册，男人也拿出了名片。姓名"安西弘毅"的上方，印有"财务省秘书科科长助理"的头衔。

"以前在翠桧见您一次。您在打烊的时候进来了。"

"当时留在店里的就是您啊。"安西一只手拿着纸杯，点了点头。看来他也记得。

"我知道织惠小姐有婚史，猜想您可能是她的前夫。"

"原来如此。您找我有什么事？"安西喝了口咖啡就放下纸杯，仿佛在说，那种事无关紧要，还是尽快切入正题。

"您知道那起命案，是听织惠小姐说的吗？"

"不是，亲戚告诉我的。"

"亲戚？怎么说的？"

"《周刊世报》。有人看过那篇报道后联系我，问里面提到的在留置室自杀的男人的家属是不是浅羽小姐。我看了也觉得有可能，就打电话向织惠确认。"

"果然是？"

"就是她。"安西看上去并不开心。

"听您的语气，离婚后您和织惠小姐还时有联系。"

"这个嘛，也没有很频繁，因为要探视。"

"探视？"

"探视儿子。"

"啊，我在浅羽小姐家见过照片，小学四五年级的样子。"

"现在初中二年级了。我们没规定过探视的时间和频率，每次都要事先商量。"

"今天也是为此而来？"

"不，不是……"安西沉思片刻，扫了一眼周遭，凑近五代，"我不希望您听别人胡乱猜测，所以就直说吧，我们离婚并不是感情破裂，就是因为织惠父亲。求婚时织惠就坦白了一切，但我相信如她所说，这是一起冤案，且当时案件已过去近二十年，只要我们绝口不提就没问题。我父母为哥哥慎重选择结婚对象，但身为次子的我跟谁结婚，他们并不关心。我只说织惠的父亲年轻时因意外事故过世，他们就丝毫没有怀疑。结婚后很长一段时间，日子都很平静，我们又生了孩子，能这样白头到老多好。"

"发生了什么意外？"

安西神色沉重地点头。"家父是市议会的议员，本该继承家业的哥哥病倒了，我成了候补继承人。后援会和亲戚擅自对我进行背调，厘清问题，也就是所谓'体检'。织惠父亲自然问题严重。我无意继承事业，但他们说不是我不想就可以，一旦传出去，父亲的声望也会受损。他责怪我结婚时隐瞒实情，说如果知道一定坚决反对。"

五代理解了。议员的世界弱肉强食，这正是敌方趁手的击破点。"最后您选择离婚？"

"是织惠，她最终决定分手。"

"织惠小姐提出……"

安西胳膊撑在餐桌上，眼神放空。"她说从结婚起她就做好了准备，迟早有一天父亲的事曝光，就不得不分手，过往的人生就是如此。我说，这次不能熬过去吗？但她没有点头。她不愿在冷眼中继续婚姻生活，给我和儿子添麻烦，她也很难过。趁大家想尽办法遮天蔽日时，最好的选择就是立即分手——说这话时，她丝毫没有慌乱，语气极为冷静，显得想对抗偏见的我无比幼稚。我无法反驳。"

"您也很为难。"

"我为难？"安西嗤笑了一声，耸了耸肩，"比起织惠算得了什么？我至少要让她能自由地见到孩子。儿子渐渐长大了，最近也会去见她。《周刊世报》的那篇报道证明了织惠父亲的清白，一切因此不同。"

"您是说，离婚没有意义了？"

"不是这个意思，没离婚的话她会饱受责难。之前就连让儿子见织惠，都有不少人反对，但以后应该不会了。从教育的角度看，我们是不是可以合力做点什么呢？最近我常往塑桧跑，就是跟她商量这件事，今天也是。"安西喝了口纸杯里的咖啡，放回桌上，然后看着五代，"不知道我解释清楚了吗？"

不愧是议员的儿子，口才很好。这番解释条理清晰，无可怀疑。

"明白。"五代看着安西正派的脸，"您是否考虑与织惠小姐复婚？"

安西苦笑着摆了摆手。"没有。不瞒您说，我在七年前已经再婚，同现在的妻子也有了一儿一女。"

"这样啊。"安西看上去四十五六岁，七年前应该才三十来岁，再婚也正常。

"不过现任妻子不参与长子的教育，所以需要织惠协助。"

"您现在对织惠小姐有特殊感情吗？"

"没有男女之情，但我至今都认同她的优秀，希望她早日找到理想的对象，得到幸福。"

"您感觉她有这样的对象吗，比如店里的某个客人？"

安西茫然地侧着头。"那就不清楚了……我都在打烊后才过来，不太了解。"

"这样啊。"

"不过，"安西说，"有一天我和妈妈独处，当时她说了一句话。"

"妈妈……是织惠小姐的母亲浅羽洋子女士吗？"

"是的。"

"她说了什么？"

"她说，安西，不用再担心织惠了，那孩子好像找到了可以信赖的人。"

"是什么时候说的？"

"大概是去年这阵子，我去找她商量儿子的事。"

"可以信赖的人……"

"刨根究底不合适，我只回了句'那就好'。之后如何，我就不得而知了。"说到这里，安西向他投来疑惑的眼神，"这能帮到您什么吗？"

"是的，很有帮助。感谢您的配合。"五代再次低头致谢。

36

事务所里，佐久间梓瞪大了黑框眼镜后的双眼。"您刚才说什么？"

"就是……"美令舔了舔嘴唇，"我想见被告仓木。因为要去拘置所，能不能陪我一起？"

佐久间梓看着美令，做了个深呼吸，似乎是为了平复震惊的心情。"是为了什么呢？"

"当然是为了知道他是怎样一个人。我想跟他见个面，谈一谈，自己弄清楚。我还想问他为什么要说谎。"

佐久间梓十指交握，放在桌上。"您还在怀疑，被告根本没在东京巨蛋遇到白石律师？"

"没错，一切疑云重重，连作案动机都难以理解。爸爸不可能持那种态度。"

"这一点，就像今桥检察官所说，被告可能有部分夸张。不过，为一己私利而杀人是事实，后果同样严重，争论这些没有意义——"

"不是的！"美令打断了佐久间梓的话，断然否定，"不是部分夸张。容我问一句，怎能断定不是通篇都夸大其词呢？找到没说谎的证据了吗？"

"请冷静点。怎么了，到底发生了什么？奇怪，是有谁跟您说了什么吗？"

美令一惊，别过头去。"没那回事……"

"是有人向您吹了什么风吧？"

"不是吹风……"

"那是怎么回事？美令小姐，请您如实告知。我是您的代理人，只会按照您的意图发言和行动。您不坦率说出真正的想法，我就没法充分提供帮助。如果心里藏了什么事，请说出来吧。被害人参加制度中，信息的共享不可或缺。"

佐久间梓的语气很急切。美令也明白了，瞒着这个人不会有任何好处。"其实是……我见到了他儿子。"美令迟疑着道出实情。

"儿子？谁的儿子？"

"被告仓木。"

佐久间梓屏住了呼吸。"怎么会……什么时候？"

"去案发现场献花时偶然遇到的。"

"然后呢？"

"他也无法认同父亲的……被告仓木的供述，调查了很多，结果发现了旧案的诸多疑点。他甚至怀疑，父亲自曝凶手很可能是谎言，那样的话，这次案件的动机也是编造的。"

佐久间梓冷淡下来，摇了摇头。"对方想寻找对被告有利的证据，这是理所当然。"

"我不觉得那是他的目的。他说：如果家父真的杀害了令尊，真正的动机是什么恐怕也不重要了。也就是说，父亲是杀人犯这一事实本身，他不愿相信但也可以接受，然而他无法认同包括动机在内的供述内容，于是自行开展调查。所以我想见被告仓木，亲眼看看他是否会因为那种动机杀人。"

佐久间梓推了推眼镜，眨了眨眼，然后定定地凝视着美令。

"怎么回事？怎么了？"

"没什么，我感觉您跟被告仓木的儿子很有共鸣。"

不知为何，美令觉得全身的血流顿时加速了。"我们对真相有同样的渴求，杀害爸爸的也不是他。案件使人痛苦，从这个角度看，他也是受害者，不是吗？"她脱口而出。

"您说得没错，是我失言了，抱歉。"佐久间梓微微低下头，"我很理解您，不过我的结论是，现阶段不赞成同被告会面，今桥检察官恐怕也会劝阻。"

"为什么？遗属不能见被告吗？"

"没有这种规定，但您是被害人参加制度的受益者，应持检方立场出庭并查明被告罪行，因此必须基于客观信息判断。私下接触被告容易先入为主，理当避免。我说直白一些，一次会面也看不出什么。不是说您有无识人的眼力，只是陈述事实而已。即使被告仓木的表现值得钦佩，也不能断定他诚实与否。"

"也许是的，但我还是想见他。"

"放弃吧，这是我的请求。"佐久间梓的语调很平和，却透着绝不妥协的意味。

美令低下头，叹了口气。"那就没办法了。"

佐久间梓抬头盯着她。"您不会想一个人悄悄去吧？"

被她猜中了，美令刚想到这个主意。"无论如何都不行？"

"不行。"佐久间梓做了个打叉的手势，"请打消这个念头。如果您不同意，我会中止代理。"

"好吧。"美令不情愿地点了点头。

"您好像对动机还是不能释怀。"

"既然在东京巨蛋相遇的说法是毋庸置疑的谎言，他们的关系应该也和供述不同，被告自然另有动机。"

"原来如此。对了，您考虑如何量刑？"

"量刑……"美令支吾起来。老实说，她没怎么顾上想。

"命案被害人的遗属，通常都期望尽可能处以重刑。死刑优先，如果不能如愿，至少也是无期，为此不惜通力合作并要求检方态度强硬。令堂期望死刑，我需要了解您的想法。"

"我……想探明真相后再考虑，否则无从判断被告的罪孽有多深重，不是吗？"

"真相啊……"佐久间梓的视线飘向斜上方，又落回美令，"我明白了。假设被告仓木所说的杀人动机是谎言，您认为真正的动机会比供述内容更残忍吗？"

"……我不知道。"

"简单来说，本案动机是为了隐瞒旧罪而杀人灭口。白石律师没有任何过错，所以裁判员们理应判定犯罪事实极度恶劣。今桥检察官认为如能补足强预谋犯罪的证据，或许有望争取死刑，因此要求警方追加侦查。"

"侦查什么？"

"被告仓木供称，作案当天使用预付费手机联系白石律师。那部手机购于两年多前，和带去东京的凶器小刀一样，并非特地购买。今桥检察官对这段供述持怀疑态度，认为不是凑巧，而在决意行凶后购入。如果能查出入手途径，或证明被告是在犯罪前不久购买的，预谋性会更加明显。"

美令想起了今桥冷静的表情。他像是把审判当游戏，会因获胜而倍感愉悦的人。

"扯远了。"佐久间梓续道，"总之如果交给今桥检察官，目前判处死刑的可能性极大。假设被告仓木隐瞒了什么动机，比现在的供述更穷凶极恶，那就没什么问题。反之，如有不得已而为之的犯罪理由，不仅可能判不了死刑，连无期徒刑也不可得。美令小姐，这样也没关系吗？"

"那不是我能左右的，我寻求的是真相，其次才是能否判处死刑。我想了解真实的经过。"

佐久间梓思索片刻，颔首说道："好，我会转告今桥检察官。关于杀害白石律师的经过，被告的供述不可信，怀疑另有动机——这样说可以吗？"

"可以，拜托您了。"

"不过希望您理解，现在恐怕连今桥检察官都无能为力，警方也已全力侦办。如果出现新进展，自然另当别论。"

"我就是因此想见被告，质问他在东京巨蛋遇到爸爸这一谎言，我很固执吧？"

佐久间梓摇头又摆手，仿佛在说没有讨论余地。"就算跟被告说白石律师那天不能喝酒，只要他一口咬定自己不知道，您很难再反驳。"

"出庭指证如何？裁判员们会意识到，被告可能说谎。"

"并非上策。庭审时贸然提问，只会让裁判员感到迷惑。既然指责被告说谎，就需要加以证明。在那之前，必须让今桥检察官了解这一策略，然后仔细揭穿被告的手法，否则会打乱检方步调。"

美令叹了口气。"审判真复杂啊。"

"取决于您寻求什么了，真相大白并非易事。这次的案件，我认为动机应该接近真实。"

"为什么？"

"特意坦白了时效届满的旧罪，有什么好处吗？反过来还可以理解，即真实动机是为了掩盖旧罪，因为不想被人知道才准备了虚假的动机。"

美令用食指指着佐久间梓。"就是这一点。"

"什么？"

"好处。对被告仓木来说，是有好处的。"

美令说出仓木和真的猜测：仓木达郎很可能是为了帮助塑桧的浅羽母女。"时效届满，不会被追究罪责，所以他想揽到自己身上，让舆论认为当年是一起冤案。您怎么看？"

佐久间梓长长地吐出一口气。"很大胆的设想。"

"您不觉得的确有可能吗？"

"不能全盘否定，但无法证明的一切都只是想象。甚至可以说，是被告仓木的儿子不愿承认父亲是杀人犯，因此编造出来的妄想。"

美令皱起眉头。"这种说法很难听。"

"抱歉让您感到不快。不过被告仓木不翻供，我们就只有接受事实。事到如今，已无人能证明被告仓木不是凶手。"

美令的心有些凉了。"原来审判并不一定会查明真相，我开始丧失信心了。"

"被告有沉默权，行使权利并导致真相湮没的案例并不鲜见。不过您也不要沮丧，毕竟庭审还没开始。"

"谢谢，佐久间律师。这世上无可奈何的事情太多了。"美令站起身来，"我先告辞了。"

"我会在余下的时间里思考您能接受的方案。"

"拜托了。"

离开房间前，美令停下脚步，转过身来。

"为什么不道歉？"

"道歉？"

"被告仓木认罪并深刻反省，但没有向我们遗属致歉，也没有律师登门转交道歉信。这是为什么呢？"

"这我就不好说了……"

"莫非他没这个意思，认为此次犯罪是正当行为？"

"我想不至于。有些被告不会公开道歉，是因为怕被当成减刑的苦情戏码。"

"这样啊。"

佐久间梓投来警觉的眼神。"您该不会打算找被告仓木的儿子探讨吧？"

"不行吗？"美令窥探着女律师的反应。

佐久间梓吃惊地摊开手。"最好不要接触。你们见面会招来不必要的误解。"

"为了查明真相，我已经准备好不择手段。"

"请您慎重，不要乱来。我说这话是为您考虑。"

"我会的。"

"美令小姐……"佐久间梓十分为难。

"告辞了。"说罢，美令离开了事务所。她对律师心存歉意，但更不愿轻易失信于人。

室外的冷风吹拂着脸颊，美令却感到很惬意，或许是因为心情振奋。好几句大胆的言论，还没细想就已经脱口而出。蓦地，她想起了仓木和真。

那双漂亮又真诚的眼睛令人难忘，可以真切感受到他在与残酷的现实抗争。他在职场应该也颇有才干，陡然间人生陷入黑暗，必定很绝望。美令也惊讶于自己竟对他抱有同情。不知道是因为她可以跳出被害人遗属的立场，客观俯瞰案件，还是受到他某些情绪的影响，抑或有别的因素。但可以肯定的是，她对他没有丝毫厌恶。

回到家时，绫子已经做好了晚饭在等她。主菜是法式黄油烤鱼，绫子的拿手菜。

"刚才佐久间律师打电话过来，你今天去了事务所？"绫子停下拿刀叉的手。

"是啊，怎么了？"美令感到母亲佯作平静，但似乎有话要说。

绫子放下刀叉。"我知道你有疑问，想要设法解决，如果有事实还未查明，我也想知道。不过，关于对方是怎么回事？"

"对方？"

"就是凶手的家人。听说你跟他儿子见面了？佐久间律师问我知道这件事吗，我吓了一跳，你怎么都没说呢？"

"没必要特意说出来吧，怎么啦？"美令没看母亲，平静地继续吃着烤鱼。

"什么怎么啦，对方是敌人啊，你不明白吗？"

美令慢慢地咀嚼着，把嘴里的鱼肉咽下去后，抬起了头。"敌人？怎么说这么莫名其妙的话。凶手也许是被告仓木，但他的家人并不对此负责，不是吗？"

"话是这么说，但在法庭上就是敌人啊，对方肯定想尽量轻判。"

"那个人应该不这么想。"

"那个人？"

"就是被告仓木的儿子。"美令用叉子将沙拉送进嘴里。

"拜托你，不要说得这么熟的样子。他是杀害你爸爸的凶手的儿子啊。"

美令放下叉子，直视着母亲。"我想了解真相。为此任何人我都会见，必要的时候也会合作。要是我也像妈妈说的这样，永远都无法了解真相。"

绫子目光严厉。"真相不是那么轻易就能了解的，也没那么重要。你爸爸常说，很多被告解释不清楚作案动机，说是不小心盗窃了，回过神来已经杀了人，自己也弄不清楚之类的。那个仓木，就算有种种苦衷，到最后还不是一拍脑门就冲动行动。肯定是这样。纠结动机没有意义，我们唯一应该关心的是刑罚是否与罪行相当。我希望判死刑。只要能判死刑，细枝末节无关紧要。所以我也想拜托你，不要节外生枝。跟凶手的儿子见面，太荒唐了。"

"荒唐……"

"明白了吗？你在认真听我说话吗？"

"我在听。我能理解你的想法，也觉得没错。可是，我有我的人生。如今我人生的齿轮已经停止了转动，照这样下去，一毫米都动不了。死刑判决对我毫无意义。"

"美令……"

"我吃饱了。今晚的菜也很可口，谢谢妈妈。"说完，美令站起身来。

37

看着墙上的中日龙队挂历，和真心想，现在活跃的是这些选手啊。他在网上的报道里见过名字，但还是第一次看到长相。选手的场上位置他记不清楚，球衣号码更是全然不知。

过去达郎常带他去球场，职棒选手们的现场比赛极富感染力。然而不知从何时开始，他对职棒的兴趣渐渐转淡。去东京读大学是一个转折点。在东京，他很少收看职棒赛事转播，只在网上跟进一下结果，无论如何都算不上球迷，更何况他也没有强烈支持的球队。

达郎是忠实的中日龙队球迷，近来每年都会去几次名古屋巨蛋。和真知道他好这口，通过朋友的门路弄到了揭幕战——中日龙队与巨人队比赛的门票。和真至今都记得打电话告知时达郎的反应，那是他第一次听到老去的父亲说："真的假的？"

达郎前往东京巨蛋时一定满怀期待。那是内场看台上相当不错的座位，他应该很惊喜吧。

而旁边坐的就是白石健介——

和真不禁侧头思忖，白石是怎么得到门票的？东京巨蛋的揭幕战，门票可不那么容易到手。当然，以律师的人脉应该问题不大，也可能是网上拍来的。如果是以上述形式获得，总会留下痕迹，不知道警方掌握了没有？

不，多半没有。白石美令提出父亲因为拔了牙不可能去东京巨蛋，对此五代他们未能明确反驳。如果确定白石健介得到了门票，不是应该说出这一点吗？

和真用手机记下刚才的疑问，打算下次见到白石美令时讨论。

还会再见到她吗？她说过，关于案件的真相，如果想到了什么，觉得应该告诉他的话，会跟他联系。说到底，是确有必要才联系，她内心必定不想跟加害人的儿子有牵扯。上次感觉格外意气相投，不过是自作多情罢了。转念至此，和真不禁陷入自我厌恶。

他正思量着，有人唤道："仓木先生！"

抬头看时，前台的女员工正向他点头。"请去第三间办公室。"女人指向入口。

和真过去一看，房间的门朝里开着，小巧的办公桌后方坐着一个头发花白的男人，正露出沉稳的笑容。

"您就是仓木先生吧？请关门。坐吧。"

"好。"和真依言关上房门，在椅子上落座。

"敝姓天野。"男人递出名片，上面印着"天野律师事务所　主理律师　天野良三"，与达郎名片夹里的那张略微不同。

那张名片的头衔没有"主理"的字样，大概他现在手下配备了年轻律师。

"您今天想咨询父亲的遗产继承一事，具体是什么问题呢？"天野看着手头的资料问道。那是前台给和真的，让他在上面填写咨询内容。

"是这样，家父立了遗嘱，我碰巧得知他打算把所有财产留给素昧平生的外人，而不是我这个独子。这是有可能的吗？"

"原来如此。"天野点了点头，"如果您要问遗嘱是否可以这样写，我只能回答，没问题，这是当事人的自由。但如果您问，写了一定可以实现吗？我的回答是，具体问题具体分析，有可能实现不了。对了，令堂健在吗？"

"已经过世了。"

"您刚才说是独子，也就是说除您之外没有其他子女？"

"是的。"

"那事情就简单了。只要您同意，令尊可以将全部财产留给他人。"

"如果我不同意呢？"

"令尊将无法赠予全部。可以自由支配的财产只限全部财产的一半，剩下的您有权利继承，这就是所谓的保留份额。然后就是协商了：如果您同意令尊的做法，可以将多少保留份额分给他人；如果您不同意，则他人最多继承总额的一半。"

和真点点头。"果然如此。"

"果然？"

"来之前我也查到了保留份额的规定，不过家父似乎认为他有权将全部财产留给他人，与我的意向无关。我听到他在电话里跟人这样说过，甚至还说向律师事务所确认过。"

天野侧着头。"怪了，我想没有律师会那样说。恕我直言，会不会令尊实际上并没去过事务所，只是随口一说？"

"不，他应该确实去过，因为我发现了名片。"和真拿出手机，快速操作着。屏幕上显示出五代发给他的名片。"就是这个。"说着，他展示给天野。

白发的律师顿时表情一变，显然没想到会看到自己的名字。

"直接问家父当然最省事，但照理说，我不应该知道他立了遗嘱……"

"劳烦在这里写下令尊的姓名。"天野取出圆珠笔，示意他写在空白部分。和真写下达郎的名字后，天野说了声"请稍等"，便离开了。

盯着关上的房门，他长长地吐出一口气。因为太紧张，他的腋下都被汗濡湿了。

到目前为止还算顺利。

刚才那番对话，其实是五代给他出的主意。五代说，如果去律师事务所询问达郎咨询的内容，即便他是达郎的儿子，对方也不会透露细节。"但还是可以确认咨询内容是否和赠予他人遗产有关。首先不提达郎的名字，咨询同样的内容。然后表示父亲也咨询过，但得到了截然不同的答案，再挑明来咨询过的正是贵所。律师一定会急忙去确认。如果达郎先生只持有名片但并没咨询过，律师会说没有令尊来访的记录。如果咨询过但内容完全不相关，应该也会如实告知。只要不是以上二者，这趟名古屋就算没白跑。"

五代不能随意行动，但显然是在怂恿和真。和真明白这位刑警绝非出于恶意，而是怀疑案件背后另有真相。这个办法和真觉得很巧妙，唯一担心的是天野律师已知案件又记得仓木达郎曾来咨询，嫌疑人的儿子上门，他必然警觉。

但五代说，应该不会。审判时的辩护对象另当别论，日常来访的咨询者，律师不可能一一记得名字。和真也有同感。从刚才天野的反应来看，他们猜对了。

门开了，天野回来了。"我确认过了。令尊的确来过，是前年的六月份，查看记录时我想起来了。"

"咨询的内容是什么？"和真问，他感到心跳加快了。

天野坐了下来，微微点了点头。"同样的问题，询问将财产留给没有血缘关系的人的程序。奇怪的是，我应该说明了儿子享有的保留份额。我记得很清楚，记录上也有显示。是不是令尊忘记了，或是有什么误解？如果是这样，我随时可以向他说明。"

"我知道了。"和真太过兴奋，连声音都在颤抖。他极力克制着，不让内心的惊涛骇浪倾泻而出。"我回去和家父确认，如有必要再联系您。今天非常感谢。"

"没有别的问题了吗？"

"是的，已经足够了。"

"对您有帮助就好。"

"那当然。"这次他忍不住抬高了声音。

从律师事务所所在的建筑出来，和真挥了一下右拳。要不是旁边有人，他恨不得放声大叫。正如他猜想的，达郎早在一年多前就得到了天野律师的解答，所以不可能又找白石健介咨询。敬老节看电视，由此想到将遗产留给浅羽母女，那也是谎言。

现在该怎么办？下一步该做什么？发现了如此重要的事实，不可能按兵不动。他穿行在高楼大厦间，向名古屋站走去，一路思考着。

要告诉堀部，转询达郎本人吗？但达郎不一定会痛快承认。和被问到为何选在行凶日搬家时一样，他会搪塞说去过事务所，但听不懂天野律师的解释，或是忘了对方给出的意见云云。

至于堀部，和真一向不信任。那位律师人不坏，工作也算认真，但从未怀疑达郎的供述。一早就放弃了争论犯罪事实，只积极寻找与减刑有关的材料，这就是他给和真留下的印象。

应该向五代报告。他早知道和真会去见天野律师，一定很关注进展。要是听到结果，只怕会吃惊得变了脸色。

实际上，在想到堀部、五代之前，和真的脑海里最先出现的是白石美令。她本就对白石健介和达郎的相遇存疑，得知此事，疑心会更重。

可是，联系她合适吗？

和真问过她，如果有什么发现，可以联系她吗？当时她回答说"请联系我"，那句话不像是社交辞令。手头的信息有这么重要，值得加害人的儿子通知被害人的遗属吗？他自然当成重大发现，但在由此找到新收获之前，是不是应该谨慎些？

思来想去，不知不觉已经到了名古屋站。和真在售票机上买了新干线的车票，目的地是三河安城站。他事先确认过时刻表，有一班回声号的发车时间正合适。

上次回老家时整理了积压的信件，但忘了向邮局提交转寄申请。前几天在网上办好了手续，但还需要取回近期收到的信。信箱就在门旁边，他决定拿到信立刻返回。

来到站台上，和真看了眼手表，距离列车到达还有五分钟。他拿出手机，犹豫着选定了白石美令的号码，轻呼一口气后拨号。手机贴到耳边，闭上眼睛，他感到自己体温上升，心跳加剧。

嘟声响起。两次、三次，没有人接。听到第四次嘟声时，和真挂了电话。现在是工作日的白天，白石美令肯定在上班。这个时间段打电话过去，太缺乏常识了。

不久，回声号缓缓进站停稳。自由席车厢很空，和真坐在双人座位靠通道的那边。去三河安城站只要十分钟，所以上次回老家时，他也搭希望号到名古屋站，再换乘回声号往回坐到三河安城站。

列车开出后不久，来电铃声响起。和真一看是白石美令，慌忙站起来，边接通边走向车厢连接处。

"您好，我是仓木。"

"我是白石。刚才您打过电话吗？"

"是的，有件事想告诉您，现在方便吗？"

"方便，怎么了？"

"我刚刚去了名古屋的律师事务所，父亲有他家的名片。既然附近有熟识的事务所，不可能专程咨询白石律师。"

"然后呢？"白石美令的声音里透着一丝紧张。

"我父亲前年六月份去过那家事务所，咨询的内容是——"

和真将天野的回答如实道来，白石美令听罢没有作声。因为沉默得太久，他还以为是信号断了，却听白石美令语气凝重地叫了声"仓木先生"，随后她问道："接下来您有什么打算？"

"我正在考虑，不过我想先告诉您。"

"谢谢，我吃了一惊，这是十分重要的信息。"

"听您这样说，我就放心了。"

车内广播通知，即将抵达三河安城站。

"您在新干线上？"

"是的。我顺道回趟老家，取些信件。"

"之后有什么安排吗？"

"没有，直接回东京了。"

"这样啊……"说罢，白石美令又沉默了。

列车陡然减速，和真将手机贴在耳边，双脚发力抓紧地面，以防跌倒。

"什么时候到东京？"白石美令问。

和真一惊。她不会无缘无故问这个问题。"稍等。"

和真迅速计算起来。动作快的话，下午四点应该能返回三河安城站。他本打算搭回声号回东京，但也可以再坐到名古屋站转乘希望号。

列车停下，开门。和真下到站台上。"六点半左右应该可以。"

"六点半啊。之后没有安排吧？"

"没有。"

"那能不能七点找地方见个面？我想了解详细的情况，正好再商量一下计划。"

白石美令的提议，正是和真内心所期待的。"我没问题。在哪里见面合适呢？"

"适合闲聊的地方就好。东京站附近有这样的店吗？"

"东京站附近不清楚，不过银座我知道一家。"

就是之前南原约的店。说出店名和地点后，白石美令说就那里吧。

通完电话，和真心绪复杂。能再见到她，和真很高兴，但又对这种喜悦抱有负罪感。父亲将以杀人罪受审，自己却在期待见到被害人的遗属，用荒谬都不足以形容这份大胆。白石美令会来，说到底只是为了查明真相，其实她并不想见到加害人的儿子——和真告诉自己。

和上次一样，他从车站搭出租车去篠目。为了避免被人认出，他在车上戴上了口罩。邻居吉山对他很友好，但最好不要掉以轻心。

快到小岔路口时，和真让司机停车，从这里拐个弯就到家了。他付了车费，问道："我马上回来，可以在这里等我吗？"

"什么嘛，早知道我就不打表了。"上了年纪的司机笑着说，似乎根本没想过他可能会跑路。和真切实感到这片土地是如此淳朴，这样的小镇不可能出杀人犯。

下了出租车，他快步前行，拐过弯，一边确认着四下无人，一边靠近房子，扫视周遭后才进院门。信箱中多了不少信件，他一把抓起来塞进包里，匆匆出门。

回到出租车上，和真吩咐司机去三河安城站。

"我就说还是连续打表省钱吧。"说着，司机发动了引擎。

和真从包里拿出信件查看。广告传单和水电气缴费单中，夹着一个略宽的信封，寄信人栏印的是"丰田中央大学医院"，旁边用圆珠笔写着"化疗科　富永"。

收信人是仓木达郎，但和真毫不犹豫地拆开信封。

38

　站在与仓木和真约好的店门前，美令踌躇着不知该怎么办，因为她比约定的晚上七点早到了近十分钟。先落座会不会显得太心急？她确实想尽早听到他的说明，却又不希望给他留下急切的印象。晃来晃去消磨时间，也不大自然。

　美令摇了摇头，穿过自动门。有什么好纠结的呢？对方怎么想与她无关，她不过是碰巧到早了，仅此而已。

　一楼卖蛋糕，看来咖啡馆在二楼。她走上楼梯，环顾着宽敞的店面，上座率约三成。就在她思考要坐在哪里时，窗边的一个男人站了起来。仓木和真身穿西装，向她微微点头致意。还好他早就到了。

　"让您久等了。"美令在椅子上坐下。

　"哪里，幸好早来了，差点让您等我。"和真说，他也有他的用心。

　服务生送水过来，美令点了拿铁，和真点了黑咖啡。

"不好意思，突然打扰您。"服务生离开后，和真低头致歉。

"我吓了一跳，能详细说说吗？"

"当然。"和真把手机放到美令面前。屏幕上的名片可以清楚地看到"天野律师事务所"的字样。"五代刑警说这是在我父亲的名片夹里发现的，问我有没有印象，我回答说没有。"

"警方就此展开了什么调查吗？"

和真摇头。"好像没这个打算。"

"为什么？"

"警方高层认为，侦查已经告一段落。五代先生出于私人的关心才给我看这个，他也有疑问。"

"所以您今天去了名古屋？"

"是的。"和真点了点头，"我去见了名片上的天野律师。刚才在电话里也说了，我问了父亲咨询的内容，得知天野律师向他明确解释过长子享有保留份额。"

"既然如此，他不可能再向我父亲咨询同样的问题。这样一来不是很清楚了吗？被告仓木——您父亲在说谎，东京巨蛋、咨询，这些都是谎言，作案动机也极有可能是。"

"关于东京巨蛋，我还有一个疑问。"这个疑问就是，警察会不会没有查出健介是如何入手比赛门票的？如果可以确认健介买了门票，五代应该会以此反驳美令。

服务生在两人面前放上各自点的咖啡。其间，美令一直定定地凝视着和真，和真也神情严肃地直面她的视线。

"问题是接下来怎么办？"和真端起咖啡杯说，"我想通过律师向父亲问清楚，但他可能只会像以前一样信口搪塞过去。

我打算找五代刑警聊聊，但不知道应该说到什么程度。"

"我也考虑过要不要和律师说，感觉说了帮助不大就算了。检方似乎认为，只要被告不翻供，审判胜券在握。最近我深有感触，对检察官和律师来说，只要审判赢了，真相是次要的。"

"我也有这种感觉。律师一心追求轻判，因为我不承认父亲的罪行而感到不满。提了名古屋律师事务所，他只叫我安分守己，不要多管闲事。"

"安分守己……其实——"美令闭上了嘴，把"我也一样"咽了回去。

"怎么了？"

"没什么，和您没关系。"

事实上大有关系。她不想和佐久间梓说，因为那样就必须说出为此同和真见过面。那位女律师听后必然没有好脸色，只怕又会向绫子告密。

美令伸手端起咖啡杯。这家店的拿铁香气浓郁，十分可口，或许是因为许久没用陶器喝咖啡了吧。她常去的咖啡馆都用纸杯。

望向窗外，可以俯瞰银座的街道。在门前仲町那家健介去过的咖啡馆眺望时，街景可没有这么繁华。那时她正端着纸杯装的拿铁，看到仓木和真出入塑桧所在的大楼——

蓦地，一个疑问浮上心头，她转向和真。

"怎么了？"

"为什么要去那家店？"

"那家店？"

"翠桧对面的咖啡馆。案发前父亲去过两次，第二次停留了相当长时间。从常识推断，他应该是从被告那里听说了浅羽母女，因此前去确认。但如果被告并未咨询，他为什么要去那家咖啡馆呢？"

和真缓缓点头。"说得也是。"

"想了解浅羽母女，与其远观，还不如直接去翠桧。"

"没错。我还是想重新调查旧案，但不知道外行能做些什么。我总觉得那是一切的根源。"

"旧案发生在一九八四年？"

"是的。"

美令含了一口咖啡，微微侧着头。

"有什么问题吗？"和真问。

"我想，我也应该调查一下。"

"调查什么？"

"调查旧案。如果被告的供述是谎言，说不定父亲和浅羽母女之间有某种关系，才会去那家咖啡馆观察翠桧。"

"不会吧，什么关系？"

"那就不清楚了，不过我会调查看看。"

一九八四年比美令出生的年份还早上许多。当时健介二十二岁，还是学生。毕业后，他和学生时代开始交往的绫子同居了一段时间，对方怀孕后结了婚。

她看向和真，发现他正认真凝视着空中某处。

"您在想什么？"美令问。

"我在想父亲为什么要说谎……他到底想保护什么……"

"您父亲是在保护什么吗？"

"我是这么觉得的。也许不是保护什么，而是保护谁。"

"浅羽母女？"

"是的，很可能是这样……"和真续道，"不惜以生命为代价。"

"以生命为代价……"

和真倏地一惊，摇了摇头。"对不起，是我多嘴了。说这些也没什么证据，请忘了吧。"

他急忙否认的样子很反常，美令隐约察觉到一丝苦衷，但看到他那悲伤的表情，也无法再说什么。

回到家里，绫子说："今天回来很晚啊。"

"做空姐时的朋友联系了我，我们在银座的咖啡馆见了面。"

"哎呀，真是难得。"

"怎么了，我们经常聚啊。"

"见这种朋友，不是都去喝酒吗？竟然只去了咖啡馆？"

这么一说还真是。美令不禁后悔，不该随便找借口。"她好像有顾虑，说我要开庭了，约喝酒不合适。我倒无所谓，不过今天吃完饭就散了。"

"偶尔放纵一下也无妨。"

"喝了也不见得开心，不如等到一切结束。"说完，美令便背过身去，面向自己房间。言多必失，绫子的直觉意外敏锐。

她已经完全习惯了两个人的晚餐。今晚吃奶油炖菜时她有点想喝白葡萄酒，也许是因为刚才聊到吧。

"之前整理爸爸遗物的时候，有旧相册吗？"

"相册？"

"就是爸爸童年和学生时候的照片。"

"有的。"绫子点了点头，"只有一本。你爸爸是独生子，儿时的照片不少。这种东西很难处理，虽然知道不可能一直保存下去，处理了你也会觉得不太好吧？"

"那是放在房间里吗？"

"应该在书架最下面。"绫子纳闷地望向她，"你找相册干吗？"

"我想看看。回想起来，我对爸爸儿时的事完全不了解，他很少跟我谈起。"

绫子不禁露出笑意。"就算跟你说，你也不会听吧？"

"也许吧。"美令看着绫子，"你们是学生时代相遇的吧？那时候多大？"

"刚上大学四年级的时候，我二十一岁。你爸爸复读过一年，还是四月出生的，所以是二十三岁①。"

"也就是从大四开始交往。"

"我们院系不同，是在赏花会偶然认识的。那时是四月中旬，樱花已经谢了大半，不过大家本就心不在此，谁也没有抱怨。"绫子怀念着过去。

"学生时代的爸爸是怎样一个人？"

"那可很难回答。"绫子沉思，"第一印象是可靠又认真，大概就是这样吧。交往以后，才知道他的优点不止于此。"

"怎么说呢？"

"他很勤奋，也很拼命。为了通过司法考试努力学习的人并

① 日本的新学年从四月开始，因此四月出生的孩子通常晚一年入学。

不少见，但你爸爸同时还忙着打工。那么没日没夜地操劳，亏他身体竟然没垮掉。不过听说他家里的情况后，我就理解了。你也知道吧，他是单亲家庭，跟你奶奶相依为命。"

"听说爷爷很早就过世了。"

"在他初中时出了车祸。肇事者没有驾照，开的货车还是被盗车辆，坐了牢，但拒绝支付赔款。家庭失去了顶梁柱，但也只好就此作罢。"

"这我还是第一次听说。"

"你爸爸不喜欢念叨自己有多不容易，不过，他全都告诉我了。"绫子似乎想说，自己对健介来说很特别，"好在住处不成问题。你还记得吧？练马那栋小房子。"

"记得，门口就是农田。"小时候她去玩过好几次，当时祖母身体还硬朗，做了很多美味的菜招待她。

"大学毕业后有两年，你爸爸仍和奶奶住在那栋房子里，直到去律师事务所上班后才独立，那时他大约二十五六岁。"

"然后妈妈去了，就住下了。"

绫子皱起眉头。"什么就住下了，别说得这么难听。我也租过房子，但一起住更合理，这是你爸爸提出来的。"

美令心想，那可不见得，但也没有反驳。绫子所说的没有什么令人介意的地方，但关键是一九八四年，或者更早以前。那年健介二十二岁，即遇到绫子的前一年。"你认识爸爸学生时代的朋友吗？"

"有几个人我见过。"

"他们还互相联系吗？"

"这个嘛……"绫子侧头思忖,"手机通讯录里可能存了,但有没有联系就不知道了,没听你爸爸提过。"

"那改天我把通讯录拿回来,如果有认识的名字告诉我。"

健介的智能手机作为物证由检方保管,但给了她们通讯录等数据的复印件。

"可以,不过你想做什么?"

"还不清楚,但我想再多了解爸爸一些。被害人参加制度的受益者对父亲知之不深,也没有什么说服力。"

"唔……好吧。"绫子似乎不很信服,但还是点了点头。

吃完饭,美令走进健介的房间。书架最下方竖着一本旧相册,比她预想的要薄。翻开一看,一张黑白照片立刻映入眼帘,赤裸的婴儿躺在被褥上。再往后翻,一对男女的合照增多了,应该是健介的父母。祖母的模样美令知道,年轻时算得上美女。祖父长相精悍,体格也很结实,是贸易公司职员,经常出差。还有几张年迈男女的合影,看起来像是曾祖父母。不知何时听健介说过,曾祖父是九州人,来东京后结了婚。健介不太清楚详情,因为曾祖父在他幼年时就过世了。美令比较了各人的相貌,祖父和健介都长得很像曾祖父。健介上幼儿园后,单人照多了起来,不过小学开学典礼的照片是一家三口。

看到一张照片时,美令停止了翻页,此处出现了不同于以往的要素。与健介合影的是个美令不认识的老妇人,年纪在七十岁上下,穿着厚大衣,围着围巾,看起来像是在冬天。小学低年级的健介身穿夹克衫,戴着棒球帽。尤其引人注目的是两人背后无数的狸猫摆件,是双脚站立的陶制狸猫,在商店的门口时常能看到。

这是什么地方？这个老妇人又是谁——

本以为两人还有其他合影，但老妇人没再出现过。之后就是几张健介初中时的照片，高中和大学时代也只有几张集体照和抓拍，然后就跳到律师事务所的照片。

美令想起了绫子的话。初中时祖父去世后，健介和祖母相依为命，过得十分辛苦。他忙于打工和学习，只怕很少有想要拍照留念的快乐时光。

她很在意，又翻回健介与老妇人的合照。

美令拿着相册下了楼，绫子正在收拾厨房。

"妈妈，你知道这是谁吗？"美令翻开相册，给她看照片。

"这张照片啊。我以前也见过，不过完全想不起来。从年龄来看，可能是你爷爷奶奶的朋友。"

"这是什么地方？"

"应该是滋贺县。"

绫子回答得很干脆，美令不由得望向她。"滋贺县？为什么？"

"照片上有信乐狸猫啊，说到信乐烧，就是在滋贺县。"她的语气仿佛在问，怎么连这种常识都不知道。

"也就是说，这个婆婆住在滋贺县，爷爷或奶奶带爸爸去玩？"

"可能吧，不过我没听他说过。"

美令抱着相册回到自己房间。慎重起见，她用手机查了信乐烧的产地，的确如绫子所说位于滋贺县甲贺市。这应该与案件无关吧。照片里的健介怎么看都不到十岁，换句话说，是将近五十年前拍的照片。追溯到那么久远的过去，恐怕没有意义。

然而有什么事让她在意，是什么呢？这张照片有种奇妙的违和感。她凝神注视着，终于想到了，是健介戴的帽子。字母C、D的组合，不正是中日龙队的标志吗？

美令对职业棒球毫无兴趣，但仓木供述中在东京巨蛋遇到健介的部分她已经熟记于心。据仓木所述，健介原本是巨人队的球迷，因为中日龙队打破了巨人队的十连冠，从此成为中日龙队的球迷。

手机再次出场。一查"中日龙队打破巨人队十连冠"，就知道那是一九七四年，当时健介十二岁。又发现了一个仓木的谎言——原来连健介成为中日龙队球迷的动机都是编造的。

这件事也要告诉和真。今天他们交换了彼此的手机邮箱。美令翻拍相册并写了封邮件。她告诉和真自己发现了一张照片，证明健介在中日龙队打破巨人队十连冠前已经是前者的球迷，然后附图发送。没过多久，仓木和真就打来了电话。他是吃惊到等不及回邮件了吧。

"您好，我是白石。"

"我是仓木。我看过邮件了。"

"我的发现如何？我想应该不会错。"

"是的，照片里的男孩怎么看都不到十二岁。"

"被告果然在说谎。"

"我有同感，不过我打电话过来不是为了这个。"

"怎么了？"

"照片的背景里有很多狸猫摆件。"

"对，可能是去滋贺县时拍的照片，因为是信乐烧。"

"不，我觉得不是滋贺县。我知道那个地方。"

"啊？"

"应该是常滑。"

"常滑？"这个地名听说过，但她想不出对应的汉字。

"一个以陶瓷器闻名的小城，在爱知县。"和真的语气充满了紧迫感。

爱知县——这个词在美令的脑海里回荡。

39

五代和中町离开仓木和真的公寓时，周遭已经暗了下来，来时天还很亮。五代一看手表，过了约一个小时。这一个小时里，他们听到了令人震惊的事实，还不止一件。

今天白天，仓木和真联系了五代，表示有事告知。"我去了名古屋那家律师事务所，了解到一些情况。"

五代自然不能置之不理。约好傍晚见后，五代又约了中町，中町一口答应。

"五代先生，"中町边走边问，"还是去门前仲町的那家店？"

"不不，"五代微微摆了摆手，"就在附近找个店吧。我需要马上讨论，搭出租车还要顾忌司机，岂不是很难受？"

"说得也是。"

高円寺有的是小酒馆，两人钻进窄路上一家仿民宅风格的店，好在还没坐满，角落空了一张四人桌。一看菜单，有佐酒套餐，毫不犹豫地点了两人份。

"那么，"用手巾擦着手，五代开口了，"从哪件事开始解决？"

"我们能解决吗？"中町苦笑着耸了耸肩，"哪件事都麻烦得很。"

"所以还不能汇报，领导只会骂少管闲事。先从名古屋律师事务所入手吧。"

"就算没有您从旁协助，仓木和真也已经算相当有行动力的人了。"

"他就是这么拼命吧，好在也有收获。"

仓木和真说仓木达郎前年六月去了天野律师事务所，咨询能否将遗产赠予没有血缘关系的人。

"这一点相当重要，他不可能专程去见东京的律师，咨询同一个问题。"

"那么，他要再见这个只在东京巨蛋有过一面之缘的人，为什么？"

女店员送了生啤和下酒菜过来，有毛豆、炸鱿鱼须和凉拌豆腐。跟中町干杯后，五代伸手去拿毛豆。

"和真似乎对东京巨蛋初遇一事存疑。"

"白石律师从哪里弄到门票，侦查人员是不是没查出来，这个问题很尖锐。"

"岂止尖锐，简直头疼，因为确实没查到。讨论过入手途径，票贩子转手或朋友转让之类的，但都只是想象，到最后只能不了了之。"

五代思索着。"白石美令认为拔了牙不能喝酒，这一观点也无法反驳。看来我们应该推翻重来。"

"最关键的是那张照片，白石健介律师少年时代的照片。"

五代用力点了点头。"竟然能找到那么老的照片。"

少年戴着中日龙队帽子，拍摄时间在将近五十年前。仓木和真给五代他们看了手机里保存的照片。

"照片里的少年怎么看都只有六七岁。中日龙队打破巨人队十连冠是在一九七四年，当时白石律师十二岁，和仓木的供述完全不符，真亏他们能发现这种矛盾。"

"而且发现者是白石美令。"

"说起来我也很意外。被害人和加害人的家属合作并交换信息，一般来说很难想象。"中町轻轻摇了摇头。

"话是这么说，不过他们情况特殊，有共同的理由。"

"什么理由？"

"两人都不认可案件的真相，想要查个水落石出，然而警方侦查已经结束，检察官和律师又满脑子都是审判。双方立场敌对，目标却是一致的，起意合作也不奇怪。"

"好吧，但还是难以理解……我体会不到他们的感受。"中町吃了块凉拌豆腐，侧着头，"光影共存，昼夜同生，宛如白鸟与蝙蝠在空中对舞。"

"你不是形容得很确切吗？就是这样没错。不过，他们自己也不完全能接受吧，和真提到白石小姐时总有些难以启齿。他心里清楚，在旁人看来这很奇怪。先不说这个——"五代继续说道，"白石小姐的发现同样令人在意。少年时代的健介和神秘老妇人拍照的地点，和真断定是在爱知县常滑市，仓木达郎一九八四年的案件也发生在爱知县。这是纯粹的巧合吗？和真似乎开始怀疑白石律师也和旧案有关，并说美令也有同感，会调查父亲的过去。"

"匪夷所思，外行人的思路就是大胆。不过，您怎么看？爱知县的人口全国排第四，白石健介刚好有远房亲戚住在那里，也不是什么稀奇事。"

"话是这么说，但如果仓木编造了白石律师成为中日龙队球迷的原因，就有点可疑了。有必要吗？这跟案件完全无关。"五代搁下筷子，胳膊撑在餐桌上，"不妨这么想：关于如何认识白石律师，仓木说的全都是谎言，但他想隐瞒什么，为此要虚构一个场所。他就想到了东京巨蛋，因为确实看过揭幕战，也知道白石律师是中日龙队球迷。构思供述内容时，他觉得白石律师作为土生土长的东京人，却狂热到买内场座位并一人去看比赛，这一点显得不自然，于是想出原先是巨人队球迷的设定。好像说得通？"

"等一下。如果白石律师的确是中日龙队的球迷，只要实话实说就好，也不用非要知道原因啊。"

"问题就在这里。"五代指着中町，"仓木知道白石律师成为中日龙队球迷的真正原因，但他选择了隐瞒，因为事实上中日龙队——不，爱知县对白石律师来说极为熟悉。仓木不想让警察知道这一点，于是说了谎。"

"……极为熟悉？"

"从小去过多次的地方，人生受到某种影响的地方。仓木和白石律师就是在那里相识的。"

正要喝啤酒的中町当场呛住。他连连拍打胸口，顺过气来后看着五代。"您是说，两人那么早就认识了？"

"如果是，本案将彻底不同。"

"需要汇报吗？"

"我也希望可以，但重新侦查需要决定性证据，至少能推翻仓木的供述。"五代往凉拌豆腐上滴着酱油，"你那边核实工作的进展如何？"

中町苦着脸，摇了摇头。"谈不上进展，根本找不到物证。被告在供述笔录里承认了犯罪事实，但检方的目标是死刑，希望有物证以打消裁判员的顾虑。辩护人提出被告有可能隐瞒真相，因此检方担心裁判员会受干扰。"

"那件事查得怎样了？预付费手机。"

中町扁扁嘴，摊开双手。"很遗憾，白忙了一场。爱知县警方协助在大须电器街走访调查，但没找到卖给仓木手机的嫌疑人。"

"着实可疑。我向和真确认过，他说仓木常去大须但不会买来路不明的东西。那应该也是仓木的谎言吧，我只是想不通他说谎的动机是什么。"

"会不会仓木借了别人的手机联系白石律师，但他不想添麻烦，抑或不想暴露此事，于是声称用了预付费手机。"

"原来如此，不知情的共犯啊。但这样风险很大，万一没能处理掉白石律师的手机，很容易查到通讯记录。"

"说的也是——咦，等等。"中町停下了伸向鱿鱼须的手。

"怎么了？"

"仔细想想，如果不想留下来电号码，用公共电话就可以了，也不需要处理白石律师的手机。"

五代把手里的啤酒杯放到餐桌上，盯着中町。

"啊，怎么，我说了什么奇怪的话吗？"

"完全不奇怪，的确，用公共电话就可以了。那为什么仓木不这么做？"

"怕来电显示是公共电话，让白石律师起疑？"

"但作案当天，仓木是第一次用预付费手机联系白石律师吧？陌生号码，就不怕白石律师怀疑吗？"

"公共电话和陌生号码……说起来都很可疑。"

"为什么仓木要用预付费手机？不，这件事本身是真是假都不知道……"

"他说砸坏手机后丢进了三河湾，那就无从查起了，而公共电话既带不走又无法破坏，时下用的人少，也有可能留下指纹。警察巴不得他用公共电话。"

中町不经意的一句话，深深刺中五代。他左手握拳抵着额头，凝神思索着。

终于，宛如黑暗中射进一道光，一个想法浮现，然后逐渐清晰成形。那是此前从未出现过的想法，瞬间构筑起出乎意料、但近乎确信的推理。

砰！五代一拳打在餐桌上。"糟了……"

中町吃惊地往后一缩。"怎么了？"

"我可能犯了一个大错。"

"大错？是什么？"

"我需要火速调查，你一个人是办不到的，我会向你的上司说明情况。我们组长只怕会怪我擅自行动，不过也顾不得那些了。如果我猜得没错，"五代深吸了一口气，接着说道，"会出现意想不到的事实，将案件完全反转。"

40

从日本桥步行几分钟，就到了要去的大厦。复古又时尚的外观设计令人联想起昭和时代，但官网介绍说大厦最近才建成。

美令挺直脊背，穿过正门。宽敞的入口前方是一排电梯，经停楼层各不相同。经停十五楼的轿厢里别无他人。按下楼层按钮后，她用右手按住胸口，有一丝紧张。

十五楼到了。迎面是一道玻璃门，穿过门的右手边是前台，一个穿制服的女人向她露出笑容。"欢迎光临。"

"敝姓白石，和浜口董事有约。"

"请稍等。"女人拿起话筒，简短说了几句，"我带您过去，这边请。"

美令被引到的房间很宽敞，有着高雅、洁净的感觉，大理石茶几的两侧陈设着沙发，可坐十人左右。她拿不准坐在哪里合适，就在离门最近处坐了下来。

给绫子看了健介的通讯录后，绫子点出五个健介学生时代朋友的名字。"这位应该交情比较深。"提到"浜口徹"这个名字时，绫子如是说，"我只见过两三次，但你爸爸说起学生时代，最常提到的就是这个人。他们一起滑过雪。"

问到他现在从事什么工作时，绫子答说不知道。"应该没进法律圈，在一般公司就职。后来很少听到他的名字，或许是疏远了吧。"

然而美令还是想联系他看看，因为绫子提名的五个人中，只有浜口徹存了手机邮箱地址。两人即使没见面，也可能有邮件往来。

她立刻发了邮件过去，自我介绍后为冒昧发邮件道歉，然后说明健介因卷入案件而丧生，准备开庭，自己正为此调查。她想向健介年轻时的熟人了解情况，如对方能拨冗见面，将不胜感激。

让她惊讶的是，不到一个小时就收到了回信，而且浜口知道健介的死讯。"法律圈的朋友联系过我，但我听说没发讣告，案件也尚未解决，就没有联系你们。"他们已有近十年没见面，但保持着邮件联系。对方表示学生时代的回忆随时可以相告，希望她不要有顾虑。他的工作单位是一家知名人寿保险公司，职务是常务执行董事。

于是她又发了一封邮件，约定时间和地点。因为浜口表示如能来公司最好，于是她今天前来拜访。

背后传来细微的嘎吱声，美令回头看时，门缓缓打开，一个头顶略显稀疏的男人带着沉稳的笑容走了进来。她慌忙起身。

"哎呀，你坐你坐，随意就好。"

说着，男人递出一张名片。美令双手接过后，也递给他自己的名片。"这次提出不情之请，实在抱歉。"

"哪里，不用在意。哦，Medinics Japan 啊。"看到美令的名片，浜口说，"我有好几个朋友都是会员。我目前在公司的相关医院做体检，等退休了，我也入会。"

"请务必关照。"

男人微笑点头，走到美令对面的沙发。他个子不高，但风度翩翩，沉稳有力。见浜口落座，美令也坐了下来。

"我在照片上见过你。"浜口说，"那时你刚出生，白石兄寄给我的贺岁卡上印了你的照片。我还好奇怎么匆忙结婚，这才恍然大悟，原来新娘已经有喜了，婚礼时我完全没发现，真是服了他了。"他怀念往事般眯起了眼睛。

"您近年来没再见过我爸爸吗？"

"我们常有邮件往来，也约过，但总是错过。如果能见面，一定可以好好聊聊过去。"浜口嘴角泛起笑意，眼神却有些落寞。

敲门声响起。"打扰了。"前台接待的女人进来上茶，然后离开。

"来，趁热喝。"浜口劝道。

"那我就不客气了。"美令说罢，伸手拿起茶杯。

"得知案发时我很震惊。"浜口抿了口茶，面带怒意，"我不知道媒体披露的哪些是事实，但他并不是因为与人结仇而遇害的吧？"

"按照凶手的供述，不是。凶手无意中向爸爸透露了过去，并想保守这个秘密。"

浜口皱起眉头，摇了摇头。"真是荒唐。"

"所以我在邮件里提到，想了解年轻时的爸爸……"

"可以啊，想了解哪方面呢？"

"您有印象的都可以。"

"印象吗？"浜口放下茶杯，跷起腿来，"简单来说，就是精力旺盛。学习的时候钻研到底，经常熬完通宵直接去上课也不会打瞌睡。课余到处跑，边做兼职边准备司法考试。我放弃从事法律相关的工作，白石兄是一大原因。拼命到他那个地步，我自问实在做不到。"和绫子说的差不多，听上去不像客套话。

"他没有兴趣爱好吗？"

"唔……"浜口侧头沉思，"他喜欢什么呢？读书、看电影都有点兴趣，但并不是特别热衷。他常说，不愿意浪费时间。当时主机游戏风行，他却不屑一顾。"

"放假时也忙着学习和打工，都不休息吗？"

"硬要说爱好，就是旅行吧。冬天我们一起去滑过雪，不过是廉价的巴士一日游，颠簸快十个小时，早上一到就换装备，也就是年轻才扛得住。"浜口露出念旧的眼神。

"您有没有听他提过爱知县？"

"……爱知县？"浜口瞪大了眼睛，似乎觉得问题很突兀。

"爱知县常滑市，是以陶瓷闻名的小城。"

"常滑……"浜口喃喃着，"你是说去那里旅游？"

"我不确定。其实我找到了一张爸爸与那片土地结缘的照片，却从未听他说起过，所以感到很纳闷。"

"原来如此。"浜口点了点头，"白石兄有时会搭高速巴士去名古屋，但我不清楚是不是去常滑。"

美令眨了眨眼。"真的吗？"

"不会错的。当时我住在外面的公寓，白石兄每次去名古屋都打好招呼，对外就说是住在我那里，好像不想让母亲知道他去那边过夜。回东京时，总是带给我伴手礼，鳗鱼派什么的。"

"也就是说，爸爸是瞒着奶奶去的？"

"看样子是。我问过他，莫非在名古屋有女朋友？他说不是，是那里有一个人，他不时代替过世的父亲去看望。我猜是过去照顾过他父亲的人，但没向他确认过。"

美令确信就是那张照片上的老妇人。"您还记得其他细节吗？多琐碎都可以。"

"别的……还有什么呢？"浜口交抱起双臂，侧着头思索。

"读大学时，爸爸一直两地往返吗？"

"不，后来就不去了——啊，对了，我想起来了。"浜口一拍大腿，点了点头，"大三秋天吧，我跟白石兄开了个玩笑，结果他发火了。"

"玩笑？"

"他原本一两个月就去一趟名古屋，但当时隔了好久没去，我问他怎么回事，他说已经不用再去了。见他含含糊糊，我就说，果然那边是女朋友，难不成被甩了？他一听，脸色变得极其难看，厉声说没那回事，不要乱讲。突然发脾气，让我不知所措。"

"这样啊……"

"后来我们没再提过这件事，我也忘得一干二净，刚刚才想起来。"

美令想起了绫子的话。她和健介相识，是在大四刚开学的

316

四月份，而照浜口的说法，那时健介已经不再去名古屋了，难怪绫子不知情。

"怎么样，能帮到你吗？"浜口问。

"很有参考价值。在百忙之中打扰您，真是不好意思。"

"如果还想知道什么，请联系我。我会尽我所能。"

"非常感谢。"

"我知道问女性的年龄不礼貌，不过你今年多大了？"

"我吗？二十七岁。"

"这样啊，那会有很多事不知道吧。"

美令疑惑地侧着头，不明白他这话是什么意思。

"关于父亲的一切。年轻时对父亲的过去完全不感兴趣，整理遗物才有意外的发现，这很正常。我也一样，三年前父亲过世，我从户口本副件①中第一次知道他有个妹妹。她很早就夭折了，但我从未听父亲说过。户口本副件可能一辈子都没机会看到，所以父亲也可能一直都不知道。"

"户口本……"

"怎么了？"

"不，没什么。很高兴今天能有意外的收获。"

"听说凶手已经被捕，不过审判什么的还有很多要忙，很辛苦吧。你要保重身体。有什么需要我出力的，尽管开口。"

"谢谢。"美令深深鞠了一躬。

---

① 在日本，国民的户籍信息由所在地区的区公所保管，需要时可申请副件。

41

正如和真预料的，转述在天野律师事务所获悉的信息后，堀部的反应也很冷淡。他板着一张脸，仿佛在说怎么又自作主张了。"我明白您说的，确实不太对劲，不过这部分不用深究了吧？"

"这部分？"

"达郎先生与白石律师如何相遇、如何沟通，这些不重要。总之达郎先生向白石律师透露了犯罪事实，害怕被揭发，一时冲动杀了他。其他的不重要，反复挖掘与审判没有关系的部分毫无意义。我这么说可能不合适，但被告即使供认也未必全盘托出。不，应该说，几乎没有被告知无不言。就算承认了罪行，也会从对自己有利的角度加以润饰，或是模糊处理关键位置，这完全不稀奇。"堀部的语气就像老师在教导不开窍的学生。然而和真哪里是不开窍，这番回答根本不出他所料。

和真心想，门票入手途径不明，以及健介早就是中日龙队球迷的事，说了也是无益。但有一件事不能不告诉这位律师。"有样东西请您过目。"和真将身旁的包放到腿上。

"什么东西？"

"就是这个。"和真递出一个信封。

堀部接过信封，疑惑地皱起眉头。"丰田中央大学医院……寄件人是化疗科的富永。"

"请您看看里面的内容。"

"这是私人信件吧？未经本人允许，不可以擅自查看。"

"我是他的儿子，我说了可以看。"

"子女查看也是违法。您知道私拆信件罪吗？没有正当理由私拆他人信件，会被判处一年以下有期徒刑或二十万日元以下罚款——"

和真摇摇头，不由得流露出一丝焦躁。"都是定式罢了。医院的医生百忙中特地寄来邮件，想来有非同小可的事。私拆信件罪不适用于紧急情况吧？"

"那要就事论事了。既然您这么说，我就看看吧。"堀部叹了口气，终于打开信封，取出折好的信纸。

和真注视着他。律师原本冷漠的表情逐渐凝重。

堀部抬起头。"达郎先生患有结肠癌？"

"八年前做过手术，中晚期。"

"现在复发了？"

"我完全不知情，但看起来是这样。"

信中询问决定在哪家医院接受抗癌治疗。不知情的和真联系了寄信人富永医生，意外得知达郎定期检查，约一年前确认复发并伴有多处淋巴结转移。于是达郎先做了放疗，然后开始药物治疗，富永是主治医生。

药物有一定成效，但副作用也不小，倦怠感强烈、恶心、呕吐等等。富永多次尝试更换药物，但有一天，达郎提出中断治疗，解释说因为要搬家，正在考虑去其他医院。富永嘱咐说，等确定了医院要告诉他，但从那以后达郎再无音讯，电话也打不通，他无奈只能寄信询问。

富永对案件一无所知。和真犹豫了一下，还是没说详情，只说达郎因为刑事案件被拘留。

"现在没在治疗吗？"富永吃惊地问。

"应该是，毕竟他连我这个儿子都瞒过了。"

"那要立刻跟本人商量，让他接受恰当的治疗。这不是一两天就能解决的事，绝不能听之任之。"富永很急迫。

这件事和真对美令和五代他们都只字未提，怕被当作卖惨，但对堀部则不得不说。说明了和富永沟通的情况后，和真重新望向律师。"您能不能确认一下我父亲的想法？他究竟是什么意图？为什么要隐瞒癌症复发和抗癌治疗？往后打算怎么办？"

"好的。"堀部颔首道，"这绝对有必要，明天我就去拘置所问本人。"

"有劳您了。"

"莫非——"堀部说着，推了推金边眼镜，"达郎先生已经丧失希望了？"

"我也有同感，不过您为什么会这样想？"

"这样想才合乎情理。"

"合乎情理？"

"得知癌症复发转移、余日无多，达郎先生才会坦白。或许对方是谁并不重要，选择白石律师是因为律师值得信任。对，就是这样。"堀部竖起食指，似有所悟，"对达郎先生来说，如何处理遗产不再遥远，而成了当务之急。他咨询过名古屋的律师事务所，了解了赠予流程，问题在于能否顺利实现。他选中了白石律师，想委托对方妥善处理，然而白石律师认为如此诚心，就应在生前坦白。达郎先生慌了。所剩不多的时间，他希望和浅羽母女一起愉快度过，唯恐人生最后的乐趣也被剥夺。不知所措的他最终做出了杀害白石律师这种偏激的举动。"一口气说完后，堀部问，"您觉得如何？"

"很厉害。"和真说，"亏您能在这么短的时间内，想出这样一个故事。"这不是讽刺挖苦，他确实感到佩服。

"毕竟我是干这一行的。照刚才那种情节，裁判员们对他走到犯罪这一步，多少会有些同情。您怎么看？"

"是啊，就减轻量刑来说，是个不错的想法。"

堀部露出讶异的眼神，似乎不满于这种说法。"什么意思？"

"家父自知余日无多，这一点我也同意，其余看法就截然不同。我是这样想的：他豁出自己所剩不多的生命来保护什么，或是保护谁，为此不择手段。他的供述是假的，隐瞒了重要的事实。杀害白石律师也很可能是谎言，不，我确信是谎言无疑。"

堀部显得为难至极。"现在要推翻犯罪事实吗？和真先生，这无论如何……"

"我知道您不会赞同。只要本人不翻供，这就是办不到的事。

所以请先询问病情吧，我认为一切都是从他生病后开始的。"

"好吧。"堀部回答，脸上写着"真是麻烦的被告家属"。

从堀部的事务所出来，正要走向新宿站时，和真的手机响了。一看屏幕，他吃了一惊，是白石美令打来的。他走到人行道边上，接起电话。

"您好，我是仓木。"

"我是白石。现在方便吗？"

"嗯，怎么了？"

"我有件事要立刻当面告诉您，您有空吗？"

听了她的话，和真不觉握紧了手机。"我随时可以，现在就可以。"

"嗯，仓木先生，您现在在哪里？"

"新宿。"

"我在上野附近，我过去吧。"

"那不如还去上次那家银座的咖啡馆，那里安静。"和真看了眼手表，快到四点半，"我五点到。"

"好的，我这就出发。"

"待会儿见。"说罢，和真挂了电话。不知不觉他心跳加快，是因为关心白石美令要说的，还是单纯因为听到她的声音，他自己也不清楚。但确切无疑的是，去见被害人的遗属，他丝毫也不紧张。

搭地铁到银座，抵达那家店时刚好五点。走到二楼，白石美令已坐在临窗的座位。

"让您久等了。"

"哪里，抱歉突然联络。"

服务生送了水过来。和上次一样，白石美令点了拿铁，和真莫名想喝同样的咖啡，于是也点了拿铁。

"要说的事是什么？"

"我想拜托您……"白石美令眼神认真。

"什么事？只要是我力所能及的，一定帮忙。"

"您能这么说，真是太感谢了。我想和您一起去一个地方。"

"一个地方？"

"就是——"说到这里，白石美令胸口微微起伏，似乎在调整呼吸，"常滑。希望您带我去爱知县常滑市，拍那张照片的地方。"

42

　　看到在管理官和理事官之后进入会议室的人，五代鼓足了干劲。没想到连搜查一科科长也来参会。会议室内的气氛顿时紧张起来，所有人起立行礼。

　　科长个子不高，上身壮硕。见他安闲地坐了下来，众人也跟着落座。只有组长樱川依旧站着没动，望向三位上司。"可以开始了吗？"

　　管理官五官轮廓深邃，戴着无框眼镜。他看向旁边的科长和理事官，征求意见。科长微微点头。管理官向樱川说："开始吧。"

　　"好的。所涉细节由负责现场调查的人员说明，是否可以？"

　　科长和理事官沉默着，管理官说："可以。"

　　"好的。"樱川向五代使了个眼色。

　　五代起身向科长等人自我介绍后，走到会议桌上摆放的液晶屏旁边。参加会议的还有筒井等主任以上职位的人，已经了解了一些情况，每个人脸上都透着紧张感。

"关于去年秋天发生的'港区海岸律师被害及弃尸案'，因为查到了新的重要事实，特此报告。住在爱知县的仓木达郎已经作为凶手被起诉，但供词中颇多纰漏，核实过程中有新发现。仓木供称，去年十月三十一日傍晚将近七点时，将被害人白石健介约到清洲桥附近杀害。预付费手机是两年多前自爱知县大须电器街的陌生人手中购得，行凶后砸坏并抛进海里。检察官提出，希望确认这部手机存在，以此作为预谋犯罪的证据，遗憾的是未能实现。考虑到购入途径等疑点，我怀疑仓木可能采取了其他手段，例如打公共电话叫被害人出来。于是在辖区警察局的协助下，我们确认了清洲桥周边公共电话附近的监控摄像头。"

"请问，"理事官举起手，"被告已经全面供认了罪行，在这一点上说谎的理由是什么？"

五代看向樱川，他拿不准该不该现在回答。

"这个问题稍后说明。"樱川答道。

理事官默然点头。

五代操作着电脑键盘，液晶屏显示出清洲桥附近的地图。"清洲桥半径四百米内，有四部公共电话，附近都设有监控摄像头，可以大致辨认使用者。案发当天只有一位使用者，位置在江东区清澄二丁目。"五代指出地图上的一点后，切换到监控录像。

那是一家酒馆，门前就是公共电话。左下方的数字显示，时间是去年十月三十一日傍晚六点四十分前后。画面左侧切入一个人，怕被人看见似的扫视周边后，来到公共电话前，做出从口袋里掏出钱包的动作，应该是为了拿出电话卡。此人拿起话筒，按下按键。电话似乎很快接通了。通话期间，此人不时留意着四周，不久放下话筒。回收电话卡后，再次从画面左侧消失。时长约为两分钟。

五代停止播放。"这就是要展示的全部录像。"

"这个人的身份查明了吗？"理事官问。

"查明了。"五代回答，"是一个笔录证人的亲属，侦查员没有直接接触过本人。"

"与被告是什么关系？"

"没有直接关系。不过，这个人与被告供述的犯罪动机关系密切。"

搜查一科科长向理事官悄声耳语，理事官点点头，又向另一侧的管理官说明。五代不知道他们在商量什么，感觉很不踏实。

管理官转向五代。"刚才理事官提出的问题，什么时候可以说明？"

五代望向樱川，组长微微点了点头。

"我现在来说明。我认为被告仓木可能想掩护这个打公共电话的人，才谎称用了预付费手机。"

"也就是说，叫被害人出来的不是被告，而是刚才监控录像里的人？"理事官问。

"是的。"五代回答。

"录像里的人是被告的共犯？"

五代迟疑了一下，不知道该如何回答这个问题。他看了看樱川，组长也苦恼地撇着嘴。

现在不是犹豫的时候，事实不容扭曲。

"不是那样的。"五代回答上司们，"如果只叫被害人出来，没必要特地用清洲桥附近的公共电话，录像里的人住得很远。这个人不是共犯，而是主犯，是杀害白石健介律师的真凶。被告仓木知道这件事，为了保护此人，自己揽下罪责。"

发言令人震惊，但从搜查一科科长到理事官等人都未露出惊讶的表情。关于这起业已上诉的案件，真凶很可能另有其人——他们应该事先已有耳闻，所以才会连科长也参加会议。不过想也知道，这样的报告无法使人心情愉快，三位上司愁容满面地商议着什么，科长很少开口，只是不时微微点头。

"樱川，"管理官唤道，"打公共电话的这个人有没有逃罪的风险？"

"目前应该没有，当事人恐怕丝毫没想到会受怀疑。"

"有办法证明此人是真凶吗？使用现场附近的公共电话，不足以作为间接证据。"管理官已经听樱川说过细节，这样问方便引导他向科长和理事官解释。

"首先在保证不泄露个人隐私的基础上，询问本人那天是打电话给谁。"樱川回答，"如果此人不是凶手，应该会回答。另外，征求其同意做DNA鉴定。在被害人的衣物上已检出多处他人的DNA，因此可以进行比对。还有就是调查其定位信息记录。此人用了公共电话，但应该有智能手机，作案当天很可能就带在身上。"

听了组长的回答，管理官望向理事官和科长，两人默然点头。

"立刻去办。至于检方那边怎么应对，我来考虑。"

听了管理官的指示，樱川应了声"是"。

搜查一科科长欠身离座，理事官和管理官也紧随其后。目送三人走出会议室后，五代坐到折叠椅上，腋下都是汗。

"五代，你辛苦了。"樱川说，"事到如今，还是你去会会录像里的重要参考人。如果要带到警察局调查，不要带到辖区警察局，带到这里，在警视厅进行侦讯。你见过本人吗？"

"没有。我只见过照片，还是老早以前的。"

"知道住处吧？"

"知道，涉谷区松涛。"

"那是高级住宅区啊。尽量稳妥行事，不要惊动邻居。"

"明白。"

樱川深深叹了口气，走出会议室。

后面有人拍了拍他的肩膀，五代回过头。

"大事故啊。"说着，筒井耸了耸肩。

"这是我的疏忽。"

"是吗？"

"我在调查仓木时说漏了嘴。我说，东京遍地都是监控摄像头，一旦确定凶手使用过，警方会分析东京所有公共电话附近的监控录像。听了这番话，仓木意识到大事不妙，因为他知道真凶用过公共电话。仓木不得已才选择顶罪。我到现在还记得他坦白罪行时，突然就痛快地说出了一切。供称预付费手机也出于同样的理由，他铁了心要阻止警方的调查，除此以外别无办法。"回想着那天的事，五代又说了一句，"都是我的疏忽。"

"也不能这么说。别的犯罪也就罢了，这可是命案，能判死刑。通常情况下谁也想不到会有人替别人担这种重罪。"

"是啊。问题是，仓木何至于此？"五代望向液晶屏，回放录像，直到屏幕上显示出那个人的侧脸。

他看到此人的照片是在浅羽母女家，拍的是小学生时的模样。当时他没问名字，现在已经知道了。

少年名叫安西知希，据父亲安西弘毅说，在读初中二年级。

43

下到名古屋站台的瞬间，空气中的凉意让和真倍感舒适，因为他脸上热得发烫。搭新干线希望号过来的路上，他一直很紧张。不知道前方等待着两人的是什么，这让他生出不安和恐惧，但也怀着终于接近真相的期待与激情。白石美令坐在旁边，这同样令他周身沸腾，就在不久前他都无法想象能和她一起旅行。

"要换乘私营铁路了吧？"白石美令问。

"是的。我们要走去名古屋的名铁站口，很近。"

名古屋站面积很大，走在往来的汹涌人潮中，和真不时回头，怕美令跟丢了。

不久，他们抵达了名铁名古屋站的检票口。"我去买车票。"和真说，白石美令也跟着到了售票处。他买了两个人的车票，当然，白石美令问了票价。她说没道理让他付钱，这让和真无话可说，于是老实回答了，也就只能收下她给的车费。

两人穿过检票口，站在四号线的站台上，等待开往中部国际机场方向的特快列车。这趟车还有约半个小时经停常滑站。

两天前，在银座的咖啡馆里，白石美令拜托和真陪她去那张照片的拍摄地。听到原因后，和真很吃惊。她说，照片上老妇人的身份已经揭晓，那是白石健介的祖母。

"我调查了父亲和祖父的户籍信息。手续有点麻烦，但通过邮寄全部搞定了。从户口本上得知，我祖父是曾祖父再婚时带来的孩子。"

"啊，等等。你的祖父，就是健介先生的父亲吧？他是带来的孩子？"和真重复了一遍，脑海中梳理着她说的话。毕竟隔了几辈人，他有点反应不过来。

"曾祖父离过婚，我一直以为的曾祖母其实是他二婚的对象，祖父是他和前妻之间的孩子。"

"那前妻就是……"

"那张照片上的婆婆。她原籍常滑，离婚后很可能回了娘家。"白石美令告诉他，老妇人名叫新美英，"我不知道阿英婆婆有没有再婚，但祖父既然有了儿子——我父亲健介——想瞒着曾祖父他们让生母看看孙子，也不是什么稀罕事。那张照片应该就是祖父悄悄带父亲去常滑时拍的。"

往事久远，但和真也能真切还原。

"父亲学生时代的朋友告诉我，当时他频繁搭高速巴士去名古屋，替过世的祖父看望一个人，应该就是新美英婆婆。"

和真觉得白石美令的推测很合理。不，应该说，除此以外别无可能，所以就是这样。

"我现在要说的非常重要。大三秋天，他不再去爱知县了。

他对朋友解释说，已经不用再去了……"

"不用再去了……也就是说没有必要？比如他的祖母已经亡故。"

"有这种可能。我也想过调查新美英婆婆的户籍信息，但时间来不及了。我在意的是——"

"什么事？"

"父亲读大三是一九八四年。那一年的五月，旧案案发。"

和真背上蹿过一股寒意。"你的意思是说，白石健介律师和旧案有关？"

"我不知道。也许我完全猜错了，但不能不查清楚。所以我想拜托你，"白石美令凝视着他，眼中隐藏着某种决心，"带我去那张照片的拍摄地。"

意外接二连三，但他没有理由拒绝白石美令。两人当下调整了日程安排，决定在今天去常滑。

和真还记挂着达郎。堀部昨天去拘置所，一问起病情，达郎就不快地说："是医院的医生来联系吗？真是多管闲事。"可见他果然准备隐瞒到底。

堀部问他究竟什么打算，达郎回答："已经无所谓了。"

抗癌治疗很痛苦，坚持下去也没法根治，不能保证活多久。既然如此，不如按照自己的意愿愉快、舒适地度过余下的人生。就在他这样想时，不料走到了杀人这一步，一切都成了幻影。

"死刑无所谓，如果由此能得到解脱，死刑也无妨。请尽快了结吧，免得您也受罪。"达郎浅笑着说。

在电话里听到以上转述，和真确信父亲果然在说谎。达郎原本不是这种自暴自弃的性格。为什么要说谎——和真期盼通过这次常滑之行找到线索，解开谜团。

特快列车到站，和真和白石美令一起上了车，乘客不算多。

上次去常滑是什么时候呢？自从去了东京，他就一次也没去过了，高中时和女朋友大概就是最后一次。摆放着陶瓷器的小径，是不是还一如当时那般别具风情呢？

"能再给我看一下地址吗？"和真说。

白石美令从包里拿出手机，单手操作后亮到和真面前："请看。"画面上是老旧的户口本副件，户主名叫白石晋太郎，是她祖父。晋太郎亲生母亲新美英的原籍是爱知县知多郡鬼崎町。这个地名如今已不存在，被合并进常滑市。"我在网上调查过，这地方相当于常滑市蒲池町，但再详细的情况就不知道了。"

"已经查到这个程度，总会有办法的。我们到现场找找，也向附近的人打听打听。"

新美英的家是否还在，目前不得而知。但常滑是个古老的小城，人口流动缓慢，遇到认识新美英的人的概率应该不低。

列车抵达了常滑站，站外宽阔的环岛处出租车排着队。和名古屋、丰桥不同，可以直接看到远处的建筑。不远处停了辆白色商务车，旁边站着一个穿西装的中年男人。车身侧面是他们预定的租车行的名字。和真上前自报姓名。

"让您久等了。"男人说罢，打开侧滑门。

沿着有中央隔离带的主干道前进，放眼望去，路两旁没有一栋高大的建筑，连远处民宅的屋顶都看得很清楚。

他正想着这个停车场挺大，才发现原来是市政府。租车行就在附近，也意外低调。和真无法预料会开去什么地方，就租了辆小型 SUV。办完手续后，他向前台的男员工打听去蒲池町的路线。

"沿前面这条路往东开，在大府常滑线左转，然后一直向前。"工作人员说着笑了，"简单到不需要导航。"

和真很久没开车了，坐上车后，他系好安全带，谨慎地发动车辆。

"我完全不了解常滑，据说历史悠久。"白石美令望着外面的景色。

"这里的陶瓷器可以追溯到平安时代乃至更早，在全国各地的古迹中都有发现。"

"这样啊。"白石美令附和了一声，然后喃喃道，"那张照片……父亲小时候和成排的狸猫摆件拍的那张照片，会不会不是单纯的纪念照，也带有夸耀家乡的意味？就像在说：奶奶住在一个如此美丽的地方。"

"原来如此，的确有这种可能……不，我想一定是这样。"和真忽然想起一件事，把车停到路边，在手机上查看现在的位置，"我不是说过，猜得到那张照片的拍摄地吗？就在这附近。去蒲池町之前，要不要顺便看看？"

白石美令两眼发亮。"拜托了。"

"好啊。我多年没去了，也想去看看。"

和真开回常滑站附近停下，地图显示只需要步行几分钟。两人从主干道拐进岔道，稍走几步，就看到写着"陶瓷器散步道　行人入口"的招牌，另外还竖了一块告示牌，写着"前方车辆无法通行"。

"就是这里吗？"白石美令问。

"我想是的。"

上坡平缓，逐渐收窄，不小心开车误入可就糟了。看似民居的老房子引人注目，路边零星可见小巧的陶瓷器。

随后到了景点登登坡的入口。白石美令不觉惊叹："咦，这是什么？"坡道的一侧墙壁上，嵌满了有孔的圆形陶器。

"据说是常滑制烧酒瓶。"

再往前走，来到墙上嵌着无数陶管的坡道，名叫道坎坡。不消说，这些也是常滑烧。随处都是经营陶器的小店，大多是动物造型，以猫为主题的尤为显眼。

"应该就是在这条散步道的某个地方拍的。"和真说，"将近五十年前，风貌和如今有很大不同，但要说路边有成排常滑烧狸猫的地方，我只能想到这里。"

白石美令不胜感慨地环顾着四周。见她眼圈发红，和真移开了视线。她无疑回想起了父亲的少年时代。

散步路线的终点是巨大的登窑，听说是国内规模最大的窑场，十根高矮不同的烟囱整齐排列，景象颇为壮观。

"父亲为什么从没提过这个小城呢？这么美好的地方，哪怕带我来一次也好呀。"

和真心想，白石美令的疑问很简单，却不能轻率发表看法。因为接下来他们必须面对的，很可能正是这个问题的答案。

再次驶向蒲池町，距离只有四公里左右，不到十分钟就到了。

北上的单行道两侧民宅和商铺林立，多数卷帘门紧闭，没有营业的迹象。这是地方小城常见的光景，再开一会儿必定会有大型购物中心或超市。快到蒲池站时，和真踩下了刹车。他看到路右侧有个小型邮局。

"怎么了？"

"我们去那里问问。"

"邮局吗？"

"是的。我有个想法。"

路边有家看上去已经倒闭了好几年的商店，和真将车停在门前。

走进邮局，前台的中年女人热情向两人打招呼，另外还有个男人。里头的几名职员在各自的办公桌前忙碌。

"不好意思，有点事想请教。"和真向前台的女人说明了情况：来寻找五十年前住在这里的一户人家，但只知道旧地址，所以很为难。

里头一个上了年纪的男人起身走过来，似乎听到了对话。"是什么地址？"

白石美令展示了新美英的原籍。

男人戴上老花眼镜。"原来如此，这很早了，是合并前的地名。"然后向两人招手，"麻烦来这边。"于是和真和白石美令一起走到里头。男人说声"在这里稍等"就消失了。其他职员似乎对这对外地男女不感兴趣，看也不看他们一眼。

过了片刻，男人回来了，腋下夹着厚厚的档案，可以看到"昭和四十五年"的字样。男人在桌上打开，原来是很多旧地图的复印件，被装订成册。"鬼崎町……就是这一带吧。名字是什么？"

"新美英。"白石美令答道。

"嗯，有新美女士家。在渔港那边。"男人指着地图的某处，可以确认"新美"这两个字。和真两人同时在手机上定位。

"现在是什么情况？"

和真一问，男人歪头苦笑。"问邮递员就能知道，不过你们反正要去吧，何不亲眼看个明白呢？现在住了什么人，我们不能随便说。"男人的话很有道理，这完全是私人信息。对方出乎意料的热心让和真一时忘形了。

"是啊，多谢了。"和真道了谢，和白石美令离开邮局。

"有收获！"回到车上，和真说道。

"幸好和你一起来了，你真细心。"

"这不算什么，我们快走吧，天黑了就不好找了。"

几分钟就到了目的地。那里是住宅区，净是些有年头的民房，月租停车场很多，但都不能临时停车。和真只能将车停在路边，靠手机地图步行寻找。

在附近转了几圈，白石美令沮丧地说："好像就是这里。"她指的地方正是月租停车场。

"我们找邻居打听打听。这里有很多老房子，或许能找到认识新美英婆婆的人。"

两人挨家挨户询问，对方一开始都心存疑虑，但白石美令给他们看那张照片，解释说这少年是自己父亲，此次她来寻找合影的女人，于是他们都打消了戒心。有几个人知道姓新美的人家，但住的是什么人却说不出。问到第七户富冈家时，终于得到了回应。年过四十、主妇模样的女人说，听自家老爷子提过新美婆婆，老爷子应该是指女人的公公。

"能和他聊几句吗？"白石美令问。

"我想可以，不过他去参加渔协的集会了，很快就回来。你们等得及吗？"

"当然。那我们先回车里等，他回来了烦请打个电话。"

"没问题，不如在家里等吧，他就快回来了。"

白石美令望向和真，像在征询他的意见。

"那就恭敬不如从命吧，毕竟总不能在外面站着说。"

"啊，那就好。请，请。"女人招手说道。

两人被引到有神龛的和室。一个初中生模样的男孩从走廊探头张望，转眼又消失了。

女人给他们泡了茶，这让和真有点着慌。白石美令也很惶恐："不用这么客气。"

"你们是专程从东京过来的吧？泡个茶算不得什么。"女人皱起眉头，又像在沉思，"二十年前我嫁过来，当时那家的房子还在，但已经没人住了。不记得什么时候跟老爷子说起这件事，他说原先住着个姓新美的老人，好像还说她独自生活。"

和真和白石美令对视一眼，无声中达成一致：就是那张照片里的老妇人无疑。

哗啦一声，传来拉门被拉开的声音，隐约有说话声。

"啊，他回来了。"女人站起身，走出房间。

走廊传来叽叽咕咕的人声，不久，女人和老人一起出现了。老人皮肤晒得黝黑，体格很结实，既然去参加渔协的集会，想必曾是渔夫。

"打扰了。"白石美令端坐着打招呼，和真也低头行礼。

"怎么啦？听说你们来打听新美婆婆？"老人坐下说道，声音洪亮得令人吃惊。

"我父亲小时候可能见过她。"

白石美令在手机上调出那张照片给老人看。

"嗯？我看看……"老人拉开一旁餐边柜的抽屉，取出眼镜戴上，再接过手机。看着画面，他皱起眉头，但随即"啊——啊——"地感叹两声，点了点头。"对对，是新美婆婆……我记得她叫阿英。不过这是很久以前的照片了。"

"您跟她有过往来吗？"白石美令收回手机问道。

"不是我，是我妈跟她很熟。我妈是这一带少有的从女子中学毕业的人，有点知识分子的架子，新美婆婆在小学当老师，所以两个人很谈得来，会聊聊书什么的。"

"新美英婆婆是怎样的人呢？"

老人侧头思忖片刻，开口道："怎样的人啊……我跟她没打过多少交道，不过她应该亲切和善吧。刚才也说了，我妈心气高，动不动就瞧不起人，但我没听她说过新美婆婆的坏话。"

"这样啊。"白石美令附和着，露出欣慰的表情。这是她的曾祖母，听到别人夸奖，自然还是高兴的。"新美英婆婆没有家人吗？"

"过去应该有过，但就我的印象，她一直独自生活……"老人皱起眉头，伸手抓了抓眉间，似乎在回想什么，"据说她结过一次婚，儿子有时会来看她。儿子考上了东京的好大学，我妈也说，果然基因就是不一样……不，不对。这样一来岁数对不上。

那时新美婆婆已经是老婆婆了，儿子不可能是大学生。"老人手抵着额头，陷入沉思。

"那个，"白石美令说，"会不会那个人是她孙子呢？"

"啊！"老人张大了嘴，"没错，没错。我记混了，是孙子。我妈是这么说的，她儿子已经过世。新美婆婆哀叹说为了照顾前夫的感受，没能去参加葬礼，不过之后孙子会一个人来看她。我妈说，孙子来看过她好几次。"

"关于这个人，您还记得什么别的事吗？"

"她的孙子吗？不，我不认识，都是听说的。新美婆婆不知什么时候也不见了。"

"搬家了吗？"

"好像是。听说遇到了不幸。"老人皱起花白的眉毛。

"不幸？"

"新美婆婆的父母身家丰厚，所以她原本颇有些财产。但一个女人独自生活，总会感觉不安。该说资产运用还是投资呢，用现在的话说就是理财吧，总之她好像参与了这种东西。没想到中介竟然是个骗子，害得她损失惨重。而且那家伙被杀了，就算想拿回那笔钱，也无计可施。"

和真在旁听到这里，不由得悚然一惊。"是冈崎市发生的案件吗？"

听了和真的话，老人意外地瞪大了密布皱纹的双眼。"对对，你年纪轻轻，知道得倒不少嘛。就是那个案子。案件刚发生时，我妈大呼小叫，说一个很照顾新美婆婆的人被杀了。过了一阵子，才知道新美婆婆其实被那家伙骗了，再次大吃一惊。"

和真不禁愕然。白石健介的祖母原来是"东冈崎站前金融从业者被害案"里被杀男子的诈骗对象。

白石美令的身体僵硬得仿佛冻结了一般，从旁边都看得出她的表情凝固了。

"咦，怎么了？我说了什么奇怪的话吗？"老人纳闷地来回看着两人。

"没有，没什么。"见白石美令答不上来，和真说道，"其他还记得什么吗？比如新美婆婆后来搬去了哪里？"

老人摇了摇头。"不，我已经很久没想起新美婆婆，也没提起过她了。这一带恐怕已经没人知道她的事了。"

"这样啊。今天多谢了。"

"能帮到你们吗？"

"是的，很有帮助。"

再次道谢后，和真看向白石美令。她神情恍惚，突然回神般微微低头致谢。

告别了富冈家，回到车上后，两人一直默默无言。和真发动汽车，然后开口道："在这地方还有其他事想调查吗？"

白石美令摇了摇头。"我不知道……"她声音细微，"仓木先生，你觉得该怎么办？"

"我也想不好。总之先报告五代刑警，你看如何？"

白石美令叹了口气。"再往后就不是我们能掌控的了……"

"我也这么想。那就回东京吧。"

"好。"白石美令的声音很虚弱。

乘名铁回到名古屋站的路上，两人几乎没说话。换乘新干线希望号，并排坐下后，同样保持着沉默。白石美令的脑海里在想什么，和真无从得知。今天了解到的情况该怎样解释，由此该如何推理，他也毫无头绪、一筹莫展。

三十多年前发生的"东冈崎站前金融从业者被害案"——达郎坦白自己是凶手的案件，与白石健介也有关。这个事实该怎么理解呢？

他的脑海中模糊地浮现出想法。可那想象太沉重也太残酷，无论如何，他对白石美令说不出口。

然而她是不是也一样呢？

身边的美丽女性，会不会也在心里想象同样的故事？

不祥的、绝望的、无可挽回的故事。

就在和真偷偷去瞄她的侧脸时，左手指尖碰到了她的手。他立刻移开少许，一颗心怦怦直跳。

随后又碰到了手指，但和真一动也没动过。他意识到，是白石美令将手靠了过来。

他犹豫着覆上她的指尖。她没有拒绝。

他没有转头，握住了她的手。她也回握。

如果两人就这样消失在某处，该有多好。和真想。

44

正如樱川所说，涉谷区松涛高级住宅林立。每栋房子的外观设计都颇具个性，仿佛在和邻居们较量审美品位。

安西弘毅的住宅是西式风格，没有院门，取而代之的是从路口到正门的通道两侧，各设置了一个停车位。现在只有左侧的车位停着一辆进口汽车，右侧应该是供客人停车用的。

五代看了一眼手表，确认时间，现在是下午一点整。今天是星期六，负责监视的侦查员确认，安西家从早上开始一直无人外出。

五代抬头望着安西家，用手机打过去。他已经录入了电话号码。

接通了。"喂？"传来一个沉稳的男声。

"是安西先生吧？"

"是的。您是……"

"抱歉在休息日打扰您。我是警视厅搜查一科的五代，上次在门前仲町跟您见过。"

"啊，"安西似乎想起来了，"有什么事吗？"

"我现在就在您家门口，有事想询问知希。"

"咦，问知希？"安西显得十分意外。这也难怪。

"是的，现在可以拜访吗？"

"要问知希什么呢？"

"那要等见了他本人后再说。"

安西似乎屏住了呼吸。短暂的沉默中，五代也调整了呼吸。

"能稍等一下吗？"

"好的。我们就在这里等候。"

安西一言不发就挂断了电话，显然已经无心客套。

五代望着二楼的窗户，窗帘后方似乎有人影在走动。

"会不会让他跑了？"身后的年轻刑警问道。

"那应该不会。"五代当即否定，"只是做父亲的完全不了解情况，感到惶惑不安而已，不会有让他跑路的想法。"

年轻刑警认同地点头。包括负责开车的刑警在内，他们一共只来了三个人。如果有后门，那里也应安排监视，但已经确认过没有。中町所在的辖区警察局没有派人，因为樱川交代过先在警视厅初步侦讯，再将新的怀疑对象移交辖区警察局。

手机响起来电铃声，液晶屏幕显示出安西弘毅的名字。

"您好，我是五代。"

"我是安西，让您久等了。知希在家，但现在的状态不太适合见面，如果能改到明天或后天就太感谢了。"他似乎努力想保持镇定，但声音还是微微颤抖，或许是听说警察来了，知希惊慌失措。

"是吗？不过实在抱歉，我们有急事，无论如何必须在今天询问本人。能不能由我一个人跟令郎面谈呢？"

"可是……不能至少等到晚上吗？"

"这有点不好办，视情况可能要去本部。令郎未成年，我想时间尽量早些，彼此都放心。"

"本部是指警视厅本部吗？"

"我说视情况，不是一定会去。"五代隐瞒了本意，用温和的语调说出完全相反的话。

"那能不能给我一个小时……不，半个小时就可以，我想先问问儿子。"

"您要问他什么，怎么问呢？"

"这个……"安西语塞了。

"我会尽量简短地问话，不会做父母不能接受的事情。希望您能理解。"

安西沉默了。五代仿佛看到他苦恼的表情。

"我儿子和那起案件有关吗？"

"不知道，不过出现了这种可能性。我们正是为此前来拜访。"

他听到安西长长地吐出一口气。"我可以在场吗？"

这个要求在预料之中，樱川已经指示过他如何回应。"可以。"

安西再次一言不发就挂断了电话。

五代凝神注视着大门。门开了，身穿深蓝色毛衣的安西弘毅出现在眼前。

五代让年轻刑警原地待命，走到大门前，向安西行了个礼。

"不好意思，提出这种不情之请。"

"知希做了什么？"安西问，已经流露出些许焦躁。

"我们此行就是来确认的。您跟令郎说了什么吗？"

"没有。我只说，警察来了。"

"令郎什么反应？"

安西无力地摇了摇头。"他没说什么，支支吾吾的，但他都知道。"

"知道什么？"

"他应该心里有数。那孩子越是内心不安，越不外露。"

听了安西的话，五代有两个感想：一，此人冷静理智；二，作为父亲，在子女教育上不算成功。

"请进。"安西抬手邀他进门。

内侧是宽敞的门厅。"打扰了。"五代说着脱了鞋，"您太太和其他孩子呢？"

据负责监视的刑警说，所有人都在家里。

"他们在二楼。不好意思，恕我不泡茶了。"

"没关系。知希和他们在一起吗？"

"没有，他在自己的房间。"

五代抬头望向一旁的楼梯。"一个人？"

"是的。"

"那请立刻带他过来，我有些担心。"十来岁的孩子容易多想，万一这段时间里割腕自杀就麻烦了。

安西表情一僵，上楼离去。

不过看来是他多虑了，很快安西就带着少年下来了。

"这边请。"安西带着少年往里走，五代跟在两人后面。

在设计了大窗户、采光充足的客厅里，五代和安西知希在大理石茶几前相对而坐。安西弘毅也在一旁坐下。

知希是个瘦削的少年，下巴和脖颈都很纤细，显得仍有几分稚气。他低着头不看五代。

"你有手机吗？"五代问。

知希面无表情地沉默着，过了一会儿，微微点了点头。

"希望你能出声回答。"

"好好回答！"

安西焦躁地说，五代伸出左手制止他，然后又问了一遍："你有手机吗？"

"有。"知希回答，声音高而尖，有些嘶哑。

五代打开带来的公事包，取出一张 A4 纸，是打印的监控录像画面。他把这张纸放在知希面前。"这是你吗？"

安西探过头仔细端详，知希则只是瞥了一眼。但五代确定，他一瞬间屏住了呼吸。"怎么样？是你吗？"

"我想……是的。"

"你想？这种说法很奇怪。辨认是不是你自己，应该可以回答得更清楚吧？"

旁边的安西似乎想说什么，但这次忍住了。

"……是的。"知希喃喃道。

"啊？不好意思，再说大声点。"

知希深吸了一口气，然后回答："是我。"

"谢谢。"五代说，"刚才你说有手机，为什么这时用公共电话呢？刚好这天忘带手机了吗？但又带了电话卡，一直放在钱包里吗？"

知希没有回答，依旧垂着头。

"那么，你是给谁打电话？朋友？熟人？我们立刻就能确认，最好不要说谎。"

知希仍然沉默不语，但他的反应在五代预料之中。

"只要你说出是打电话给谁，叔叔就会离开，不会再问更多。我保证。所以你能告诉我吗？"

知希的身体在不易察觉地晃动。是内心犹豫的流露，还是出于生理上的恐惧而颤抖，只从外表无法判断。

"知希，"安西小声说，"回答他。"他的声音听来就像痛苦的呻吟。

"为什么……"知希终于出声，"要问我？"

"啊？为什么？"五代反问。

"打电话给谁，你不是知道了吗？"知希低着头说。

五代重新坐好，挺直腰杆。接下来就是临门一脚了。"我希望听你亲口说出来。"

知希抬起头，第一次直视五代。他的表情让五代吃了一惊。少年的嘴角带着冷笑。"我打给白石先生。这样说够了吗？"

五代深深吐气的同时，安西也脱口问道："当真？"

"如果知道白石先生的名字，能不能告诉我？"五代说。

"知道，是白石健介先生。"知希一脸轻松地答道。

五代从包里拿出笔记本和圆珠笔，放在知希面前。"可以写在这里吗？连同你的名字和今天的日期。"

知希拿起圆珠笔，在笔记本上写起来。写下了"白石健介先生"后，他略微想了想，又加上了什么。五代凑近一看，顿时瞪大了双眼。

白石健介先生是我杀的——少年如是写道。

45

门铃响起的瞬间，美令心头掠过不祥的预感。来访者会不会带来噩耗呢？绫子在用对讲机接听。要是快递该多好，美令想。

上楼的脚步声由远及近，她确信自己的直觉是对的。

敲门声响起。"请进。"美令应道。

门开了，走廊上映出绫子的影子，房间里没开灯。

"美令，你醒了吗？"

"嗯。"她在被子里回答，"谁来了？"

"是警察，最开始来的那个姓五代的刑警。"

美令吐出一口气。果然是这样。但来的是五代，又让她有那么一丝得救的感觉。

"他好像有什么重要的事说，希望你也一起。"

"好的。"说着，美令坐了起来，"现在几点了？"

"六点多。"

"这样啊。"窗外天色已暗。明明没睡多久，时间却过得意外的快。"等我一下，我稍微化个妆。"从早上到现在，她什么也没吃，一直窝在房间里，脸色一定很憔悴。

绫子打开房间的灯。"美令，你没事吧？"

"怎么了？"

"还问怎么了……你从昨天就一直说身体不舒服，到底怎么回事？上周五公司出什么事了吗？"

上周五是两天前。她没跟绫子说同仓木和真去常滑的事。"五代先生不是在等吗？要给他泡个茶吧？"

绫子带着无法释然的表情转过身，正要迈步离开时，美令叫了声"妈妈"，向回过头的绫子说："你做好心理准备吧。"

绫子讶异地皱起眉头。"什么意思？"

"五代先生一定不是来说什么好消息。"

"我知道。你爸爸都被杀了，哪里还有什么好消息。"

"比这还要糟糕，糟糕到超乎想象，让人天旋地转的地步。"

绫子的表情僵住了。美令见状，心中不禁抱歉。她并不想这么说，但妈妈迟早都得知道。

"美令，你是知道什么吗？告诉我。"

"我不说，五代先生也会告诉我们的。"美令下了床，站到窗前。拉开蕾丝窗帘，玻璃窗上映出她暗沉的脸色。

绫子一言不发地离开了，下楼的脚步声听起来也很阴郁。

美令坐在小桌子前，把摆在桌上的化妆包拿过来。蓦地，她想起了仓木和真。他现在在做什么呢？他在想什么，明天打算做什么？在常滑发生的种种又上心头。去那里是错误的决定吗？是知道了不该知道的事吗？她不愿去想，却又忍不住要想。

拼命想阻止不祥的故事逐渐成形，却事与愿违，反而更加清晰。

希望是自己多虑了。希望是什么地方弄错了。希望五代来是为了完全无关的事。

然而，这种希望很渺茫吧——对着镜子涂抹口红时，她觉得自己必须同样做好心理准备。

来到客厅，坐在沙发上的五代起身向她打招呼。他穿着西装，打了领带，装束和上次见面时相同，却显得格外正式，或许是因为他的表情凝重。等美令落座后，五代也坐了下来。

"喝红茶吗？"绫子问。

"不用。"美令平静地说，然后看向五代，"可以谈正事了吗？"

"可以了。"五代将双手放在膝头。

"首先必须声明的是，我今天在这里说的一切，是不被正式承认的。我们内部有意见认为，目前不宜向遗属公开，但考虑到今后的情况，我认为将现阶段已查明的事实尽早告知，对两位有利。我是基于这一判断前来拜访的。因此，我现在要说的事是非正式的，希望两位不要外传，可以保证吗？"

美令望向绫子。两人互相点了点头，向五代说："我们保证。"

"谢谢。"五代低下头。

"我先从结论说起。关于白石健介律师被害一案，出现了新的嫌疑人。现在被拘留的被告仓木作案的可能性变得微乎其微，将在近期撤销起诉，予以释放。"

"怎么会？"绫子脱口道，"这是怎么回事？"

"就如我刚才说的，疑似真凶的人供述很合理，也已经取得了若干证据。其发言远比被告仓木有说服力，应该是实情。"

"到底是谁？"绫子语气严厉。

"很抱歉，现在还不能公开。"

"请告诉我，我不会透露给任何人。"

"对不起，等可以说的时候，我一定会说。"

"这种事……我无法理解。"

"妈妈，"美令说，"你安静一下。"

绫子吃惊地瞪大了双眼。

美令转向五代。"您今天来，就是为了说这件事吗？还有其他事要跟我们说吧？"

五代用认真的目光看着她。"没错，还有其他事。"

"我想也是。甚至可以说，那件事更重要，比真凶是谁还重要。"尽管内心不安，不知为何她却表达得很流畅。

"美令，你在说什么？"

"动机是什么？"美令没有理会绫子的发问，问五代道，"凶手杀害爸爸的理由，怎么说？"

五代向美令投来窥探的视线。"您是知道了什么吧？"

"我知道爸爸的过去。三十多年前爱知县的那起案件，与爸爸有关。是这样吧？"

旁边的绫子仿佛全身僵硬。

"您怎么知道？"五代问。

"说来话长。实际上前几天，我去了爱知县常滑市。"

"常滑？"五代讶然地皱起眉头，似乎没有听说过。

"那是我曾祖母生活的地方，我在那里听说了很多。我只知道爸爸与旧案有关，不知道他具体做了什么。但我想象过。我衷心希望是我猜错了，可事实究竟是怎样呢？五代先生，您今天带来的就是答案，对吧？"

五代凝视着美令的脸，然后点了点头。"是的。"

"请告诉我。我已经做好了心理准备。"

五代点了点头，挺起胸膛调整了一下呼吸。"我先回答您刚才的问题。真凶供认的动机是复仇。他说，因为白石律师的缘故，包括他在内的家人遭遇不幸，所以为了报仇而杀害了他。"

"为什么他说因为爸爸而遭遇不幸？"美令已经知道答案，但还是要确认。

"您刚才提到的那起三十多年前的案件——'东冈崎站前金融从业者被害案'，当时有一个男人作为凶手被逮捕。他坚称自己是冤枉的，在警察局的留置室内自杀身亡。我想您应该知道，被告仓木供称自己是那起案件的凶手。但是，据这次新出现的、被视为杀害白石律师真凶的人说，那也是被告仓木的谎言。旧案的凶手是白石律师，此人知道了这件事，所以要报仇。"

五代一口气说出的话，每个字都像石头滚进沼泽地，不断沉进美令的内心深处。每一次她都感到失去了什么，不可思议的是，却不觉得痛苦。

终于抵达真相，再也不会迷路了。再也不用去向何处，再也不必寻找什么。从绝望中生出愉悦，一种奇妙的成就感。

46

等获释的仓木达郎出了拘置所，五代要求他到警视厅配合调查。仓木没有拒绝，表情沉稳地坐上了警方预备的车辆。他的随身行李只有一个小旅行包。

他已经不再是被告，也不再是嫌疑人。替凶手顶罪相当于包庇，但是否批捕尚未可知。因此，没有让仓木坐在后座两名刑警的中间，只有五代坐在他旁边。

"给您添麻烦了。"车子开出后不久，仓木开口道歉。

"现在可以说出真相了吧？"五代说。

仓木叹了口气，望向窗外。"唉，也没办法了。"

这几个月，他看上去瘦了很多，但气色还好。他带着认命的神情凝视远方，侧脸显出看破一切的通透。

车到了警视厅本部，定在这里进行侦讯。樱川说要亲自问话，但五代获准在场。

"那么，从哪里说起呢？"在房间里面对面坐下后，樱川问。

仓木侧头苦笑。"从哪里说起都可以。"

"五代,"樱川转向他,"你想从哪里问起?"

"当然是从旧案开始。"五代不假思索地答道。

樱川看着仓木。"如何?"

仓木沉默地闭上眼,旋即睁开。"果然。不过,这是个很长的故事。"

"没关系。我很期待这一刻,不管有多长都会耐心倾听。五代,你也这么想吧?"

"拜托了。"五代低头说道。

"好。"说完,仓木开始讲述。

一九八四年五月。

仓木刚满三十三岁,每天都很快乐。三个月前,长子和真出生了。他和妻子千里结婚两年,这是他们期待已久的孩子。千里比仓木大一岁,就在她开始因年龄感到焦虑时,终于怀孕了。

仓木上班的零部件工厂是某大型汽车制造商的子公司,职工上千人,大部分是机械工,仓木也在操作车床和切削机的部门。汽车产业蒸蒸日上,工厂的工作很忙。一个月只能双休一两次,加班也多。不过加班费相应增加,对家里添了新成员的仓木来说,还是很乐意的。

仓木平时开车去工厂。他开的是母公司销售的轿车,虽然是二手车,开起来感觉还不错,只是因为不常洗车,白色的车身上总有几道污痕。

那天早晨,仓木一如往常地在和真和千里的目送下,开车出门上班。他住公寓，但最近在考虑买房。从进公司起他一直缴存住房储蓄金，已经积累了一定数额。

双向两车道有些拥堵，前方是一条坡道，等开上去应该就能看到堵车的队伍了。十字路口的红灯时间很长。

左侧路边上有个骑自行车前进的男人，黑色西装的下摆随风飘扬。骑车上坡可真辛苦，仓木心里想着，开车超过了他。斜眼看时，男人不悦地皱起了眉头。

上了坡，果然看到了堵车的长龙。仓木稍一犹豫，决定走岔路。下坡后有一条往左的小路，绕了远，从时间上来说却可以更早到工厂。

就在下坡处向左并线的瞬间，仓木的余光瞥到了什么。随后车旁有什么倒下了。他发现是一个人，看来是碰到了，于是慌忙把车停到路边，从驾驶座冲出来。

倒地的是刚才骑自行车的男人，表情扭曲，按着腰部。

"没事吧？"仓木问，"有没有受伤……"

男人蹲在地上，撇着嘴说了句什么。仓木没听清，于是凑近问道："您说什么？"

男人嘀咕了一声"很痛"。

"啊……对不起。"

仓木道歉后，男人伸出空着的右手。"名片。"

"什么？"

"名片啊。上班的话你有名片吧？还有驾照。"男人催促似的扬了扬手，"快点。"

仓木从钱包里拿出名片和驾照给男人看。男人比对过后，从内侧口袋里掏出圆珠笔。

"在名片背面写下家庭住址和电话号码。"

"我的吗？"

"是啊，那还用问。"男人没好气地说。

仓木依言在名片背面写下住址和号码，然后递给男人。男人一把抢过来，立刻仔细查看。"是普通公寓，还是高级公寓？"

他这样问，应该是因为住址里有房号。"是普通公寓。"仓木答道。男人顿时露出失望的表情：原来是个穷鬼。

"我这就打电话报警，然后叫救护车。"

男人绷着脸，微微动了动下巴，像是点头。

几十米外有公共电话亭，仓木拨打了一一九和一一〇。或许是惊慌失措的缘故，他花了些时间才把情况说清楚，随后又打电话到公司，告知女事务员今天身体不适要请假，对方似乎并未起疑。

打完电话回到现场，只见男人盘腿坐在地上抽烟，原本固定在自行车后座上的公文包放在一旁。

"真是对不起。"仓木再次道歉。

男人沉默地伸手从包里拿出一样东西，是名片。仓木接过来一看，上面印着"绿色商店 社长 灰谷昭造"。

"真是服了。"灰谷自言自语般地嘟囔着，"今天有很多地方要跑，偏偏碰上这种事。"

"实在抱歉。"仓木低下头。

"给我名片上的号码打个电话，应该有个小年轻接，跟他说我出了车祸，上午的日程全取消。"

"好的。"仓木拿着名片转身。

他跑到公共电话亭，拨打了名片上的号码。只听电话那头传来声音："这里是绿色商店。"果然是个年轻男人。

仓木将灰谷的话转告他，他显得很吃惊，问道："出了车祸？什么程度？受了重伤吗？"

"没有，可以正常说话，还在抽烟，我想问题不大。"仓木回答。

"啊，这样吗？"对方的语气有些失望。仓木摸不清是怎么回事就挂了。走出公共电话亭时，他听到了救护车的警笛声。

发现灰谷似乎只受了轻伤，急救人员与其说是松了口气，更像是"这点伤也叫救护车"的不耐烦。但两人还是把灰谷抬上救护车，再次拉着警笛开走了。自行车的钥匙交给仓木保管，约好随后将自行车送到灰谷的公司。

很快警车也来了，开始勘查现场。

面对询问事故经过的交通科警察，仓木尽可能详细说明。所谓"尽可能"，就是尽他自己的理解，实际上他也不太清楚是怎么回事。

现场勘查由三名交警负责，他们仔细察看了路面、仓木的汽车和留在现场的自行车，所有人都面露困惑，频频侧头沉思。最后交警只留下一句"以后再联系"，一切就结束了。仓木本以为会被带到警察局，看来并非如此。

他开车回到公寓，向惊讶的千里坦承出了交通事故。千里一听就脸色苍白，表情僵硬。"那……往后会怎样？"

"不知道。要看对方的伤势，我觉得伤得不重。"

"报告公司了吗？"

"没有，没报告。我想尽量瞒下来。"

"是啊。"

母公司是汽车制造商，对职员违反交规、发生车祸很敏感，一旦报告，必定会传到人事部，影响今后的业绩评定。有时还会在公告栏贴出事故内容，当事人名字用的是缩写，但一看就知道是谁。

仓木将车停在停车场，叫了辆出租车，返回事故现场取灰谷的自行车。他蹬着自行车前往名片上的地址，是车站前一栋大楼的某户。途中看到和式点心店，就顺路买了盒什锦糯米馅饼。

大楼比想象中还要老旧，外墙已有多处剥落了。"绿色商店"位于二楼，仓木将自行车停在人行道旁，走上楼梯。生锈的门上贴着名牌。他按了一下门铃，室内响起铃声。

门开了，露出一个年轻男人的脸。他穿着衬衫搭牛仔裤，很随便的打扮。

仓木报上姓名，解释说自己就是肇事者。

"啊……刚才灰谷打过电话，我想他很快就来。"

"那我可以在这里等他吗？"

"唔……"年轻人歪着头，"应该可以吧。"他似乎想说自己说了也不算。

"打扰了。"仓木踏进室内。房间十几叠①大小，中间摆了一张很大的桌子，上面凌乱地堆着盒子、资料、瓶子和不知做什么用的器具，周围的架子上也堆满了资料和杂物。仓木找了张

---

① 日本计量房屋面积的单位，1 叠约为 1.62 平方米。

折叠椅坐下来，年轻人在靠窗的桌前看起了漫画杂志。桌上有电话和传真机。

"灰谷先生怎么样，他的伤势如何？"仓木问。

年轻人看着漫画杂志，头也不抬，只冷淡地回了声"不清楚"。

仓木再次环顾室内，完全看不出这家公司是做什么的。难道职员只有这个年轻人？打扮也不像。

桌上的电话响了，年轻人拿起话筒。"这里是绿色商店……不好意思，灰谷现在外出了……您是田中先生吧？一直承蒙您的关照……那件事稍后灰谷会联系您……好的，我会转告他。今后也请多关照。再见。"年轻人接听时一只手不离漫画杂志，依旧是一副散漫模样，措辞还算礼貌，语气却像照本宣科一般毫无诚意。放下话筒，年轻人又埋头看起了漫画。

咔嚓一声，大门开了。看到灰谷出现，仓木站起身来。

"是你啊。"灰谷皱起眉头，走了进来，一路拖着右脚，"啊，好痛，好痛。真是倒了大霉。"

"对不起。"仓木鞠躬道歉，"伤势怎么样了？"

"怎么样，看不就知道了？没法正常走路，要三个月才能痊愈，三个月。医生叫我静养，你说到底怎么办？"

"骨头没事吧？"

"可不是没骨折就万事大吉啊，现在已经够麻烦了。"

"啊，对不起。"

灰谷拖着脚走到年轻人跟前，问道："有人打电话过来吗？"

"刚才有个姓田中的打来，听声音是个老头子。"

"那个老爷子啊，我知道了。你今天可以回去了。"

"哦，好。"年轻人立刻起身，拿着漫画杂志从仓木身边走过，径直离开了。

灰谷坐到年轻人的椅子上，扯过电话，从公事包里取出记事本翻开，然后拿起话筒。"喂，田中先生吗？我是灰谷。听说您打了电话过来，真是抱歉。"灰谷声音热情亲切，与此前判若两人，"啊……是的，我想也是为了那件事。其实我刚和对方谈过……是的，价格就如预期那样顺利上涨……是的，当然……嗯，所以我前几天也说过，这是不能提前解约的产品，还是烦请稍等吧，对您也更有利……是这么回事。那我就这样处理了。感谢您特地联系，今后也请多关照。好的，再见。"

放下话筒后，灰谷一脸愁容地在记事本上写下了什么。他叹了口气，揉了揉后颈，然后转向仓木。

"好了，现在怎么办？"他恢复了之前冷淡的语气。

"诊断书怎么说？"

"诊断书？啊，上面写了很多难懂的话。哎，哪里去了？"灰谷在上衣口袋、公文包里翻找着，最后大声咂了一下嘴，"见鬼，找不到了。算了，你先把今天的治疗费结了。"

"噢，好。这是应该的。"仓木心里疑惑重要的诊断书怎么会丢失，一边拿出钱包，"有发票吗？"

"发票和诊断书都不知道哪里去了。我会找的，你先出治疗费，给我三万。"

"……三万？"怎么会这么贵？仓木很想问。

"你买了车险吧？反正钱都会回来的，有什么关系。"

"我可能不走保险。"

"是吗？但那是你的问题。如果不付治疗费，我可难办啊，没听说撞了人还舍不得掏钱的。"

"不，我不是这个意思，只是现在手头钱不够。"

灰谷皱起眉头。"你带了多少？"

仓木打开钱包，里面有两万几千日元。他没有随身携带大量现金的习惯，银行卡在千里手上。

灰谷很不痛快地说："那就两万好了。"

仓木递出两张一万日元的钞票，灰谷一把抢过来，直接塞进内侧口袋。

"那个……"

"怎么了？"

"不够的部分我下次再付，这两万元能不能给我写张收据？"

灰谷瞪大了眼睛。"我还会骗你不成？"

"那不至于，不过我觉得还是正式些好。"

"不用担心，我不会不认账的。这且不说，更要紧的是今后的事。我要到处拜访客户，现在走路不方便，没法工作了。这你想怎么办？"

"……对不起。"仓木只能继续低头致歉。

"首先是从家到这里。暂时骑不了自行车了，总得想个办法。"灰谷说，他家离这里约三公里，"我是想搭出租车，但不是随叫随到，空车也少。嗯，怎么办呢？"说着，灰谷从钱包里拿出一张名片，那是仓木的名片。盯着名片背面的家庭住址，灰谷开口道："你早上几点上班？"

"九点。"

"是吗？那正好。你早上七点半到我家来，开车把我送到这家事务所，然后再去公司，来得及。"他把仓木的名片丢到桌上，自说自话定下了，"就这么办，这样就行。"

"……每天早上？"

"对。你没空也可以找其他人。"

仓木迅速过了一遍，没有其他人可以帮忙。早上七点从家里出发应该还能做到。"好，从明天开始？"

"那是从家到这里。"灰谷在旁边的便签上写了什么，递给仓木。上面的地址和号码看来是灰谷家的。"从这里回家从今天开始。晚上六点你过来。"

"等等。今晚我请了假，所以可以过来，但平常一般都要加班。能不能八点？"

"八点？那么晚，我在这里干吗？"

"至少七点吧，拜托了。"仓木深深鞠躬。

灰谷重重地叹了口气。"没办法。那就七点好了，别迟到。"

"好，我尽量。"

灰谷靠到椅子上，抱起胳膊抬头看仓木。"先就这样吧，赔偿以后再说。我还会去医院，治疗费到时再找你要，你要在钱包里备足现钞。"

乌云在仓木心头弥漫开来。听任摆布只会被这个男人随心勒索，然而眼下没有与其抗争的武器。仓木想起了自己带来的纸袋，里面是什锦糯米馅饼。"那个，不嫌弃的话请收下……"他诚惶诚恐地递上。

"甜食吗？我不吃，不过算了，搁着吧。下次带酒来，威士忌之类的。"

　　意思是今晚就要我拿来吗？仓木正寻思着，门铃响了。

　　"这时候会是谁？你去开门看看。"

　　仓木依言打开门，外面站着一个穿夹克衫的年轻男人，看上去还是学生模样。他看到仓木，点头致意，问道："灰谷先生在吗？"

　　"我就是，您哪位？"从仓木背后传来灰谷的声音。

　　"啊，那个……敝姓白石，是新美英的孙子。"

　　"新美英？哦，那位婆婆啊。她还好吗？最近有些日子没见了。"灰谷对年轻人还算客气。

　　"挺有精神，不过她有事想商量，但腿脚不便，也不是很懂复杂的东西。"

　　"怎么，我不记得有什么很费解的事情。"灰谷依旧温和，与跟仓木说话时大不相同。

　　姓白石的青年走了进来。"我听奶奶说，她受您推荐开始投资了。"

　　"哦，这件事啊。说是推荐，其实是提供建议，我介绍说现在有很多投资项目。怎么？"

　　"奶奶说不是建议，而是一口咬定银行存定期不行。"

　　"那要看听的人怎么理解了。聊天时，那位婆婆似乎很担忧晚年生活，我就告诉她资产增值有很多方法。"

　　青年看起来并不认同。"奶奶说，她只表示会考虑看看，您却接连不断地带陌生人过来，让她签下各种合同。"

　　"我都说了只是理解不同而已。说我逼她签合同，这话就太过分了，我完全是好心帮忙。"

青年似乎急躁起来，面带怒色，摇了摇头。"算了。总之，奶奶要全部解约。"

"解约？"灰谷皱起眉头，"为什么？"

"她想收回资金。我把权利凭证都带过来了。"青年打开抱着的包，从里面拿出一个大信封，"高尔夫预会员证，娱乐设施会员证，度假酒店会员卡，总额是两千八百万日元。"

金额之巨大令仓木瞠目结舌。

"解约请联系各家公司，她有负责人的名片。"

"当然打过电话，但个个都说不能立刻解约。"

"那就没办法了，等到可以解约的时候吧。"

"奶奶说，您跟她说过随时可以解约。"

"我没说过那种话，只介绍各家公司的负责人给她。"

"您不是跟奶奶说过，有什么困难尽管说吗？"

"我说过。有什么困难？"

"她想全部解约，请帮她收回资金。"

"所以说啊，"灰谷一拍桌子，"小哥，你懂不懂？那是各家公司和你奶奶之间的问题，跟我没关系。我只介绍，对合同内容有意见麻烦直接找对方。好了，我很忙，你也该回去了。请吧请吧。"

"可是——"

"都说了该回去了！"灰谷作势要站起来，却又皱起眉头，"啊，好痛。"他转向仓木，"傻愣着看什么，把他赶出去。"

为什么叫我？仓木很困惑，但碍于情势没办法拒绝。不得已，

366

他挡到青年面前。"请回去吧。"

青年懊恼地咬着嘴唇，瞪了仓木一眼，然后转身离开了。

看着大门关上，仓木转过身，正好和灰谷四目相对。

"你那是什么表情？"灰谷撇着嘴说，"有什么不满吗？"

"不，没什么……"仓木移开了视线。

"真不爽。今天我要早点回家。五点钟，五点钟来这里接我。"

"好，那我告辞了。"仓木没有看灰谷，行了个礼就开门离去。

回家跟千里说了情况，她不安地皱紧了眉头。"那个人怎么回事？总觉得有些可疑。"

"业务怪怪的，人很奸诈，不出示诊断书也很反常。偏偏跟这种麻烦的家伙扯上了关系。"仓木轻抚已安然入睡的和真的脸颊，没想到原本平静幸福的日子，陡然间乌云密布。

"还是别联系保险公司了吧？"

"嗯，是啊。"

仓木打算尽量不走车险。他的保险是公司介绍的，属于关联企业，保费有优惠。一旦出险，事故必然会传到母公司乃至仓木供职的公司。为了避免这种情况，轻伤不出险成了员工们的共识。

"可如果索要的数额太大，就不能不出险了吧？"

"是啊，不过看样子伤得不重，应该用不了太多钱。"

讨论到最后，他们决定还是先等警方的消息。

离五点还有段时间，但仓木无心做任何事，只怔怔地看着电视，又什么都看不进去。和真醒来后伸展手脚，这是他唯一的慰藉。

五点整，他开车去接灰谷。"喏！"灰谷说着递过包，意思是让他拿着。仓木不禁心头火起，但还是默默接了过去。灰谷走路时依旧跛着，但看上去并不怎么吃力。这让仓木很在意医院的诊断结果。

"车子真够脏的，偶尔也洗洗啊。"灰谷说着打开车门，坐进后座。

"不好意思。"仓木回道。随后又想，为什么要道歉？

依照灰谷的指示开，不到十五分钟就到了灰谷家。那是栋又小又旧的房子，院子有名无实，也没有停车位。

"那就明天早上七点半再过来吧，不要迟到。"灰谷下了车。

仓木挂上挡，发动汽车前，再次望向灰谷家。窗户里没透出灯光，这人应该是独自生活。从明天起每天都得来吗？一念及此，他满心愁闷。要持续到什么时候呢？仓木微微摇了摇头，驾车离去。

从第二天起，仓木就成了灰谷的"脚"，按要求七点半开车到灰谷家，将灰谷送到事务所，晚上七点再从事务所载回住处。对公司则称妻子身体不适，缩减了加班时间。如果只是这样还能忍，但灰谷几乎每天都找他要钱。出租车费、药费、自行车修理费等等，收据都是手写的，可信度很低，有的地方甚至明显将数字"3"涂改成了"8"，但因为没有证据，他也无法提出异议。

灰谷还不时打电话到仓木公司叫他付钱，又多次说如果有意见就找上司替他出。灰谷看出仓木向公司隐瞒了车祸，旁敲侧击地威胁他乖乖照办。

就这样过了几日。一天下班后，仓木照常来到灰谷的事务所，看到门前有个人影，是上次来过的姓白石的青年。对方显然也记得他，问道："社长去哪里了？"

"不在里面吗？"仓木指着门。

"门锁着，好像不在。"

"是吗？"仓木看了眼手表，还有一会儿才到七点。

"您没有钥匙？"青年问。

"没有，我不是这里的人。"

"哦，这样啊……"青年略显意外，应该是上次看到他听从灰谷吩咐，以为他是下属。青年看了眼手表，喃喃道："真难办。"

"你是跟他有什么纠纷吧？"仓木试探着问。

青年讶异地望向仓木。"您也跟那位社长做过交易？"

"怎么可能。"仓木摇了摇头，"是出了交通事故，不严重，但毕竟我是肇事者。"

"原来是这样。"青年的眼中疑虑顿消。

"我那天听到的，你奶奶似乎签了什么合同？"

青年叹了口气，点点头。"奶奶一个人住在常滑，我隔了很久去看她，发现有高尔夫预会员证。我问她这是什么，她说是投资，购入高尔夫会员资格并委托公司运营。奶奶八十二岁了，不可能动这种心思，我追问来龙去脉，才知道有人鼓动她签合同。她还买了娱乐设施会员证和度假酒店会员卡，都是同一个介绍人带人来签的合同。"

"灰谷社长？"

"是的。"青年点了点头，"那个人以前在保险公司待过，他登门的时候说，奶奶朋友过世时的寿险就由他负责理赔。他能说会道，奶奶对他十分信任，说他都很热心肠。可是怎么想都很可疑。"

仓木想起了灰谷接电话时的语气，确实温和亲切，和对自己时大不相同。"那个人不可信。他奸诈得很，一毛不拔。如你所说，那些投资项目也靠不住。我觉得解约是正确的决定。"

"我也这么想，但迟迟无法推进。各家公司都说不能立刻解约，要么会产生巨额手续费……"

越听越不对劲，难道是诈骗？仓木想起了最近的纯金买卖骗局。公司出售纯金时并不交付实物，而是发行所有证，货款悉数侵吞。受害者遍布全国，诈骗总金额超两千亿日元。

"所以来找灰谷问责吗？嗯，这样也好。如果真是诈骗，那家伙也算共犯，一定拿了好处。"

"我就是这个打算……不过没办法，再不走就赶不上高速巴士了。"

"你从哪里来？"

"东京。"

"咦，专程来处理这件事？"

"我奶奶没有亲人，只有我父亲，但父亲也已经去世了。我母亲疲于生计，实在无暇顾及，所以我不时来看看奶奶。"青年在读法学院三年级，和母亲生活在东京，"从小奶奶就疼我，对我有恩。这笔钱对她很重要，要不回来我也于心不忍，所以我绝对不会放弃。"

"那就好，我会尽我所能支持你。"仓木由衷地说。

青年离去时和仓木交换了联系方式，他的全名叫白石健介。

送走白石后不久，灰谷不知从哪里冒了出来，眼神警惕。"你跟他说了什么？"

仓木恍然大悟。原来灰谷发现白石在门口，就躲了起来。"没说什么。"

"真的吗？"

"莫非有什么不方便说的？"

灰谷目光锐利。"什么意思？"

"没什么。"

灰谷哼了一声。"算了，走吧。"说罢迈开步伐。

见他没有拖着一只脚，仓木试探着问："你的脚好像没事了？"

"痛是痛，还能忍。我先声明啊，眼下还骑不了自行车。"他似乎想说，你接着老实当司机吧。

这天灰谷难得地没有开口要钱。或许是在想什么心事，一直到家他都默默无言。

事故发生一周后，千里打电话到公司，说警察联系了家里，让他有空过去一趟。于是仓木申请了早退，前往警察局。交通科的角落有张小桌子，仓木和负责的警察面对面坐下。

"挺奇怪的……"警察说着，把文件放到面前。上面画着现场示意图，旁边还有仓木汽车的照片。警察拿起照片。

"什么意思？"

"事故发生后，我们检查了车子，无法确认碰撞的痕迹。恕我直言，有好些日子没洗车了吧？车身很脏，如果发生碰撞必然会有擦痕，可怎么查都找不到。"

"那就是说，没撞上？"

"可以这么认为。照我猜想，车逼近时灰谷一着急，猛拧车把，声称被撞到恐怕只是错觉。总之我也很为难，没法只凭想象来写事故认定书。"简单来说，没有任何发生交通事故的证据。

"那么，我该做些什么？"

"关于这个，"警察交抱双臂，"你联系过保险公司吗？"

"还没有，我想等厘清事故经过再说。"

"那对方……你有没有跟灰谷说过什么，比如私了？"

"没聊细节……不过，他倒是说了很多。"仓木说了灰谷的要求。

"他这样说吗？"警察面露难色，沉思片刻，说了声"请稍等"就起身离开，走到看似上司的人那里商谈着什么。过了一会儿，警察回来了。"我跟上司商量过了，你已经深刻反省，也向对方表示了诚意。罪不至罚，这次决定不予追究，今后开车要谨慎些。"

"啊……也就是说，不作为事故来处理？"

"没有证据证明是事故。"

"灰谷能接受这个处理结果吗？"

"会有些不痛快吧，不过在某种程度上，他应该已经有心理准备了。从一开始我就暗示过，有可能不判定为事故。"

"嗯？"

"我向他确认'真的撞到了吗？会不会是错觉'的时候，提到过没发现事故的痕迹，也说过会详细调查后判定。"

"这样啊。"

灰谷对此只字未提。仓木第一次听说这些，这才明白，灰谷老是零零碎碎要钱，但从第二天起就没再提损害赔偿，想必已经知道无论如何都拿不到。

"灰谷那个人啊，"警察压低了声音，"你最好当心点。既然不算事故，就别再牵扯。给他当司机这种要求也应该干脆拒绝，你没有任何义务。"

"是……好的，我会这么办的。"

警察都说到了这个份上，让仓木安下心来。"我在医院就说过，那人是个骗子。显得很疼，其实只是皮肉伤。"

"啊，怎么会？"仓木说已经付了三万日元的治疗费。

警察皱眉摇头，又说了一遍："你最好当心点。"

离开警察局后，仓木如释重负。既然不算事故，告知公司也无妨了。他想尽快告诉千里这个消息，就用公共电话打到家里。千里听了也高兴得提高了声调，打心底松了口气。"今晚庆祝一下，做些好吃的。"

"好啊，我很期待。"仓木挂了电话，哼起歌来。

然而想到灰谷他就气不打一处来。之前灰谷用各种名义找他要了近十万日元，收据他都保存着。他心想，至少得要回一半来。

一看手表，现在是下午五点半，还早得很，他决定去灰谷的事务所。今晚他不打算开车送灰谷了，不只是今晚，他再也不会接送了。

打开事务所的门，一个陌生男人回过头来。他穿着西装，矮胖身材，四十多岁的样子，阴沉着脸，眼神很不耐烦。

那个接电话的年轻人在里头，他从漫画杂志上抬起头，望向仓木。

"灰谷先生呢？"仓木问。

"还没回来，所以我也走不了，真头疼。"

该怎么办呢？仓木踌躇起来。在这里等灰谷回来吗？可是已经有客人先来了。最后他没有进去，关上了门，打算找个地方消磨时间。

他从附近的书店买了周刊杂志，走进一间新开业的家庭餐馆，在吧台边喝咖啡边看杂志，再看手表时已经过了晚上七点。

糟糕，迟到了，要被灰谷埋怨了。这个念头一闪而过，他旋即改变了想法。没必要低三下四，完全可以坚定地告诉灰谷：你没理由再颐指气使了。

他再次驱车前往事务所，把车停在楼前的路边，刚开门就碰到一张熟面孔。是负责接电话的年轻人。

"灰谷先生回来了吧？"

仓木一问，年轻人歪着头。"我不清楚啊，一直没回来，我想着没准去咖啡馆了，就过去找他，可哪里都不见人。"

"刚才好像来了个客人。"

年轻人耸了耸肩。"与其说是客人，我看倒像是来抱怨的。"

"那个人回去了吗？"

年轻人摇了摇头。"谁知道，说不定还在。两人待着很尴尬，我就出来了。"让客人看家，真是社长不像社长，员工也不像员工。

两人上了楼。年轻人打开事务所的门，走了进去，仓木也跟在后面。年轻人陡然停下了脚步，害得仓木险些撞上他的后背。仓木正要问怎么了，一看前方，顿时屏住了呼吸。

灰谷仰面倒在地板上，穿着灰色西装，松开的领带搭在脸上。胸口处暗陈的污渍蔓延开来。仓木立刻看出那不是黑色，是深红色。年轻人呻吟着往后退，身体微微发抖。

　　"报警！"仓木哑声说，"快点！"

　　年轻人望向里边，显得很犹豫。要走近电话必须经过灰谷，而且电话的话筒没挂好。

　　"去找个公共电话，这个房间里的东西不能随便碰。"仓木担心指纹。也不知年轻人听懂了没有，总之他苍白着脸出去了。

　　仓木又低头盯着灰谷。他双眼微张，但想必什么也看不到了。一把菜刀落在旁边，刀上鲜血淋漓。仓木仔细查看周围，有与人打斗过的痕迹。

　　就在他经过尸体往里走时，阳台上传来响动。他吓了一跳，抬头看，玻璃门开着。门外有人，正准备翻越栏杆，那人同样望着仓木这边，视线相撞——是白石健介。上次见面时那张敦厚的脸，此刻阴沉又紧张。

　　不知对视了多久，大约很短暂。随后仓木做出了连自己也感到意外的举动：他慢慢合上玻璃门，又向白石健介轻轻点头，示意对方没关系，这里会处理妥当。白石健介似乎会意，低头致谢后翻过了栏杆。从二楼应该下得去，不行还可以直接跳下去。

　　仓木锁上了玻璃门，没留下指纹，绝不能被警察发现他碰过这里。他又捡起地板上的菜刀，用纸巾擦拭刀柄。菜刀是这个房间里原本就有的，想来是冲动行凶。他觉得那个青年不会冷静到抹去指纹。

　　刚把菜刀放回地上，就听到警笛声。

第一个赶到的是刑警村松。仓木和事务所的年轻人一起被问了很多问题，之后去警察局做笔录，又被其他刑警同样问了一遍。除了极少数事情，仓木将自己知道的和看到的和盘托出。极少数事情自然关于白石健介，锁玻璃门和抹去菜刀指纹也必须隐瞒。做了笔录后，仓木等了很久，最后警察客气地让他离开了。"抱歉让您等到这么晚，感谢您的配合。"刑警没有细说，但听上去似乎确认了仓木的不在场证明，多半向家庭餐馆核实过。

回到家里，千里正一脸不安和困惑地等着他。好不容易从交通事故的风波中解脱，又牵涉命案，也难怪她忧心忡忡。听着仓木的叙述，她渐渐平静下来，不再担心莫名被牵连。

"很可怕啊，凶手到底是什么人呢？"不安消失了，千里开始生出好奇。

"谁知道呢。灰谷干的全是可疑的勾当，恨他的人只怕多得很。"仓木回道。白石健介的事，自然连妻子也不能告知。

那天晚上，仓木躺在床上回溯案发后的场景。对现场进行伪装，做笔录时说谎，显然不算正义。但那个叫白石健介的青年和善又诚实，仓木不希望他就这样断送人生。怎么想都是灰谷不对，被刺死也是自作自受。他想起了白天在交通科听到的话，罪不至罚——负责的警察不是也这么说吗？

但警察也不是无能之辈，很可能早晚要带着证据找上白石健介，他也可能投案自首。仓木打算到那时再坦白真相。白石是个好人，所以想保护他，这样说应该不会被问罪吧。

嫌疑人被捕的报道在案发三天后刊出。报道称，嫌疑人名叫福间淳二，四十四岁，经营电器店。他和灰谷因金钱纠纷发生过争执，在灰谷事务所打工的男子证实案发当天他也来过。报道最后说，福间淳二承认去过事务所，但否认犯罪。

是那个男人啊，仓木猜到了。那个在事务所里等灰谷、身材矮胖的男人。打工的男子自然就是接电话的年轻人了。仓木不清楚有什么决定性证据，但警方完全抓错了人。对福间来说不亚于飞来横祸，不过迟早要释放的。问题是白石健介看到这篇报道后做何感想。

仓木觉得，他大概会去自首。毫不相干的人被逮捕，他不可能无动于衷。等他自首后，刑警也该来找自己了，对此仓木已有了心理准备。然而——

四天后的晚上，看到电视上滚动播出的新闻，仓木吃惊得筷子都险些掉了。

福间淳二在留置室自杀身亡。据说趁看守不注意，脱下衣服拧成细长条，绑在窗户的铁栅栏上自杀了。福间经受了连日侦讯，但没有认罪。负责人在记者会上声明说，侦讯手段概无不当。

"怎么了？"千里问，"你脸色好差。"

"没什么，就是……"仓木干咳了一声，接着说道，"吓了一跳，竟然自杀了。"

"是啊，真没想到凶手会自杀。"

不是的，那个人不是凶手——仓木说不出口，只得放下筷子，食欲全无。

跟踪报道不断，然而细节始终不得而知。警方的失误过于明显，媒体可能受到了某些限制。

白石健介打电话来是周六白天，距离福间自杀过去了四天。刚好千里出门了，是仓木接的电话。"您好，请问是仓木先生府上吗？"听到他低沉的声音，仓木脑海里浮现出那张毫无血色的脸。

"我也正犹豫要不要打给你，还是直接见面谈吧？"

"好的。"白石答道。他打电话就是为了约见面。

如果即刻从东京动身，下午五点多可以到仓木这里，于是两人约好六点见面。地点就在证明仓木不在场的那间家庭餐馆。

仓木开车抵达时，白石已坐在靠里的一桌。他明显憔悴极了。

"对不起。"白石首先颤声道歉。

"跟我道歉也没用啊。"

"是啊。"青年闻言低下头，周身散发着悲怆。

"先说说那天都发生了什么吧。"

"好。"白石说着，伸手去拿咖啡杯。杯子和托盘发出咔嗒的碰撞声，因为他的手在发抖。

白石喝了口咖啡，开始讲述。他声音低沉，不时长久陷入沉默，不知是搜寻记忆，还是斟酌用词。但完整听下来条理清晰，也没有矛盾，可见他头脑很聪明。

白石说，就祖母购买的各种金融产品，他询问了通商产业部的消费者中心，得知投诉和咨询接连不断，有诈骗嫌疑。白石确信祖母被灰谷骗了。灰谷明知道投资的钱收不回来，还介绍奸商给她。不，确切地说，是把祖母当成供品双手献上，想也知道获利不少。为了质问灰谷，白石再次前往绿色商店，打算无论如何也要让对方负起责任。

事务所里只有灰谷一个人，但他明显不对劲，室内也乱七八糟，似乎跟人打斗过。看到白石，灰谷撇了撇嘴。"怎么，轮到你了啊。"看来已经有客人来过并大闹了一场，这对白石来说无关紧要。他转述通商产业部的答复，要求灰谷承担责任。可灰谷只冷笑着旧调重弹，说自己只是介绍，最终决定签约的是新美婆婆，中间人无责可负。

白石心头火起，瞪着灰谷，灰谷也回以刻薄的眼神。

"你也想打我吗？这么想打的话就打啊，随你的便。"说着，他把脸往上凑。见白石一动不动，他还嗤笑了一声。"怎么，打人都不敢？亏你还大老远跑过来。好孩子就请回吧，真是个傻小伙。"

这番话让白石勃然大怒。料理台上的菜刀正好映入眼帘，回过神时已紧握在手里。

灰谷脸上游刃有余的笑容消失了，但见识过大风大浪的欺诈师可不会轻易胆怯。"不打了，这是要捅我吗？你可想想，捅了我你的人生就完蛋了。"

白石很窝火，但也清楚不能真的持刀伤人。他强忍着屈辱感，把菜刀放到旁边的桌子上。

这时灰谷似乎想到了什么，突然拿起话筒。"放下刀这事也没完，我现在就要报警。你这明显是杀人未遂，菜刀上还有你的指纹，休想抵赖。"

灰谷的话让白石方寸大乱。灰谷看出了他内心的惊慌，嗤笑一声。"不如这么办。我不报警，你也绝不再来，不为你奶奶胡闹。怎么样？"

白石不可能同意这种交易。"不行。"他一口拒绝。

"那我就报警。你少瞧不起人，我可是说真的。"

看到灰谷要拨号，白石再次握起菜刀，再往后记忆就有些混乱了。

他记得灰谷似乎说了"有本事就捅我"，但又记不真切，清醒过来时，菜刀已经深深插入灰谷的身体。灰谷瘫软下去，仰面倒在地上。菜刀则留在白石手上，也不知是拔出来的，还是灰谷倒地时顺势滑落的。

正错愕时，他听到有人上楼的脚步声，立即抛下菜刀，拉开玻璃门冲到阳台。还来不及关门，已经有人走了进来。白石心想，得在被发现之前逃走，从阳台往下看感觉高度尚可。打定主意后，他跨上栏杆，就在这时一脚踢飞了什么东西。

房间里的人闻声靠近，看到白石时瞪大了双眼。是张熟面孔，那个因为交通肇事和灰谷产生纠纷的人。

白石走投无路，然而下一瞬间，对方给出了意料之外的信号。他轻轻点了点头，似乎在催促白石快逃。谢谢——白石满怀感激地低头致意。

"因为那样恶劣的男人，断送一个年轻人的大好人生，我实在看不下去。"听完白石的叙述，仓木说道。

"我干了蠢事，过于轻率了。"白石依旧低着头。

"话虽如此，我很理解你为什么生气，也再次为灰谷的卑劣而愤慨。"

"听您这么说，我的心情也稍微轻松一些了。我想您愿意放过我，也是因为理解事情的来龙去脉，但我却仗着您的好意，不去自首……"

"嗯……"仓木点了点头，"这件事你谁都没透露吧？"

"是的……对谁也说不出口。家母说过，我长大成人是她生活唯一的意义。可是……有人代替我被捕了，自杀了，我不知道该怎么办才好……"白石发出痛苦的呻吟，仓木不禁捏了把汗，他不会当场哭出来吧？在这种地方哭泣可就麻烦了。

"老实说，我也很烦恼。正因为我没有悉数告知警方，才导致无关的人受到怀疑。造成这样的不幸，真是做梦也想不到。"

"我该怎么办？您觉得我应该自首吗？"

仓木无法轻易回答。他很清楚，事到如今自己也脱不了干系。"警察没找你？"

"没有，只去了我奶奶那里一次，也没问什么要紧事。"

"灰谷那里有个打工的年轻人，你见过他吗？"

"没有。我只见过灰谷和您。"

"这样啊……"那警察盯上白石的可能性就不大，仓木暗忖。灰谷的客户名单里应该有白石祖母的名字，但多半不会怀疑到她住在东京的孙子。"白石，"仓木缓缓开口，"福间先生——是这个名字吧？他很可怜，但抓错人是警察的责任。人死不能复生，应该首先考虑生者的幸福——"凝视着青年真挚的眼睛，仓木接着说道，"你和你母亲的幸福。"

"这样……这样可以吗？"白石问，双眼通红。

"有何不可？当然，如果你无法忍受良心的谴责，想怎样都可以。"

白石不住眨着眼，深呼吸几次后，重重点头。"谢谢。我会铭记这份恩情。"

仓木摆了摆手。"那就不必了。你多保重。"

"是。谢谢。"青年又说了一遍。

道别后，白石前往车站，仓木坐上停在停车场的车，也觉得一身轻松。希望那个青年吸取教训，更加诚实地生活。应该首先考虑生者的幸福——发动车子时，他回味着刚才说过的话，自己也觉得很有道理，心里颇为高兴。

意识到这种想法大错特错，是多年以后的事了。

47

一杯茶饮尽，入口传来有人走近的声音。拉门被拉开，穿着和式工作服的中年女性探头进来。"您的同伴到了。"

拉门被用力拉得更开，中町进来了。"不好意思，让您久等了。我有点迷路了。"

"地方不好找，"五代说，"没事，我也刚到。"

中町打量着仿照传统民居风格的室内装潢，在改良式暖桌旁坐下。穿着和式工作服的女人上茶，又给五代的茶杯续了水。

"我们吃饭前有事要谈，能不能等一会儿再上菜？"五代向女人说。

"好的。烦请使用对讲机。"

"好。"

女人离开后，中町再次扫视室内。"这么别具特色的店您都知道，不愧是搜查一科的人。"

"我也只是跟上司来过一两次罢了。今晚不想被旁人听到。"

他们来到日本桥人形町的一家传统料理店，因为想要个可以安静谈话的包厢。

　　"比起美食，我更期待您要说的内容，毕竟我们只听说了一些琐碎的信息。"

　　"抱歉，因为除了拜托你们查看公共电话周边的监控摄像头，后面完全由我这边处理了。不过怎么说呢，很敏感。"

　　"财务省的小少爷，才十四岁，确实很棘手。"

　　"嗯，不过主要问题是要不要释放即将开庭的被告。不仅需要顾及检方的颜面，本部的领导似乎也顾虑甚多。"

　　"原来如此。"中町点了点头。

　　"安西知希现在软禁在家中，计划明天移送到警察局。"

　　"我听说了。之后会移送检方吧？"

　　"在那之前搜查一科科长会召开记者会。多少会引起风波，你们要做好准备。"

　　"我已经有思想准备了。"

　　五代抿了口茶，长长吐气，然后看向中町。"你听说杀人动机了吗？"

　　"嗯，合不拢嘴，真是大吃一惊。白石律师竟然是陈年旧案的真凶，而被告仓木，不，仓木包庇了他。详情我就不知道了。"

　　"等上菜后再解释，旧案说来话长，先简单聊聊这次的。讯问相关人员后了解到的情况，你们上司应该都知道了，不过想必你们没机会听到吧？"

　　"没错，我们只是打打下手罢了。"

　　"我也一样，只不过碰巧知情，就想着向你说明一下情况。

辖区警察局推进确认工作，却不见得能把握案件全貌。"

"谢谢。"

"仓木接近浅羽母女的原委，和最初的供述差别不大。不同之处只在于，仓木不是凶手，而是包庇了凶手白石。接近两人是为了弥补冤案后浅羽母女所受的痛苦。当然，他隐瞒了自己和旧案之间的联系，直到不久之前。"

"直到不久之前，也就是说……"

"大约一年前，他向织惠小姐坦白了一切。自称无法忍受良心的谴责，但应该不只这么简单。"

中町侧着头。"什么意思？"

"关于这一点，织惠小姐本人的陈述更有参考价值。"

"她怎么说？"

"嗯，简单来说，是个悲伤的故事。"

五代想起讯问浅羽织惠时的事。此前他负责跟织惠打交道，这次的任务也就落到了他头上。

我喜欢仓木先生——她带着落寞的笑容，说出的话在五代耳边萦绕不去。

"他亲切温柔，更重要的是可靠，和他在一起，我从心底被治愈了。那天我下定决心表白，想把身心都托付给他。当然，不可否认，我有自信仓木先生也不讨厌我。正如我所料，他说也喜欢我，但上了年纪，不想进一步发展了。我无法接受，指责他说如果不喜欢不妨直说。仓木先生听了，露出异常痛苦的表情，突然当场下跪。我很吃惊，他已抗拒到了宁可下跪道歉的地步吗？可是听了仓木先生的话，我几乎要晕过去。"

仓木坦白说，他亲手放走"东冈崎站前金融从业者被害案"的凶手，这令人感到难以置信，但不可能是谎言。织惠的脑海里一片空白。

　　"但织惠小姐表示，她对仓木恨不起来。当然，如果仓木没有放走凶手，父亲就不会被捕，但抓错人也好，嫌疑人自杀也好，都是警察的过错。照我看，真正的原因是她对仓木的好感占了上风。"

　　"我也赞成您的看法。后来两人有进展吗？"中町眼里流露出好奇。

　　"没有，最后也没有发展成男女关系，不过我猜想两人更亲密了。仓木所说的事，织惠小姐没有告诉母亲洋子，也就是说，这是他们之间的秘密。织惠小姐还在仓木生日那天送了一样礼物，你猜是什么？"

　　"礼物？"这个问题出乎意料，中町连连眨眼，"完全想不出来，是什么？"

　　"手机，智能手机。是以织惠小姐的名义买的。送给仓木的时候她说，今后请用这部手机联系。仓木用的普通手机没法随心交流，让她感到不便。仓木以支付使用费为条件收下了。就这样，两人之间的热线终于开通了，结果却发生了这次的案件。"

　　"然后呢？"中町的表情紧张起来。

　　五代从上衣口袋里拿出记事本。再往后还是看着笔记来讲比较好。"九月中旬，仓木在网上偶然看到了一个在意的名称——白石事务所。白石这个姓并不少见，但他记得那起案件的真凶正是法学院的学生，就点开事务所的官网。经营者的名字是白石健介，再加上刊登的大头照，他确信正是当年那个青年。仓木为白石的事业成功而高兴，也想知道他对案件的看法，就给他打了电话。那是十月二日。"

"事务所留下的来电记录原来是这么回事。您因此跑到爱知县的篠目去见仓木。"

"没错。接电话的白石律师还记得仓木，于是两人约定见面。十月六日，他们在东京站附近的咖啡馆再会，被监控摄像头拍了下来，成为逮捕仓木的契机。"

"当然，我记得很清楚。"中町端着茶杯点头。

"白石律师从未忘记那起案件，一直被负罪感折磨。不仅对犯罪本身，对蒙冤自杀的福间遗属也充满歉疚。于是仓木提到了浅羽母女。白石采取了什么行动，他的手机已经告诉了我们。"五代看着记事本，继续说道，"根据智能手机的定位记录，第二天，也就是十月七日，白石律师在门前仲町转悠，寻找塑桧，找到后就进了对面的咖啡馆。然后是十月二十日，这次他在同一家咖啡馆停留了将近两个小时。"

"他想了解浅羽母女现在过得如何，但没有直接去塑桧的勇气……"

"你还记得案发后我们去白石律师家的时候吗？白石律师的太太是这么说的：他最近有些没精神，或者该说是有很多心事。"

"一直烦恼着该怎么办。"

"是啊，甚至可能已经做好了放弃从业的心理准备。在足立区的工厂，我们不是向姓山田的工作人员了解过情况吗？他说，白石律师来就是问问他工作习不习惯，有点像在离职前确认委托人的近况。"

"的确，他还说白石律师似乎无精打采。"中町皱起眉头，抓了抓额头，嘀咕了一声，"真令人伤感。"

"另一方面，仓木也在苦恼该怎么做。一番挣扎后，他决心把白石律师的事告诉织惠小姐。电话里说不清楚，他就发了邮件，用那台'热线'手机。那封邮件成了案件的导火索。"五代从记事本上抬起头，"有人偷看了邮件。"

"是安西知希？"

中町一问，五代点了点头。"他从小就常玩织惠小姐的手机，知道怎样解锁。每次见面，他都趁织惠小姐不注意偷看邮件，就这样知道了白石律师的事。十月二十七日，安西知希去了白石律师的事务所。他声称还没决定要不要进去，白石律师就刚好出来了。安西知希盯着他看，白石律师似乎感应到了什么，问他是不是找自己。安西知希报上姓名，说自己是福间淳二的孙子。白石律师很吃惊，说现在有急事，改日联系，然后给了他名片。名片上印有工作用的手机号码。"

中町皱着眉，摇了摇头。"白石律师内心想必不好过。"

"可不是嘛。虽说是他自己种下的苦果，还是不免惹人同情。"

"然后安西知希联系了白石律师？"

五代再次低头看记事本。"三天后的十月三十日，安西知希给白石律师打了电话，约定翌日傍晚在门前仲町见面。关键在于，当时他用的就是公共电话。他谎称没带手机，其实是为了避免留下来电记录。"

中町目带怒意。"也就是说，那时他已经——"

"决意犯罪。他自己也是这么说的。十月三十一日，安西知希将已持有的刀子藏在口袋里，离开家，来到江东区清澄后用公共电话拨给白石律师，约他来清洲桥下方的隅田川露台。他知道隅田川露台正在施工，已成为城市的死角。将近晚上七点时，看到白石律师到来，确认四下无人后，他突然用刀子刺向白石律师。这一幕仿佛在他脑海里演练过多次。见白石律师倒下，他就逃走了。戴着手套，应该没留下指纹。"五代放下记事本，"安西知希关于犯罪的供述如上。"

"就这些？啊，白石律师的遗体是在停放于港区海岸路边的汽车上发现的，为什么？也就是说，是安西知希以外的某个人动了车？"

"当然，一般的初中生是不可能开车的。他本来也没法把遗体搬到车上。在解释这一点之前，我先说说作案后安西知希的行动。他回到家中，照常生活，没向任何人透露杀人的事。第二天早晨，就如你知道的，白石律师的遗体被发现，警方开始大规模侦查，媒体也跟进报道。仓木得知后很吃惊。这时距他发邮件把白石律师的事告诉织惠小姐还没过多久，虽然觉得不可能，他还是担心织惠小姐与案件有关，就联系了她。但织惠小姐毫无头绪，回复说没接触过也没向任何人提及白石律师。再反复回想，她意识到有一个人可能偷看了仓木的邮件。"

"收到仓木那封关于白石律师的邮件后，她和安西知希见过面吧？"

"是的。怎么可能呢——可怕的想象让她毛骨悚然。她叫安西知希来，劈头责问'你看了邮件吧'，安西知希痛快地承认了，不仅如此，他还坦白了令人震惊的事实。"

中町顿时倾身向前。"他说自己刺死了白石律师？"

"没错。织惠小姐说，感觉就像被推下了地狱。"

五代再次想起了讯问织惠时的情景。说到知希向她坦承"杀死白石律师的就是我"时，她一副失魂落魄的表情。

"安西知希说，愿为复仇不择手段。多年来被视为杀人犯的孙子，不得不和母亲分离，太痛苦了。父亲再婚，他既不承认新来的女人是母亲，也不承认那个人生下的孩子是弟弟妹妹。本以为既然是杀人犯的孙子，一切都无可奈何，已经死心了，但看了仓木发来的邮件才知道实情并非如此。因为那个姓白石的律师，自己家人的生活被搅得一团糟。想到这里，他就坐立不安。"

织惠说，听了儿子的话，她心情惨淡，感到绝望。她的家仿佛被下了诅咒，三十多年前的悲剧连知希的人生都打乱了。她更深深后悔，明知道解除不了诅咒，还和安西弘毅结了婚，甚至生下孩子。

理所当然地，织惠认为必须立刻联系警察，但在这之前还是应该知会仓木，当下便给他打了电话。

织惠陈述如下："仓木先生一时说不出话来，最后说想了解详情。他的语气平静得出奇，我甚至怀疑他还没理解事情有多严重。但我完全想错了，他说如果知希在旁边，希望让他接电话。知希接了电话后，他问了知希种种细节，又换我接电话。仓木先生说，不要报警。他说他会想办法，总之现在不要轻举妄动。"

之后一段时间，仓木没再联系她。织惠提心吊胆地过着日子，总怕哪天警察就会找上门来。

"之后的情况，还是根据仓木的供述来说明。"五代再次翻着记事本，"听安西知希述说了作案的详细经过，仓木决定无论如何也要保护这个年轻人。"

"他觉得一切都源于三十多年前自己的过错，对吧？"

"当然有这个因素，不过不是全部。听了安西知希的话，仓木察觉到了某个人的意图。"

"某个人……是谁？"

"这就要回到你刚才提出的疑问了。安西知希在清洲桥附近刺死了白石律师，然而根据报道，遗体却在另一个地方被发现。对此感到奇怪的仓木得出的答案只有一个，车是白石律师自己开过去的。"

"什么？"中町张大了嘴，"白石律师还没死？"

"处于濒死状态，但勉强还能动，也有思考能力。在临死前意识逐渐模糊之际，白石律师想到必须把车开走。手机很可能也是他自己处理的，多半是在上车前丢进隅田川里了。移动汽车后，他擦拭了方向盘，躺到后座上。为什么要这么做，不用我说你也明白了吧。"

"为了干扰侦查。移动了汽车，一般就会排除未成年人犯罪。白石律师用尽最后的力气，试图保护安西知希。"

"仓木也这么想。他说，白石律师要通过保护安西知希来弥补过去的罪行，所以仓木决定尊重这份意愿。姓五代的刑警从东京来访时，他察觉到警察盯上自己和翌桧只是时间问题，于是更加坚定了决心，到紧急关头就替安西知希顶罪。供述绝不能矛盾，为此他努力编出了一套无懈可击的说辞。要保护安西知希，还要蒙冤多年的浅羽母女昭雪，能同时满足这两项，他必须是旧案的真凶。不用说，和织惠小姐联络用的手机他也处理了。砸坏后抛进三河湾的，不是预付费手机，而是那部智能手机。"

中町双手指尖按着太阳穴，似乎在忍受头痛。他长长地吐了口气。"该说什么好呢，人竟然可以做到这种地步。"

"你可能也听说了，仓木患有癌症，自知余日无多。即便如此，他的意志和智慧也是惊人的。不过织惠小姐应该很痛苦吧。"

"啊……是啊。"

"当仓木说紧急关头会替安西知希顶罪时，她坚决反对，但仓木决心已定，无法挽回。后来看到仓木被逮捕的报道，她也无可奈何。"

织惠的悲伤表情，至今还印在五代的眼底。她说，她认真想过去死。"和知希一起去死，或许是最好的选择。为了让警察知道真相，我连信都写好了，但想到这样做只会让仓木先生悲痛，我不知该如何是好。"

仓木被逮捕后，她和五代他们见面时，想着被他们看破真相也好。"那样的话，不就可以放弃了吗？我也有脸见仓木先生了。现在这个结局很好，我想感谢警察，谢谢你们查明了真相。这不是讽刺，是我的真心话。"

织惠流着泪说出的话，大概并非谎言。但五代为调查案情去见浅羽母女时，丝毫没察觉到她的那份心事。这世上的女人个个演技高超——他又一次体会到这一点。织惠说瞒着洋子也很痛苦。洋子似乎有所察觉，但两人相处时她绝口不提案件。

"以上就是案件真相，真是说来话长啊。"五代看了眼手表，已经过去了半个多小时。

中町沉思着。"我都听饱了。"

"那我撤单了？"

"不，我要吃。话说回来，因果报应这东西还真麻烦。杀了人，果然会招来杀身之祸吗？三十多年过去了，孙子竟然还会复仇。"

"这一点还很难说。全家人多年来为冤案所苦，发现罪魁祸首后就杀了他——说来简单，但驱动十四岁少年的是更加复杂的心理，大人恐怕无法理解。即便如此……"五代侧着头，"那个笑容是怎么回事呢？"

"笑容？"

"很浅的笑……在说出公共电话是打给谁之前，安西知希笑了。那个表情的意思我到现在也不明白。"

"啊……"中町也露出困惑的神色。

五代伸手拿起对讲机，吩咐上菜。将话筒放回去后，他把剩下的茶一气喝干。"好了，我们一边吃饭，一边说说三十多年前仓木庇护白石的事吧。"

"拜托了。对了，那两个人往后会怎样呢？"

"那两个人？"

"白石美令和仓木和真。"

"噢……"五代点了点头，"光与影，昼与夜——他们的立场完全逆转了。然而正因如此，也只有彼此才能共鸣，不是吗？他们之间或许会萌生类似羁绊的感情。"

中町瞪圆了双眼。"会吗？那岂不是某种奇迹……"

"是我的梦想罢了。刑警这份工作，入眼皆是残酷现实，偶尔也让我做个梦吧。"

五代话音刚落，随着一声"打扰了"，入口的拉门被打开了。

48

听到门铃声，美令来到门口。

佐久间梓站在门外，令她想起了初次见面那天，此人比她预想的还要年轻，还要瘦小。身穿套装、戴黑框眼镜、背双肩包的打扮，给美令留下了深刻印象。从那时至今，还是她第一次仔细打量这位女律师。之前见过多次，但都只顾着谈话、讨论，无暇细看对方。

"请进。"美令含笑将她迎了进来。对美令来说，佐久间梓是这世上为数不多站在自己这边的人了，但这会不会只是她一厢情愿呢？

"我妈妈出门了，说是去看电影。"美令将佐久间梓引到客厅，一边说道。

"是吗？"佐久间梓意外地瞪大了眼睛，"什么电影？"

"不清楚……"美令将茶杯摆放到餐桌上，侧着头说，"我想她并没有决定，只要时间合适，无论什么电影都可以。她只是不想听您要说的事。留在家里总不免会关心，所以干脆出门了。她肯定看不进去情节。"

佐久间梓困扰地垂下眉毛。"有那么糟糕吗？"

"她在害怕。不清楚来意，但总归不会是什么好事。新的事实什么的，她已经完全不想听了——我猜是这样。"

佐久间梓的视线落在餐桌上。"确实，说不上好消息。"

美令双手叠放在腿上，深吸了一口气。"我没问题，您直说无妨。"

佐久间梓上午打来电话，说有事要商谈，问是否方便去家里，美令回答说可以。

"会怎样处理行凶的少年，您知道吗？"

女律师一问，美令摇了摇头。"我什么都不知道。"关于那起案件的报道她一概不看不听。

"少年已过十四岁，依法承担刑事责任，因为是重大案件，被捕后移送检方又送到家庭裁判所。家庭裁判所再次调查后决定是送到少年鉴别所还是少年院，抑或保护观察、不处分，又或是转回检方。十四岁的少年转回检方的案例很少见，但这次是杀人案，转回意味着会等同于成年人进行审判，并做出判决。"

听着佐久间梓淡淡道来，美令并没有什么特别的感想，只回了一句"是吗"，仿佛事不关己。

"所以承办的检察官询问您是否仍要利用被害人参加制度。之所以联系我，是因为被告是仓木达郎先生时，我担任过参加人的律师。我回答说不知道，即使利用也不确定是否继续由我担任律师，不过我可以代为确认意向。检察官向我提供了比我预想中更多的信息，我想就那些情况跟您谈谈，于是联系了您。当然，这是我自作主张，没打算收费。"

"谢谢您专程前来。"美令低头道谢，"不过关于案件的详细情况，警察也向我们说明过，我没有什么想知道的了。"

"检方发现了新的事实。"

"新的事实？"难道还有什么情况？她有种不祥的预感。

"关于新的被告，新发现的事实将会成为争议焦点，请容我简单说明。"

美令并不是很想听，但也无从逃避，说声"有劳了"就坐直了身体。

佐久间梓把茶杯移到一旁，从背包里取出资料，在餐桌上摊开。"和仓木达郎先生是被告时一样，这次犯罪事实也没有争议。争议焦点在于动机。被告的少年声称，外祖母、母亲因为冤案多年来饱尝辛酸，自己也经历了父母离婚、被周围人欺凌等痛苦，因此一心复仇，以致犯下杀人罪。但检方走访了少年的班主任和同学后，对他的话产生了怀疑。"

"什么？"美令脱口道，"那不是他的动机？"

佐久间梓依旧低着头，用指尖推了推黑框眼镜，视线落在资料上。"少年读小学时，有一段时间传出外祖父是杀人犯的流言，因此遭到周围人的冷眼，但未证实受到霸凌。初中时也一样，据判断并未受到特别歧视。于是检察官追问少年细节，包括此前的遭遇和长辈的辛酸。少年的回答极为含糊，由此确定他并没有从外祖母、母亲那里听过什么，只是在脑海里随意编造。"

"可如果那样就不会想复仇了。"

佐久间梓抬起脸，点了点头，再次注视着资料。"检察官也存有同样的疑问，刨根究底，被告开始供述迥然不同的犯罪动机。"

"迥然不同……什么意思？"

"少年说——"佐久间梓死死盯着美令，"他对杀人有兴趣。"

美令花了点时间才理解女律师的话。沉默数秒后，她失声道："什么？兴趣？"

佐久间梓缓缓点头，然后再度低头望向资料。"读小学时，周围的人知道他外祖父是杀人犯后，非但没有欺凌，反而很怕他。杀人的影响如此之大，让他很感兴趣。后来他逐渐想知道杀人是怎样的感受，想杀个人试试。当然，他明白重罪一旦犯下就会断送人生，因此将那种阴暗的欲望压抑在想象中。仓木发给母亲的邮件提供了动机。如果是为了报多年的冤仇，很可能会得到社会的谅解，也会从轻量刑。那种想法瞬间膨胀起来，成为付诸行动的动力——少年的供述概括来说，就是这样。"

美令感到天旋地转，为了防止跌倒，她用手撑住餐桌。"怎么会这样……"

"杀害白石律师后要隐瞒到什么程度，他自己也没想好。据说一旦证据摆到眼前，就不加抵抗招供。"

美令伸手按住胸口，她的心跳在加快。"仓木先生替他顶罪被捕，他怎么说？"

"他不是很清楚。检察官表示，他似乎认识到大人们庇护了他，但并不了解详情。"

美令依旧按着胸口，等情绪平静后，才开口道："确实迥然不同，案件的处理大概也会改变。"

"没错。承办检察官的意见如下：被告不仅没有丝毫反省，还将自己的行为正当化。所谓为家人报仇雪恨的动机，不过是为了满足杀人欲望而已，他的内心依旧扭曲。舆论同情少年、将少年的行为正当化乃至加以赞扬的氛围令人担忧，检方准备在庭审时采取强硬的态度。因此，检察官想确认您和令堂作为遗属，是否要利用被害人参加制度。"佐久间梓从资料上抬起头，问道，"您意下如何？"

美令深深埋下头，双手交叉环在脑后。沉思片刻后，她恢复了原来的姿势。"我会和妈妈商量，不过我想应该不会参与审判了。"

"这样啊，"佐久间梓流露出一丝沮丧，"可以问一下原因吗？"

"很难说清楚，简单来说，就是因为我已经明白了。"

"已经……明白了？"

"是的。"面对无法释然的女律师，美令干脆地答道，"今天能听到您这番话，真是太好了，我再没有疑问了。原来是这样，爸爸是因此而死的，我已经全部了解了。少年会被怎样判决，对检察官和辩护律师或许很重要，但对我已经无所谓了。即便犯罪动机不是纯粹复仇而是扭曲的心态，造成这种扭曲的也是爸爸。我也听说爸爸被刺后又将汽车开走，以死赎罪。那天早晨——"美令稍微调整呼吸后，才又开口道，"案发的那天早晨，爸爸提到了雪，他说今年冬天会下很大的雪吧。过去我们一家人经常去滑雪，最近几年却完全没去过了。如今想来，爸爸是在回忆曾经幸福的时光，他已经有了心理准备。那样幸福的生活，已不得不放手了。在临终前，他了无遗憾。"

佐久间梓轻吐了一口气，点了点头。"我明白了。我会转告承办的检察官。"

"拜托您了。"

佐久间梓开始把资料收进背包里。"您恢复上班了吗？"

"现在停职休假，不过大概会就此辞职。犯罪已经过了时效，但也没有公司会聘用杀人犯的女儿当前台。"

佐久间梓目光悲伤。"周围还是有非议吗？"

"岂止是周围，全日本的人都讨厌我们。我已经拔了固定电话，骚扰太多了，还收到了很多邮件：谩骂的信，还有剃刀和不知道是什么的白粉。性质太恶劣的已经交给警察了，但因为没完没了，近来很多时候我都不再理会。"

佐久间梓难过似的皱起眉头。"随着时间推移会有转机的。日本人热得快，冷得也快。"

"但愿如此。我跟妈妈说过，干脆移居海外算了。可是不知道该怎样谋生，再说也没那么多钱。"美令耸了耸肩，忽然放松嘴角，露出笑容，"真是不可思议啊，不久前还是被害人的遗属，现在却是加害人的家属了。"

"您是被害人遗属的这一事实并没有改变，所以我觉得还是应该参与审判。"

"这件事就不必再提了。佐久间律师，真的很感谢您的关照，我的任性也让您为难过吧，很抱歉。"

佐久间梓将背包放在腿上，微微侧着头。"我有时会想，仓木先生本来已经供认了，您对他供述的内容无法认同、想要查出真相时，我是不是应该更加坚决地阻止呢？那样的话……嗯，他叫什么名字来着，那位优秀的刑警？"

"五代先生。"

"对对，或许那位五代刑警就不会产生疑问，也不会有今天这样的状况了。"

"然后仓木先生被判有罪，可喜可贺，是吗？佐久间律师，您真的觉得那样好吗？"美令注视着女律师。

佐久间梓皱起眉头，摇了摇头。"作为法律工作者，我不合格啊。"

"我也多次想过同样的问题，我是不是做了不该做的事？但真相大白后，也有人得到了救赎，不是吗？"

她说的是谁，佐久间梓立刻就反应过来了。"您是说仓木先生的儿子吧？"

"作为加害人的家属，他才饱尝了痛苦，现在应该可以回到以前的生活了吧。想到这里，我就觉得自己的行为没有错，是作为一个人正确的选择。他能得到幸福，对我来说也是种救赎。"美令说着，想起了两人走在陶瓷器散步道的情景。

49

仓木和真决定去很久不曾到访的翠桧，此时距清洲桥案件已过去一年半。走在门前仲町的商店街上，他心想，如果店已经关门了该怎么办？可能不仅店关了，连住处也换了。想尽办法也许能拿到联系方式，但若问有多执着于见面，他答不上来。今天他也是犹豫再三才过来的。

终于到了那栋楼前。抬头看时，翠桧的招牌仍在，但不见得在营业。

上次来这里时，他刚在隅田川露台看到献花的白石美令，当时浅羽织惠和少年从这栋楼里出来，如今想来，那少年就是安西知希，亦即杀害白石健介的真凶。少年脸上稚气犹存，怎么看也做不出那种残忍的事情，但他转念又想，人啊，凭外表是什么都看不出来的。

和真走上细窄的楼梯。翠桧还在。入口处挂着"准备中"的牌子，从缝隙透出灯光。和真深吸一口气，拉开拉门。

店里依旧是上次来时的样子，餐桌洁净雅致。一个女人正挽着袖子擦拭其中一张餐桌，她是浅羽织惠。转头望见和真时，她就像电池耗尽的人偶一般，蓦地停下了动作。

　　"突然登门很抱歉。"和真道歉道，"我也想过打个电话，但有件事无论如何都要当面向您报告。"

　　"报告……"织惠喃喃自语，然后将清洁用具收到一旁，双手在身体前方交叠，低头致意，"好久不见了。"

　　"现在可以占用您一些时间吗？我很快就回去。"

　　"没关系的。我去泡茶，你请坐。"

　　"不，不用了。"或许是没听到和真的话，织惠径自走向吧台。

　　和真拉了旁边的椅子坐了下来。织惠利落地泡茶，似乎瘦了些。他打量着店里，果然变化不大。"令堂今天休息吗？"

　　"她彻底上了年纪，最近很少来店里。"织惠用托盘端了茶杯回来，"请用。"她将茶杯放在和真面前，然后在对面落座。

　　"那就不客气了。"和真说着，只喝了一口，便将茶杯搁下。

　　"你还好吗？"织惠问。

　　"嗯，还过得去。"

　　"工作呢？"

　　"已经回到公司了，不过跟以前相比，工作内容有了很大的变化。"他被调到不用直接接触客户的岗位，这种细节就不必向织惠提及了。

　　"我记得你从事广告工作吧，那就好。令尊想必也放心了。"

　　"我父亲……"和真挺直脊背，勉强笑了笑，"上周已经与世长辞了。"

"什么？"织惠脱口说道，表情霎时凝固了。

"半年前癌症转移到肺部，虽然继续在爱知县的医院治疗，最终无力回天。"

织惠的眼眶立刻红了。她用手背捂住眼睛，吸了一口气。"这样啊……请节哀顺变。"

"您最后一次和我父亲见面是什么时候？"

"大概是——"织惠露出搜寻回忆的表情，"知希被捕后一个月左右，他来了店里。你不知道吗？"

"我没听他说过。那时他应该已经回到安城的家中，看样子是瞒着我来东京的。您和他谈了些什么？"

织惠轻吐了口气，开口说道："他再次向我道歉，说很抱歉没能保护知希。我跟他说，你的做法是错误的，犯下了跟过去同样的错误。"

"同样的错误？"

"那时他也知情并放走了真凶。那本来就是个错误。从那时开始，一切都失控了，不是吗？"

和真皱起眉，抓了抓眉毛上方。"听您这样说，父亲是怎么回应的？"

"他说无言以对。"织惠眯起眼睛，"你呢？你和令尊应该长谈过吧？"

"关于案件的情况，他被释放的第二天跟我谈过，包括三十多年前的事和这次的事，由此我终于可以理解了。就像您刚才说的，他的做法确实大错特错。但我也觉得，这就是他的作风，责任感过强，不惜牺牲自己。"

"也许吧。但因此让周围的人，尤其让自己的孩子受苦就不好了。"织惠蹙起眉。

"父亲说，那是必要的。"

"必要的？什么意思？"

"他说，顶罪被捕本身并没有那么痛苦，因为知道患病后寿命不长，死刑也不可怕。但是想到因为自己的缘故，儿子——也就是我——很可能会遭到社会冷眼，失去工作，他就难过得无法入睡。由此他意识到，这种痛苦才是真正的惩罚，承受这种痛苦才是他注定要去担负的命运。"

父亲挣扎着吐露苦恼的样子，在和真记忆中鲜明得一如昨日。听了这番话，他完全明白了。的确，比起自己受难，家人可能遭到迫害的恐惧更令人痛苦。

"仓木先生是这么说的啊……原来是这样。"织惠似乎心情复杂，视线游移起来。

和真扫了一眼店里，又望向她。"店里怎么样？感觉没什么变化。"

"如果是问经营状况的话，回答就是算不上好，但也没有很差。网上说什么的都有，但这家店原本就是靠熟客撑起来的。"

"那就好。"

这一系列的事件在网上被称为"清洲桥案件"而广为传播。店名没被公开，但发现"行凶少年的母亲在门前仲町经营的居酒屋"就是翌桧的人也不少。

和真尽量不看类似的报道和帖子。但据朋友雨宫说，关于"顶罪被捕、住在爱知县的男人"，舆论大多善意，对行凶少年也以同情居多，相反，对"曾经杀人，时效过后还坦然当律师的被害人"，则是猛烈的指责。不过世人总归容易厌倦。最近几乎已没什么人讨论，和真上网时也不用那么提心吊胆了。

"父亲去世前留下话来，说希望能帮助您和令堂，问我如果经济上有余力，能不能将他的部分遗产留给两位。"

织惠向他竖起右手。"这件事仓木先生提过，不过我断然拒绝了。"

"我也听他这样说过，不过还是想确认一下。"

"谢谢你的关心。这份心意我就收下了，会鼓舞我们好好生活。"织惠低头致谢。

她的语气很柔和，但从话里可以感受到她的决心。她打算不依赖他人而活下去，没必要动摇这种意志。"好的。"和真答道。他想知道安西知希的判决结果，但决定还是不问了。知希是未成年人，想来会被监禁一段时期。之后可能不是由知希父亲，而是由这个女人接回继续抚养。

和真看了眼手表，快到五点半的开门时间了，他站了起来。"我后面还有安排，今天就告辞了。下次我约朋友过来吃饭。"

"务必光临。那我就恭候了。"织惠高兴地睁大了眼睛。

来到楼外，和真从上衣内侧口袋里拿出一张明信片，上面印着"事务所迁移通知"。他跟织惠说后面有安排，其实并没有想好，要不要将达郎的死讯告知寄明信片的人。

此时恰有一辆空出租车驶过，和真犹豫着，还是扬手拦下。上车后，他告诉司机"去饭田桥"，又将明信片上的地图给司机看。

抵达事务所所在的大厦时，还不到六点。和真仰望着大厦，数次深呼吸后，迈步向前。他搭电梯来到四楼，旁边就是玻璃门入口，写着"佐久间律师事务所"。隔着门可以看到前台，但没有人。

和真走到入口前，玻璃门自动打开。"您好。"不知从何处传来声音，前台旁边的帘子拉开，一个女人出现了。她身穿衬衫，外罩藏青色的毛衣。看到和真，她屏住了呼吸。

正是白石美令。或许是头发剪短了的缘故，她美得一如往昔，却与和真印象中略有不同。和从常滑市回来、在东京站分别时相比，她的气色变好了。那天以后，这是他们第一次见面。

"好久不见了。"和真欠身致意。

美令长长地吐出一口气。"你怎么会来这里？"

"因为收到通知……"

"通知？"

"就是这个。"和真递出那张明信片，"不是你寄给我的吗？"

美令接了过来，确认收件人姓名后，摇了摇头。"我不知道这件事。"

"那是谁……"

明信片的寄件人一栏印着"律师　佐久间梓"，但旁边手写了一行字：白石美令（事务）。

"美令，怎么了？"帘子的后方传来声音，一个戴着黑框眼镜的瘦小女人出现了。

"佐久间律师，这个您有印象吗？"美令将明信片亮给她看。

戴眼镜的女人接过明信片，看了看收件人姓名，点头道："有，是我寄的。"

"为什么？"美令问。

"这样做，对你应该比较好吧。"

"对我？"

戴眼镜的女人露出笑容，将明信片还给和真，消失在了帘子后方。很快她又出现了，手上拿着大衣和双肩包。

"我先走了。美令，后面就拜托你了。"

"噢……辛苦了。"

叫佐久间梓的女人向和真意味深长地微微一笑，离开了事务所。

和真转向美令。"你是什么时候到这里上班的？"

"去年夏天。佐久间律师跟我说因事务所搬迁，打算雇一名事务人员，方便的话能不能来帮忙。"

"是因为你父亲的关系认识的吗？"

"一开始是这样，准备利用被害人参加制度时，她就担任了我们的律师。"

"啊……这样吗？"被害人参加制度——感觉听到这个词，已经是很久以前的事了。

美令有些不自在地低着头，似乎是找不到话题了。

"其实，"和真说，"我爸爸上周过世了。"

"什么？"美令抬起了头。

"他原本就患了癌症。"

"唔……那真是令人遗憾。愿逝者安息。"

"谢谢你。"

"你今天特地过来，就是为了这件事吗？"

"是的。不过……"和真调整呼吸后，接着说道，"这只是表面上的理由。"

"表面上？"

"我真正想说的事完全不相干。坦白说，收到明信片后，我很想立刻就来，但我鼓不起勇气。爸爸过世后，我觉得终于有了很好的借口，所以今天过来了。那天的事——"和真凝视着美令的眼睛，"去常滑的那天，我一直无法忘记，也许一生也忘不了。"

美令垂下眼。"我也是……"

"那是非常悲伤的一天，不过，也有我不想忘记的瞬间。在归途的新干线上，我们的手握在了一起。我形容不好，但感觉彼此心意相通……所以，今天我来了。"和真低下头，伸出右手，"我想说，可以再握住我的手吗？"

向对方表达了心意后，他期待着得到回应。

然而他的手没有被握住。和真战战兢兢地抬起头，只见美令双手交叠放在胸前，定定地望着斜下方。"我也想过，我有资格活下去吗？"她低声缓缓说道，"杀了人却逃避罪责，过着正常的生活，甚至建立了家庭。这样一个男人的孩子，可以活下去吗？对爸爸来说，妈妈还可以算作外人，但我的体内流淌着杀人者的血液。如果我生了孩子，也将继承这血脉。这可以被容许吗？"

和真垂下了伸出的右手。"追溯我的祖先，也会有一两个杀人犯，毕竟经历过战争。"

"或许吧。"美令无力地笑了，"佐久间律师说过，罪与罚之间不存在简明扼要的答案，她今后将继续深思，希望我也加入。"

这个话题过于沉重，逐渐陷入和真内心深处。"罪与罚……对不起。我思考过，但草率行动了。很抱歉。"

"哪里。"美令摇了摇头，"你的心意让我很高兴。倘若有一天我找到了答案，我会告诉你。如果你依然愿意向我伸出手，那时我会回应的。"她凝视和真的眼神，表明这番话并非谎言或敷衍。她还需要时间，也需要能够给予这份时间的人——一个愿意等待的人。

"我明白了。"和真说，"今天我就先回去了，不过请不要忘记。无论那一天多么遥远，我都会伸出手。一言为定。"

"谢谢你。"说着，美令浅浅一笑。

一滴泪水滑过她的脸颊。

图书在版编目（CIP）数据

　　白鸟与蝙蝠 ／（日）东野圭吾著 ；李盈春译． —— 海
口 ：南海出版公司，2023.3
　　ISBN 978-7-5735-0305-3

　　Ⅰ．①白… Ⅱ．①东… ②李… Ⅲ．①长篇小说－日
本－现代 Ⅳ．①I313.45

　　中国版本图书馆CIP数据核字(2022)第143241号

著作权合同登记号　图字：30-2022-058

HAKUCHO TO KOMORI
by KEIGO HIGASHINO
Copyright © 2021 KEIGO HIGASHINO
Original Japanese edition published by GENTOSHA INC.
All rights reserved
Chinese (in simplified character only) translation copyright © 2023 by ThinKingdom
Media Group Ltd.
Chinese (in simplified character only) translation rights arranged with
GENTOSHA INC. through BARDON CHINESE CREATIVE AGENCY LIMITED.

白鸟与蝙蝠
〔日〕东野圭吾 著
李盈春 译

出　　版　南海出版公司　（0898）66568511
　　　　　　海口市海秀中路51号星华大厦五楼　　邮编 570206
发　　行　新经典发行有限公司
　　　　　　电话(010)68423599　　邮箱 editor@readinglife.com
经　　销　新华书店

责任编辑　黄宁群
特邀编辑　徐晏雯　王心谨
营销编辑　张媛媛　张丁文　李怡佳
装帧设计　韩　笑
内文制作　王春雪

印　　刷　山东韵杰文化科技有限公司
开　　本　850毫米×1168毫米　1/32
印　　张　13
字　　数　290千
版　　次　2023年3月第1版
印　　次　2023年3月第1次印刷
书　　号　ISBN 978-7-5735-0305-3
定　　价　69.00元